# El Cid

Colección dirigida por
Francisco Antón

Geraldine McCaughrean
Alberto Montaner

# El Cid

Ilustrado por **Victor G. Ambrus**

Introducción,
notas y glosarios
Alberto Montaner

Actividades
Concepción Salinas

Vicens Vives

Primera edición, 2000
Segunda edición, 2001
Reimpresiones, 2003, 2004, 2005, 2005
2006, 2006, 2007, 2007, 2009, 2010
Tercera edición, 2011
Reimpresiones, 2011, 2012
Tercera reimpresión, 2013

Depósito Legal: B. 37.204-2011
ISBN: 978-84-682-0598-4
Nº de Orden V.V.: FX24

© OXFORD UNIVERSITY PRESS
Sobre el texto literario y las ilustraciones.

© GERALDINE McCAUGHREAN, 1989
Sobre el texto literario.

© ALBERTO MONTANER
Sobre el texto literario, la introducción, las notas y los glosarios.

© VICTOR G. AMBRUS, 1989
Sobre las ilustraciones al texto literario.

© CONCEPCIÓN SALINAS
Sobre las actividades.

© EDICIONES VICENS VIVES, S.A.
Sobre la presente edición según el art. 8 del Real Decreto Legislativo 1/1996.

Obra protegida por el RDL 1/1996, de 12 de abril, por el que se aprueba el Texto Refundido de la Ley de Propiedad Intelectual l y por la LEY 23/2006, de 7 de julio. Los infractores de los derechos reconocidos a favor del titular o beneficiarios del © podrán ser demandados de acuerdo con los artículos 138 a 141 de dicha Ley y podrán ser sancionados con las penas señaladas en los artículos 270, 271 y 272 del Código Penal. Prohibida la reproducción total o parcial por cualquier medio, incluidos los sistemas electrónicos de almacenaje, de reproducción, así como el tratamiento informático. Reservado a favor del Editor el derecho de préstamo público, alquiler o cualquier otra forma de cesión de uso de este ejemplar.

IMPRESO EN ESPAÑA. PRINTED IN SPAIN.

# ÍNDICE

## INTRODUCCIÓN

| | |
|---|---|
| Rodrigo el Campeador, personaje histórico | 7 |
| El Cid, mito literario | 21 |
| El «Cantar de mio Cid» | 26 |
| La adaptación | 32 |

## EL CID

| | |
|---|---|
| Un episodio vergonzoso | 37 |
| Desterrado | 45 |
| Un vuelco de la fortuna | 55 |
| El sitiador sitiado | 67 |
| ¡Sidi! | 79 |
| El precio de la libertad | 88 |
| El botín de Valencia | 101 |
| La reconciliación | 120 |
| Los héroes cobardes | 133 |
| La afrenta de Corpes | 146 |
| La venganza del Cid | 158 |
| Atentado en la boda | 173 |
| A caballo hasta el fin del mundo | 184 |
| *Mapa* | 194 |
| *Vocabulario* | 195 |
| *Notas* | 200 |
| *Personajes* | 209 |

## ACTIVIDADES

| | |
|---|---|
| Guía de lectura | 215 |
| De la historia a la literatura | 224 |
| Temas, personajes y composición | 226 |

EL CID CAMPEADOR

# INTRODUCCIÓN

## RODRIGO EL CAMPEADOR, PERSONAJE HISTÓRICO

Los héroes de las epopeyas y gestas antiguas y modernas son en muchos casos fruto de la imaginación individual o colectiva. Algunos de ellos, no obstante, están inspirados en personas de carne y hueso cuya fama las convirtió en figuras legendarias, hasta el punto de que resulta muy difícil saber qué hay de histórico y qué de inventado en el relato de sus hazañas. En este, como en tantos otros terrenos, el caso del Cid es excepcional. Aunque su biografía corrió durante siglos entreverada de leyenda, hoy conocemos su vida real con bastante exactitud e incluso poseemos, lo que no deja de ser asombroso, un autógrafo suyo, la firma que estampó al dedicar a la Virgen María la catedral de Valencia en «el año de la Encarnación del Señor de 1098». En dicho documento, el Cid, que nunca utilizó oficialmente esa designación, se presenta a sí mismo como «el príncipe Rodrigo el Campeador». Veamos cuál fue su historia.

### Ascendientes

Rodrigo Díaz nació, según afirma una tradición constante, aunque sin corroboración documental, en Vivar, hoy Vivar del Cid, un lugar perteneciente al ayuntamiento de Quintanilla de Vivar y situado en el valle del río Ubierna, a diez kilómetros al norte de Burgos. La fecha de su nacimiento es desconocida, algo frecuente cuando se trata de personajes medievales, y se han propuesto dataciones que van de 1041 a 1057, aunque parece lo más acertado situarlo entre 1045 y 1049. **Su padre, Diego Laínez** (o Flaínez), era, según todos los indicios, uno de los hijos del magnate Flaín Muñoz, conde de León en torno al año 1000. Como era habitual en los segundones, Diego se alejó del núcleo familiar para buscar fortuna. En su caso, la halló en el citado valle del Ubierna, en el que se destacó durante la guerra con Navarra librada en 1054, reinando Fernando I de Castilla y León. Fue entonces cuando adquirió las posesiones de Vivar en las que seguramente nació Rodrigo, además de arrebatarles a los navarros los castillos de Ubierna, Urbel y La Piedra. Pese a ello, Diego Laínez nunca perteneció a la corte, posiblemente porque su familia había caído en desgracia a principios del siglo XI, al sublevarse contra Fernando I. En cambio, su hijo Rodrigo fue pronto acogido en ella, pues se crió como miembro del séquito del infante don Sancho, el primogénito del rey. Con él participó Rodrigo en el que posiblemente fue su primer combate, la batalla de Graus (cerca de Huesca), en 1063. En aquella ocasión, las tropas castellanas habían acudido en ayuda del rey moro de Zaragoza, protegido del rey castellano, para detener el avance del rey de Aragón, Ramiro I.

### Lucha por el poder

**Fernando I** siguió la vieja costumbre de testar a favor de todos sus hijos, por lo que, al fallecer el rey en 1065, Sancho heredó Castilla, Alfonso obtuvo León, y García recibió Galicia. Igualmente, legó a cada uno de ellos el protectorado sobre determinados reinos andalusíes, de los que recibirían el tributo de protección llamado *parias*. El equilibrio de fuerzas era inestable y pronto comenzaron las fricciones, que acabaron conduciendo a la guerra. En 1068 **Sancho II** y **Alfonso VI** se enfrentaron en la batalla de Llantada, que no resultó decisiva. En 1071, Alfonso logró controlar Galicia, que quedó nominalmente repartida entre él y Sancho; pero esto no logró acabar con los enfrentamientos y, en la batalla de Golpejera (1072), Sancho venció a Alfonso y se adueñó de su reino. El joven Rodrigo (que a la sazón andaría por los veintitrés años) se destacó en esos combates, en los que, según una vieja tradición, actuó como alférez o abanderado de don Sancho, aunque en los documentos de la época nunca consta con ese cargo. En cambio, es bastante probable que ganase entonces el sobrenombre de *Campeador*, es decir, 'el Batallador', que le acompañaría toda su vida, hasta el punto de ser habitualmente conocido, tanto entre cristianos como entre musulmanes, por Rodrigo el Campeador. Después de la derrota de

*Fernando I, rey de Castilla y León.*

don Alfonso (que logró exiliarse en Toledo), Sancho II había reunificado los territorios regidos por su padre. Sin embargo, no disfrutaría mucho tiempo de la nueva situación. A finales del mismo año de 1072, un grupo de nobles leoneses descontentos, agrupados en torno a la infanta doña Urraca, hermana del rey, se alzaron contra él en Zamora. Don Sancho acudió a sitiar la ciudad con su ejército, cerco en el que Rodrigo realizó también notables acciones, pero que al rey le costó la vida, al ser abatido en un audaz golpe de mano por el caballero zamorano Bellido Dolfos.

### Al servicio de Alfonso VI

La imprevista muerte de Sancho II hizo que el trono pasara a su hermano **Alfonso VI**. Las leyendas del siglo XIII han transmitido la célebre imagen de un severo Rodrigo que, tomando la voz de los desconfiados vasallos de don Sancho, obliga a jurar a don Alfonso en la iglesia de Santa Gadea (o Águeda) de Burgos que nada tuvo que ver en la muerte de su hermano, osadía que le habría ganado la duradera enemistad del nuevo monarca. Pero lo cierto es que nadie exigió semejante juramento al rey y que el Campeador, que figuró regularmente en la corte, gozaba de la confianza de Alfonso VI, quien lo nombró juez en sendos pleitos asturianos en 1075. Es más, por esas mismas fechas (en 1074, seguramente), el rey lo casó con una pariente suya, su prima tercera doña Jimena Díaz, una noble dama leonesa que, al parecer, era además sobrina segunda del propio Rodrigo por parte de padre. Un matrimonio de semejante alcurnia era una de las aspiraciones de todo noble que no fuese de primera fila, lo cual revela que el Campeador estaba cada vez mejor situado en la corte.

Así lo demuestra también que don Alfonso lo pusiese al frente de la embajada enviada a Sevilla en 1079 para recaudar las parias que le adeudaba el rey Almutamid, mientras que García Ordóñez (uno de los garantes de las capitulaciones matrimoniales de Rodrigo y Jimena) acudía a Granada con una misión similar. Mientras Rodrigo desempeñaba su delegación, el rey Abdalá de Granada, secundado por los embajadores castellanos, atacó al rey de Sevilla. Como éste se hallaba bajo la protección de Alfonso VI, el Campeador tuvo que salir en defensa de Almutamid y derrotó a los invasores junto a la localidad de Cabra (en la actual provincia de Córdo-

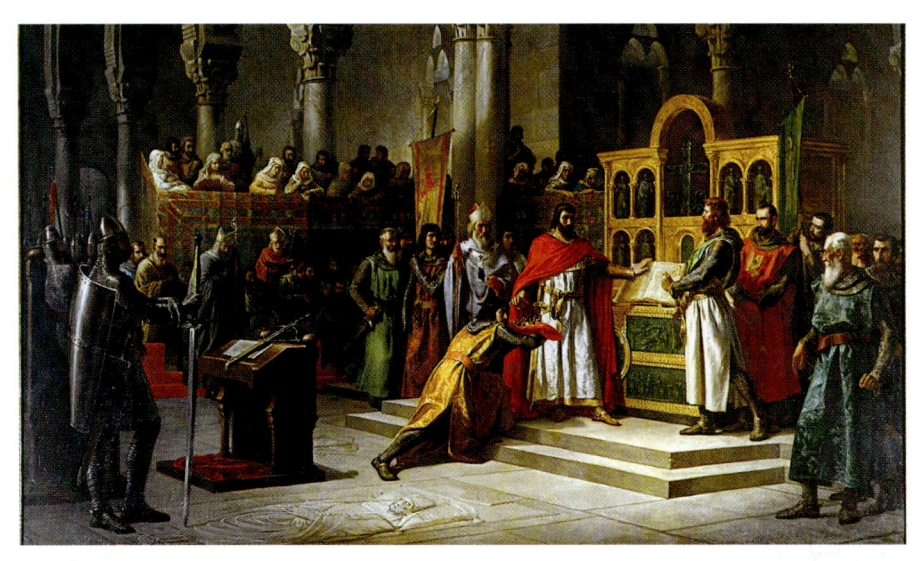

*«La Jura en Santa Gadea», de Marcos Hiráldez Acosta, reproduce la escena en que don Rodrigo obliga a jurar al rey Alfonso que no tuvo parte en la muerte de su hermano Sancho.*

ba), capturando a García Ordóñez y a otros magnates castellanos. Según una versión tradicional, en los altos círculos cortesanos sentó muy mal que Rodrigo venciera a uno de los suyos, por lo que empezaron a murmurar de él ante el rey. Sin embargo, no es seguro que la derrota de García Ordóñez provocase hostilidad contra el Campeador, entre otras cosas porque a Alfonso VI le interesaba, por razones políticas, apoyar al rey de Sevilla frente al de Badajoz, de modo que la participación de sus nobles en el ataque granadino no debió de gustarle gran cosa.

De todos modos, fueron similares causas políticas las que hicieron **caer en desgracia** a Rodrigo. En esos delicados momentos, Alfonso VI mantenía en el trono de Toledo al rey títere Alqadir, pese a la oposición de buena parte de sus súbditos. En 1080, mientras el monarca castellano dirigía una campaña destinada a afianzar en el gobierno a su protegido, una incontrolada partida andalusí procedente del norte de Toledo se adentró por tierras sorianas. Rodrigo no sólo hizo frente a los saqueadores sino que los persiguió con su mesnada más allá de la frontera, lo que, en principio, era sólo una operación rutinaria. Sin embargo, en tales circunstancias políticas, el ataque castellano iba a servir de excusa para la facción contraria a Alqadir

*A la izquierda, sepulcro de Sancho II (monasterio de San Salvador, Burgos); a la derecha, Alfonso VI.*

y a Alfonso VI. Además, los restantes reyes de taifas se preguntarían de qué servía pagar las parias, si eso no les garantizaba la protección. Al margen, pues, de que interviniesen en el asunto García Ordóñez (que era conde de Nájera) u otros cortesanos opuestos a Rodrigo, el rey debía tomar una decisión ejemplar al respecto, conforme a los usos de la época. Así que desterró al Campeador.

### El exilio

Rodrigo Díaz partió al **exilio** seguramente a principios de 1081. Como otros muchos caballeros que habían perdido antes que él la confianza de su rey, acudió a buscar un nuevo señor a cuyo servicio ponerse, junto con su mesnada. Al parecer, se dirigió primeramente a Barcelona, donde a la sazón gobernaban dos condes hermanos, Ramón Berenguer II y Berenguer Ramón II, quienes no consideraron oportuno acogerlo en su corte. El exiliado castellano optó entonces por encaminarse a la **taifa de Zaragoza** y ponerse a las órdenes de su rey. No ha de extrañar que un caballero cristiano actuase de este modo, pues las cortes musulmanas se convirtieron a menudo en refugio de los nobles del norte.

Cuando Rodrigo llegó a Zaragoza, aún reinaba, ya achacoso, Almuqtadir, uno de los más brillantes monarcas de los reinos de taifas, celebrado guerrero y poeta, que mandó construir el palacio de la Aljafería. Pero el viejo rey murió muy poco después, y su reino quedó repartido entre sus dos hijos: Almutamán, rey de Zaragoza, y Almundir, rey de Lérida. El Campeador se puso al servicio de Almutamán, a quien ayudó a defender sus fronteras contra los avances aragoneses por el norte y contra la presión leridana por el este. Las principales campañas de Rodrigo en este período fueron la de Almenar en 1082 y la de Morella en 1084. La primera tuvo lugar al poco de acceder Almutamán al trono, pues Almundir, que no quería someterse en modo alguno a su hermano mayor, había pactado con el rey de Aragón y el conde de Barcelona para que lo apoyasen. En otoño de 1082, este último y el rey de Lérida pusieron sitio al castillo de Almenar. El Campeador corrió en auxilio del castillo asediado y, pese a su inferioridad numérica, derrotó por completo al ejército enemigo e hizo preso al propio conde de Barcelona, Berenguer Ramón II. En la segunda campaña, Rodrigo saqueó las tierras del sudeste de la taifa de Lérida y atacó la imponente plaza fuerte de Morella. Almundir, esta vez en compañía de Sancho Ramírez de Aragón, se batió contra el Campeador en las cercanías de Olocau (seguramente el 14 de agosto de 1084) y, tras duros combates, la victoria fue de nuevo para Rodrigo, que capturó a los principales magnates aragoneses.

Almutamán murió en 1085 y le sucedió su hijo Almustaín, a cuyo servicio siguió el Campeador, aunque por poco tiempo. En 1086, Alfonso VI, que por fin había conquistado Toledo el año anterior, puso sitio a Zaragoza con la firme decisión de tomarla. Sin embargo, el 30 de julio el emperador de Marruecos desembarcó con sus tropas, los almorávides, dispuesto a ayudar a los reyes andalusíes frente a los avances cristianos. El rey de Castilla tuvo que levantar el cerco y dirigirse hacia Toledo para preparar la contraofensiva, que se saldaría con la gran derrota castellana de Sagrajas el 23 de octubre de 1086. Rodrigo recuperó entonces el favor del rey y regresó a su patria. Al parecer, don Alfonso le encomendó varias fortalezas en

*Patio del palacio de la Aljafería. Este hermoso palacio zaragozano fue construido por el rey Almuqtadir, a quien sirvió el Cid en sus luchas contra los cristianos aragoneses y catalanes.*

las actuales provincias de Burgos y Palencia. En todo caso, no empleó al Campeador en la frontera sur, sino que, aprovechando su experiencia, lo destacó sobre todo en la zona oriental de la península.

Después de permanecer con la corte hasta el verano de 1087, Rodrigo partió hacia Valencia para auxiliar a Alqadir, el depuesto rey de Toledo al que Alfonso VI había compensado de su pérdida situándolo al frente de la taifa valenciano. El Campeador pasó primero por Zaragoza, donde se reunió con su antiguo patrono Almustaín, y juntos se encaminaron hacia Valencia, hostigada por el viejo enemigo de ambos, Almundir de Lérida. Después de ahuyentar al rey leridano y de asegurar a Alqadir la protección de Alfonso VI, Rodrigo se mantuvo a la expectativa, mientras Almundir ocupaba la plaza fuerte de Murviedro (es decir, Sagunto), amenazando de nuevo a Valencia. La tensión aumentaba y el Campeador volvió a Castilla, donde se hallaba en la primavera de 1088, seguramente para explicarle la situación a don Alfonso y planificar las acciones futuras. Éstas pasaban por una intervención en Valencia a gran escala, para lo cual Rodrigo partió al frente de un nutrido ejército en dirección a Murviedro.

### La conquista de Valencia

Mientras tanto, las circunstancias en la zona se habían complicado. Almustaín, al que el Campeador se había negado a entregarle Valencia el año anterior, se había aliado con el conde de Barcelona, lo que obligó a Rodrigo a su vez a buscar la alianza de Almundir. Los viejos amigos se separaban y los antiguos enemigos se aliaban. Así las cosas, cuando el caudillo burgalés llegó a Murviedro, se encontró con que Valencia estaba cercada por Berenguer Ramón II. El enfrentamiento parecía inminente, pero en esta ocasión la diplomacia resultó más eficaz que las armas y, tras las pertinentes negociaciones, el conde de Barcelona se retiró sin entablar combate. A continuación, Rodrigo se puso a actuar de una forma extraña para un enviado real, pues empezó a cobrar para sí mismo en Valencia y en los restantes territorios levantinos los tributos que antes se pagaban a los condes catalanes o al monarca castellano. Tal actitud sugiere que, durante su estancia en la corte, Alfonso VI y él habían pactado una situación de virtual independencia del Campeador, a cambio de que Rodrigo defendiera los intereses estratégicos de Castilla en el flanco oriental de la Península. Esta situación de hecho pasaría a serlo de derecho a finales de 1088, después del oscuro **incidente del castillo de Aledo**.

Sucedió que Alfonso VI se había adueñado de dicha fortaleza (en la actual provincia de Murcia) y, desde esa base, las tropas castellanas allí acuar-

*A la izquierda, carta de arras de Rodrigo y Jimena, conservada en el Archivo-Museo Diocesano de Burgos; a la derecha, cristo del Cid (pectoral), de madera esmaltada (Catedral de Salamanca).*

15

teladas acosaron a las taifas de Murcia, Granada y Sevilla, sobre las que lanzaban continuas algaras. Esta situación, más la actividad del Campeador en Levante, movieron a los reyes de taifas a pedir de nuevo ayuda al emperador de Marruecos, Yúsuf ben Tashufin, que acudió con sus fuerzas a comienzos del verano de 1088 y puso cerco a Aledo. En cuanto don Alfonso se enteró de la situación, partió en auxilio de la fortaleza asediada y envió instrucciones a Rodrigo para que se reuniese con él. El Cid avanzó entonces hacia el sur, pero no llegó a reunirse con las tropas procedentes de Castilla. ¿Un mero error de coordinación en una época en que las comunicaciones eran difíciles, o una desobediencia intencionada del caballero burgalés, cuyos planes no coincidían con los de su rey? Resulta difícil saberlo, pero el resultado fue que Alfonso VI consideró inadmisible la actuación de su vasallo y lo condenó de nuevo al destierro, llegando a expropiarle sus bienes, algo que sólo se hacía normalmente en los casos de traición. A partir de este momento, el Campeador se convirtió en un caudillo independiente y decidió seguir actuando en Levante guiado tan sólo por sus propios intereses.

Sus primeras acciones las llevó a cabo en la región de Denia, que entonces pertenecía a la taifa de Lérida, lo que provocó el temor de Almundir, quien envió una embajada para pactar la paz con el Campeador. Firmada ésta, Rodrigo regresó a mediados de 1089 a Valencia, donde de nuevo recibió los tributos de la capital y de las principales plazas fuertes de la región. Después avanzó hacia el norte, y en la primavera de 1092 puso cerco a Morella, por lo que Almundir, a quien pertenecía también dicha comarca, temió la ruptura del tratado establecido y se alió de nuevo contra Rodrigo con el conde de Barcelona, cuyas tropas avanzaron hacia el sur en busca del guerrero burgalés. El encuentro tuvo lugar en Tévar, al norte de

*La supuesta espada del Cid «Tizona», conservada en el Museo del Ejército (Madrid).*

*Plaza fuerte de Morella (Castellón), que el Cid atacó en varias ocasiones.*

Morella (quizá el actual puerto de Torre Miró) y allí Rodrigo derrotó por segunda vez a las tropas coligadas de Lérida y Barcelona, y volvió a capturar a Berenguer Ramón II. Esta victoria afianzó definitivamente la posición dominante del Campeador en la zona levantina, pues antes de acabar el año, seguramente en otoño de 1090, el conde barcelonés y el caudillo castellano establecieron un pacto por el que el primero renunciaba a intervenir en dicha zona, con lo que dejó a Rodrigo las manos libres para actuar en lo sucesivo.

En principio, el Campeador limitó sus planes a seguir cobrando los tributos valencianos y a controlar algunas fortalezas estratégicas que le permitiesen dominar el territorio. Con ese propósito, reedificó en 1092 el castillo de Peña Cadiella (hoy en día, La Carbonera, en la sierra de Benicadell), donde situó su base de operaciones.

Mientras tanto, Alfonso VI pretendía recuperar la iniciativa en Levante, para lo cual estableció una alianza con el rey de Aragón, el conde de Barcelona y las ciudades de Pisa y Génova, cuyas respectivas tropas y flotas participaron en una expedición que avanzó sobre Tortosa (ciudad que en ese momento era tributaria del Campeador) y la propia Valencia en el verano de 1092. Sin embargo, el ambicioso plan fracasó, y el rey Alfonso VI hubo de regresar a Castilla al poco de llegar a Valencia, sin haber obtenido nada de la campaña, mientras Rodrigo, que a la sazón se hallaba en Zaragoza negociando una alianza con el rey de dicha taifa, lanzó en represalia una dura incursión contra La Rioja. A partir de ese momento, sólo los almorávides se opusieron al dominio del Campeador sobre las tierras levantinas, y fue entonces cuando el caudillo castellano pasó definitivamente de una política de protectorado a otra de conquista. En efecto, a esas alturas la tercera y definitiva venida de los almorávides a Alandalús, en junio de 1090, había cambiado radicalmente la situación y resultaba claro que la única forma de retener el control sobre el Levante frente al poder norteafricano pasaba por la ocupación directa de las principales plazas de toda aquella zona.

Mientras Rodrigo prolongaba su estancia en Zaragoza hasta el otoño de 1092, en Valencia una sublevación encabezada por el cadí o juez Ben Yahhaf había destronado a Alqadir, que fue asesinado, lo que favoreció el avance almorávide. El Campeador decidió entonces volver al Levante y, como primera medida, puso cerco al castillo de Cebolla (hoy El Puig, cerca de Valencia) en noviembre de 1092. Tras la rendición de esta fortaleza a mediados de 1093, el guerrero burgalés tenía ya una cabeza de puente sobre la capital levantina, que fue cercada por fin en julio del mismo año. Este primer asedio duró hasta el mes de agosto, en que se levantó a cambio de que se retirase el destacamento norteafricano que había llegado a Valencia tras producirse la rebelión que costó la vida a Alqadir. Sin embargo, a finales de año el cerco se había restablecido, por lo que los almorávides, a petición de los valencianos, enviaron un ejército mandado por el príncipe Abu Bakr ben Ibrahim Allatmuní que, no obstante, se detuvo en Almusafes (a unos veinte kilómetros al sur de Valencia) y se retiró sin entablar combate. Sin esperar ya apoyo externo, la situación se hizo insostenible, y por fin Valencia capituló ante Rodrigo el 15 de junio de 1094. Desde entonces, el caudillo castellano adoptó el título de «Príncipe Rodrigo el Campeador» y seguramente recibiría también el tratamiento árabe de *sidi* ('mi señor'), origen del sobrenombre de *mio Cid* o *el Cid*, con el que acabaría por ser generalmente conocido.

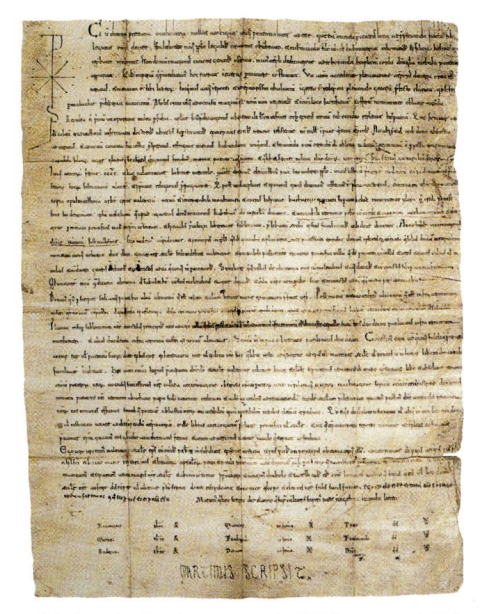

*A la izquierda, documento de 1098 en que el Cid concede algunas aldeas de Valencia al obispo Jerónimo. El texto tiene enorme interés por cuanto contiene una línea autógrafa con la firma del Campeador: "Ego Ruderico". A la derecha, lápida sobre el enterramiento actual del Cid en la catedral de Burgos.*

La conquista de Valencia fue un triunfo resonante, pero la situación distaba de ser segura. Por un lado, estaba la presión almorávide, que no desapareció mientras la ciudad estuvo en poder de los cristianos. Por otro, el control del territorio exigía poseer nuevas plazas. La reacción de los norteafricanos no se hizo esperar, y ya en octubre de 1094 avanzó contra la ciudad un ejército mandado por el general Abu Abdalá, que fue derrotado por el Cid en Cuart (hoy Quart de Poblet, a escasos seis kilómetros de Valencia). Esta victoria concedió un respiro al Campeador, que pudo consagrarse a nuevas conquistas en los años siguientes, de modo que en 1095 cayeron la plaza de Olocau y el castillo de Serra. A principios de 1097 se produjo la última expedición almorávide en vida de Rodrigo, comandada por Muhammad ben Tashufin, la cual se saldó con la batalla de Bairén (a unos cinco kilómetros al norte de Gandía), ganada una vez más por el caudillo castellano, esta vez con ayuda de la hueste aragonesa del rey Pedro I, con el que Rodrigo se había aliado en 1094. Esta victoria le permitió proseguir con sus conquistas, de forma que a finales de 1097 el

Campeador ganó Almenara y el 24 de junio de 1098 logró ocupar la poderosa plaza de Murviedro, que reforzaba notablemente su dominio del Levante. Sería su última conquista, pues apenas un año después, posiblemente en mayo de 1099, el Cid moría en Valencia de muerte natural, cuando aún no contaba cincuenta y cinco años (edad avanzada en una época de baja esperanza de vida). Pese a que la situación de los ocupantes cristianos era muy complicada, aún consiguieron resistir dos años más, bajo el gobierno de doña Jimena, hasta que el avance almorávide se hizo imparable. A principios de mayo de 1102, con la ayuda de Alfonso VI, abandonaron Valencia la familia y la gente del Campeador, llevando consigo sus restos, que serían inhumados en el monasterio burgalés de San Pedro de Cardeña. Acababa así la vida de uno de los más notables personajes de su tiempo, pero ya entonces había comenzado la leyenda.

## EL CID, MITO LITERARIO

Si, como hemos visto, Rodrigo el Campeador fue un poderoso caudillo militar temido y admirado en vida tanto por los cristianos como por los musulmanes, el éxito del Cid como personaje literario casi no tiene parangón. Desde su propia época hasta hoy día, su figura no ha dejado de inspirar toda suerte de manifestaciones artísticas, literarias sobre todo, pero también plásticas y musicales.

Quizá resulte paradójico que los textos más antiguos sobre la figura de Rodrigo el Campeador sean **árabes**, pero ello no debe extrañar. En la península Ibérica, durante la Alta Edad Media, la literatura se cultivaba mucho más en árabe que en latín o en las lenguas romances. Particularmente, el siglo XI es uno de sus períodos más florecientes en Alandalús, tanto por lo que se refiere al cultivo de la poesía como a los relatos históricos. En dichos textos las referencias al Cid son ante todo negativas. Pese a reconocer alguna de sus grandes cualidades, el Campeador era para los escritores musulmanes de la época un *tagiya* ('tirano'), *la'in* ('maldito') e incluso *kalb ala'du* ('perro enemigo'), y si escriben sobre el Campeador es por la gran conmoción que causó en su momento la pérdida de Valencia. Testigos presenciales de la misma fueron los autores de las dos obras más antiguas so-

*El Cid fue enterrado en el monasterio benedictino de San Pedro de Cardeña, desde donde irradió un extraordinario culto al héroe de Vivar. Con posterioridad, los restos de Rodrigo el Campeador fueron trasladados a la catedral de Burgos. En la fotografía, claustro del monasterio.*

bre el Campeador, hoy conocidas sólo por vías indirectas: la *Elegía de Valencia* del alfaquí y poeta Alwaqqashí (muerto en 1096), compuesta durante la fase más dura del cerco de la ciudad (seguramente a principios de 1094), y el *Manifiesto elocuente sobre el infausto incidente*, una historia del dominio del Campeador escrita entre 1094 y 1107 por el escritor valenciano Ben Alqama (1037-1115). Esta obra, citada o resumida por los autores posteriores, es la base de casi todas las referencias árabes al Cid, que llegan hasta el siglo XVII.

Mucho se ha especulado sobre la posible existencia de cantos noticieros sobre Rodrigo el Campeador; se trataría de breves poemas que desde sus mismos días habrían divulgado entre el pueblo, ávido de noticias, las hazañas del caballero burgalés. Lo único seguro, en todo caso, es que los **textos cristianos** más antiguos que tratan del héroe castellano son ya del siglo XII y están escritos en **latín**. El primero de ellos es el *Poema de Almería* (1147-1148), que cuenta la conquista de dicha ciudad por Alfonso VII y donde, a modo de inciso, se realiza una breve alabanza de nuestro héroe. Frente a este aislado testimonio de mediados del siglo XII, a finales del mismo asistimos a una auténtica eclosión de literatura cidiana. El detonante parece haber sido la composición, hacia 1180 y quizá en La Rioja, de la *Historia Roderici*, una biografía latina del Campeador en que se recogen y ordenan los datos disponibles hasta el momento (seguramente a través de la historia oral) sobre la vida de Rodrigo. Basada parcialmente en ella, pero dando cabida a componentes mucho más legendarios, está la *Crónica Najerense*, redactada en Nájera entre 1185 y 1194. Muy poco después se compondría la primera obra en romance, el *Linaje de Rodrigo Díaz*, un breve texto navarro de hacia 1094 que ofrece una genealogía del héroe y un resumen biográfico basado en la *Historia Roderici* y en la *Crónica Najerense*. También por esas fechas y a partir de las mismas obras se compuso un poema en latín que destaca las principales batallas campales de Rodrigo, el *Carmen Campidoctoris*.

Los textos latinos dieron carta de naturaleza literaria al personaje del Cid, pero serían los **cantares de gesta** del ciclo cidiano los que lo consagrarían definitivamente, proyectándolo hacia el futuro. Se trata básicamente de tres poemas épicos (algunos con varias versiones) que determinarían en adelante otros tantos bloques temáticos: las *Mocedades de Rodrigo*, que cuentan una versión completamente ficticia de su matrimonio con doña Jimena (tras haber matado en duelo al padre de la muchacha) y sus hazañas juveniles (que incluyen una invasión de Francia); el *Cantar de Sancho II*, en el que se narra el cerco de Zamora y la muerte de don Sancho a manos de Bellido Dolfos, y el *Cantar de mio Cid*, en torno a la conquista de Valencia y a los matrimonios de las hijas del Campeador con los infantes de Carrión. El más antiguo y el principal es el *Cantar de mio Cid*, redactado hacia 1200, del que luego nos ocuparemos con más detalle; le siguen el *Cantar de Sancho II*, que se compuso seguramente en el siglo XIII y se conoce sólo de forma indirecta, y las *Mocedades de Rodrigo*, del que hubo una primera versión (hoy perdida) en torno a 1300 y otra (que sí conservamos) de mediados del siglo XIV.

Los poemas que acabamos de dar por perdidos en realidad no lo están del todo, pues todos ellos se conservan en forma de relato en prosa. Esto

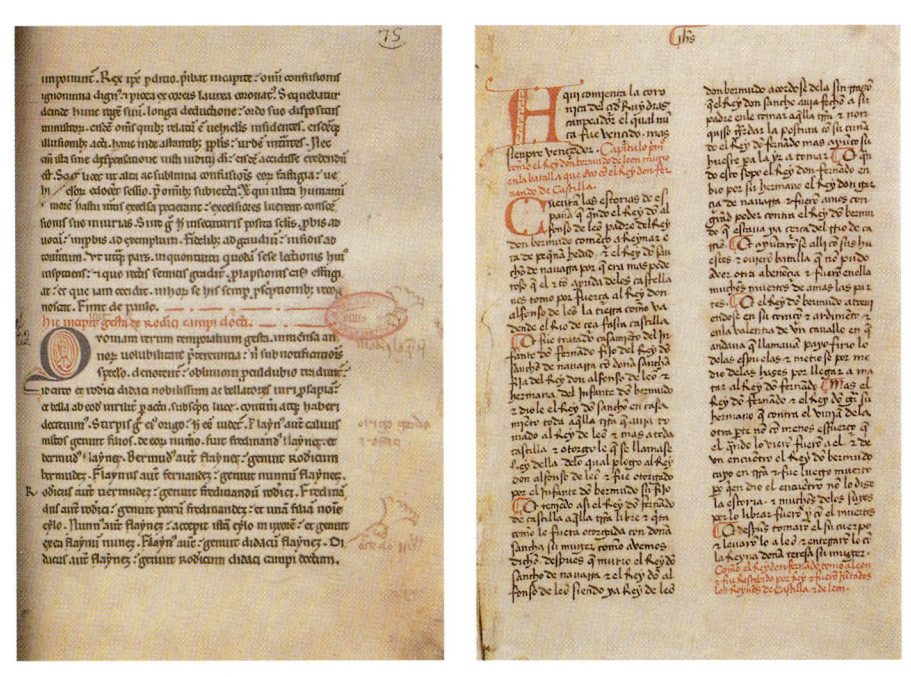

*A la izquierda, página del manuscrito de* Historia Roderici *(Real Academia de la Historia). A la derecha,* Crónica particular del Cid *(siglo XV), conservada en la Biblioteca Nacional.*

ha sido posible porque a finales del siglo XIII, cuando Alfonso X el Sabio planificó su *Historia de España* (hacia 1270), sus colaboradores decidieron incluir entre sus fuentes de información versiones prosificadas de los principales cantares de gesta. Esta tendencia se mantuvo en los autores que siguieron su ejemplo, por lo cual sus obras son denominadas *crónicas alfonsíes*. Tales crónicas, además de emplear los poemas épicos, se basaron en las obras latinas ya citadas, pero también en los textos árabes de Ben Alqama y de Alwaqqashí, y completaron la biografía legendaria del Cid producida a partir de todas estas fuentes con la *Historia del Cid, señor que fue de Valencia*. Se trata de un relato bastante fantasioso de la parte final de la vida del Campeador, desde la conquista de Valencia, en que se mezclan datos históricos con un conjunto de leyendas surgidas en el monasterio de Cardeña sobre la muerte y el entierro del héroe, muy influidas por el género de las vidas de santos. Es ahí, por ejemplo, donde se narra por primera vez la célebre victoria del Cid después de muerto.

Las crónicas alfonsíes fueron una de las grandes vías de transmisión de los temas cidianos a la posteridad, sobre todo entre el público culto; la otra fue el **romancero**. Los romances, cantados en las plazas y transmitidos de generación en generación, lograron mantener viva la fama popular del Cid. Una parte de estos romances, los «romances viejos», se inspira directamente en los poemas épicos y se compuso a finales de la Edad Media; los demás son ya «romances nuevos», debidos a la renovación del género desde mediados del siglo XVI. Los temas cidianos recogidos por las crónicas y por el romancero pasaron al Siglo de Oro, cuyo teatro les dio gran desarrollo. Al reinado de Sancho II se refieren *La muerte del rey don Sancho* (1583), de Juan de la Cueva, la *Comedia segunda de las Mocedades del Cid* (impresa en 1618), de Guillén de Castro o *En las almenas de Toro* (publicada en 1620), de Lope de Vega, entre otros. El tema de Valencia se desarrolla en *El cobarde más valiente*, de Tirso de Molina, o *El honrador de sus hijas* (1665), de Francisco Polo. Pero el tema estrella será el de la juventud de Rodrigo y su boda con Jimena, consagrado con la *Comedia primera de las Mocedades del Cid* (publicada en 1618), de Guillén de Castro, que sirvió de inspiración a *El Cid* (1637), del dramaturgo francés Pierre Corneille, con quien el héroe se convierte en patrimonio de la literatura universal. A raíz de la obra de Corneille, surgen las imitaciones francesas de Chevreau, Desfontaines y Chillac (1638-1639) y la adaptación española *El honrador de su padre* (1658), de Diamante. Existen incluso versiones paródicas, como las comedias burlescas *El hermano de su hermana* (1656), de Bernardo de Quirós (que trata sobre el cerco de Zamora) y *Las Mocedades del Cid* (hacia 1655), de Cancer. A cambio, el anónimo *Auto sacramental del Cid* retoma el argumento en clave alegórica, en la que Rodrigo simboliza a Cristo y Jimena a la Iglesia.

El romanticismo volvió de nuevo sobre los temas cidianos, a partir de la adaptación alemana del romancero por Herder (1805) y de la tragedia francesa de Delavigne *La hija del Cid* (1839). En España destacan Hartzenbusch con su drama *La jura en Santa Gadea* (1845), Trueba con su novela histórica *El Cid Campeador* (1851) y Zorrilla con su poema narrativo *La leyenda del Cid* (1882). Al período finisecular pertenecen la ópera francesa *El Cid* (1885), de Massenet y el drama modernista español *Las hijas*

*«Guerreros árabes a la conquista de España», miniatura pintada por Wasiti en un manuscrito de 1237.*

*del Cid* (1908), de Marquina, así como el poema de Rubén Darío «Cosas del Cid», incluido en sus *Prosas profanas* (1896) o los de Manuel Machado «Castilla» y «Álvar Fáñez», de su libro *Alma* (1902). El tema ha llegado hasta nuestros días, en los que cuenta con obras de teatro como *Anillos para una dama* (1973), de Antonio Gala, e incluso con adaptaciones al cine, con *El Cid* (1961), dirigida por Anthony Mann y protagonizada por Charlton Heston y Sofía Loren; al cómic, con *El Cid* de Antonio Hernández Palacios, o a los dibujos animados, con la serie *Ruy, el pequeño Cid*, emitida a principios de los ochenta.

# EL CANTAR DE MIO CID

El mayor de los cantares de gesta españoles de la Edad Media, además de una de las obras clásicas de la literatura europea, es el que por antonomasia lleva el nombre del héroe: el *Mio Cid*. Compuesto a finales del siglo XII o en los primeros años del siglo XIII, estaba ya acabado en 1207, cuando cierto Per Abbat (o Pedro Abad) se ocupó de copiarlo en un manuscrito del que, a su vez, es copia el único que hoy se conserva (falto de la hoja inicial y de dos interiores), realizado en el siglo XIV y custodiado en la Biblioteca Nacional de Madrid. La **datación** del poema allí recogido viene apoyada por una serie de indicios de cultura material, de organización institucional y de motivaciones ideológicas. Más dudas plantea su lugar de composición, que sería Burgos, según unos críticos, y la zona de Medinaceli (en la actual provincia de Soria), según otros. La cercanía del *Cantar* a las costumbres y aspiraciones de los habitantes de la zona fronteriza entre Castilla y Alandalús favorece la segunda posibilidad.

El *Cantar de mio Cid*, como ya hemos avanzado, se basa libremente en la **parte final de la vida** de Rodrigo Díaz de Vivar, desde que inicia el primer destierro en 1081 hasta su muerte en 1099. Aunque el trasfondo biográfico es bastante claro, la adaptación literaria de los sucesos es frecuente y de considerable envergadura, a fin de ofrecer una visión coherente de la trayectoria del personaje, que actúa desde el principio de un modo que el Campeador histórico sólo adoptaría a partir de 1087 y, sobre todo, del segundo destierro en 1088. Por otra parte, el *Cantar* desarrolla tras la conquista de Valencia toda una trama en torno a los desdichados matrimonios de las hijas del Cid con los infantes de Carrión que carece de fundamento histórico. Así pues, pese a la innegable cercanía del *Cantar* a la vida real de Rodrigo Díaz (mucho mayor que en otros poemas épicos, incluso sobre el mismo héroe), ha de tenerse en cuenta que se trata de una obra literaria y no de un documento histórico, y como tal ha de leerse. En cuanto a las posibles fuentes de información sobre su héroe, el autor del *Cantar* se basó seguramente en la historia oral, aunque parece bastante probable que conociese la ya citada *Historia Roderici*. No hay pruebas seguras sobre la posible existencia de cantares de gesta previos sobre el Cid que hubiesen

*Copia del siglo XIV del* Cantar de mio Cid. *Las páginas reproducidas corresponden a los versos 2073-2118 en que el rey solicita al Cid la mano de sus hijas Elvira y Sol para los infantes de Carrión.*

podido inspirar al poeta, aunque parece claro que tuvo como modelos literarios, ya que no históricos, otros poemas épicos, tanto castellanos como extranjeros, y que recibió en particular el influjo del célebre *Cantar de Roldán* francés, muy difundido en la época. Por ello, la constitución interna del *Cantar de mio Cid* es la típica de los cantares de gesta.

Un rasgo esencial es su empleo de **versos anisosilábicos** o de medida variable, divididos en dos hemistiquios, cada uno de los cuales oscila entre cuatro y once sílabas. Los versos se unen en series o tiradas que comparten la misma rima asonante y suelen tener cierta unidad temática. No existen leyes rigurosas para el cambio de rima entre una y otra tirada, pero éste se usa a veces para señalar divisiones internas, por ejemplo al repetir con más detalle el contenido de la tirada anterior o cuando se pasa de la narración a las palabras que pronuncia un personaje. Por último, las tiradas o series se agrupan en **tres partes** mayores, llamadas también «cantares», que comprenden los versos 1-1084, 1085-2277 y 2278-3730, respectivamente. El primer cantar narra las aventuras del héroe en el exilio por tierras de la Alcarria y de los valles del Jalón y del Jiloca, en los que consigue botín y tributos a costa de las poblaciones musulmanas. El segundo se centra en la conquista de Valencia y en la reconciliación entre el Cid y el rey Alfonso, y acaba con las bodas entre las hijas de don Rodrigo y dos nobles de la corte, los infantes de Carrión. El tercero refiere cómo la cobardía de los infantes los hace objeto de las burlas de los hombres del Cid, por lo que los de Carrión se van de Valencia con sus mujeres, a las que maltratan y abandonan en el robledo de Corpes. El Cid se querella ante el rey Alfonso, quien convoca unas cortes en Toledo, donde el Campeador reta a los infantes. En el duelo, realizado en Carrión, los infantes y su hermano mayor quedan infamados; mientras tanto, los príncipes de Navarra y Aragón piden la mano de las hijas del Cid, quien las ve así casadas conforme merecen.

Otro de los aspectos característicos de los cantares de gesta es su **estilo formular**, es decir, el empleo de determinados clichés o frases hechas, por ejemplo en la descripción de batallas o bien para referirse a un personaje. Así, el Cid es llamado a menudo «el bueno de Vivar», «el que en buena hora nació» o «el de la luenga barba», mientras que a Minaya Álvar Fáñez se lo presenta varias veces en el fragor del combate con la fórmula «por el codo abajo la sangre goteando». Este rasgo se liga a la difusión oral del *Cantar* (por boca de los juglares que lo recitaban o cantaban de memoria, acompañándose a menudo de un instrumento musical), pero también responde a un efecto estético (el gusto por ver tratados los mismos temas de una misma forma). Otros recursos estilísticos de los cantares de gesta son la gran alternancia y **variedad de tiempos verbales**; el uso de **parejas de sinónimos**, como «pequeñas son y de días chicas», y también de **parejas inclusivas**, como «moros y cristianos» (es decir, 'todo el mundo'); o el empleo de las llamadas **frases físicas**, al estilo de «llorar de los ojos» o «hablar de la boca», que subrayan el aspecto gestual de la acción.

En cuanto al argumento, como se ha visto, abarca dos temas fundamentales: el del **destierro** y el de la **afrenta de Corpes**. El primero se centra en la honra pública o política del Campeador, al narrar las hazañas que le permiten recuperar su situación social y, a la vez, alcanzar el perdón real; el segundo, en cambio, tiene por objeto un asunto familiar o privado, pero que tiene que ver también con el honor del Cid y de los suyos, tan realza-

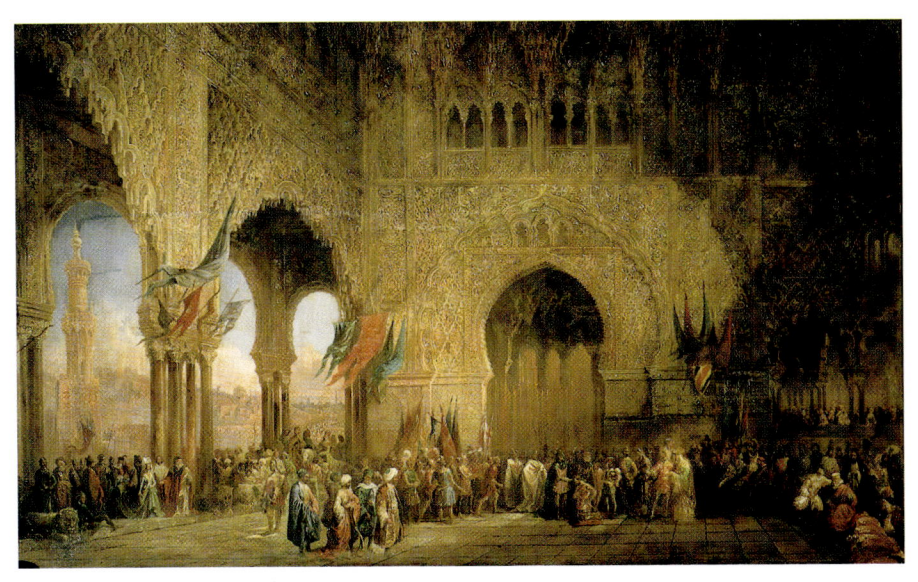

*«El juramento de Álvar Fáñez de Minaya» (1847), óleo de Jenaro Pérez Villaamil.*

do al final como para que sus hijas puedan casar con los príncipes de Navarra y Aragón. De ahí que el *Cantar* haya podido ser caracterizado como un **«poema de la honra»**. Esta honra, sea pública o privada, tiene dos dimensiones: por un lado, se relaciona con la buena fama de una persona, con la opinión que de ella tienen sus iguales dentro de la escala social; por otro, tiene que ver con el nivel de vida del individuo, en la medida en que las posesiones materiales traducen la posición que uno ocupa en la jerarquía de la sociedad. Por eso el Cid se preocupa tanto de que el rey conozca sus hazañas como de enviarle ricos regalos que, por así decir, plasmen físicamente las victorias del Campeador.

La doble trama del destierro y de la afrenta describe una **doble curva de descenso y ascenso**: desde la expropiación de las tierras de Vivar y el exilio se llega al dominio del señorío de Valencia y a la recuperación del favor real; después, desde la pérdida de la honra familiar provocada por los infantes se asciende al máximo grado de la misma, gracias a los enlaces principescos de las hijas del Cid. En ambos casos, la recuperación del honor cidiano se logra por medios casi inéditos en la poesía épica, lo que hace del *Cantar* no sólo uno de los mayores representantes de la misma, sino también uno de los más originales. En efecto, el héroe de Vivar, que es desterrado a causa de las calumnias vertidas contra él por sus enemigos en la corte, nunca se plantea adoptar alguna de las extremadas soluciones del repertorio épico, rebelándose contra el monarca y sus consejeros, sino que prefiere acatar la orden real y salir a territorio andalusí para **ganarse allí el pan con el botín** arrancado al enemigo, opción siempre considerada legítima en esa época. Por eso es característico del enfoque del cantar el énfasis puesto en el botín obtenido de los moros, a los que el desterrado no combate tanto por razones religiosas, como para ganarse la vida, y a los que se puede admitir en los territorios conquistados bajo un régimen de sumisión. Eso no significa que el Cid y sus hombres carezcan de **sentimientos religiosos**. De hecho, el Campeador se encarga de adaptar para uso cristiano la mezquita mayor de Valencia, que convierte en catedral para el obispo don Jerónimo. Es más, la relación del héroe con la divinidad es privilegiada, según se advierte en la aparición de San Gabriel para confortar al Cid cuando inicia la incierta aventura del destierro. Lo que no hay es un claro ideal de Cruzada, nada de «conversión o muerte». Los **musulmanes** de las plazas conquistadas, aunque no son vistos como iguales, tampoco se encuentran totalmente sometidos. Encuentran su lugar dentro de la sociedad ideal de la Valencia del Cid como *mudéjares*, es decir, como musulmanes que conservan su religión, su justicia y sus costumbres, pero bajo la autoridad superior de los gobernantes cristianos y con ciertas limitaciones en sus derechos. Sin caer en la tentación de ver en ello una convivencia idílica, está claro que no se aprecia en el ideario del Campeador ningún extremismo religioso.

Por lo que se refiere a la **afrenta de Corpes**, la tradición épica exigía que una deshonra de ese tipo se resolviese mediante una sangrienta venganza personal, pero en el *Cantar de mio Cid* se recurre a los **procedimientos legales** vigentes, una querella ante el rey encauzada por la vía del reto entre hidalgos. Se oponen de este modo los usos del viejo derecho feudal, la venganza privada que practican los de Carrión, con las novedades del nuevo derecho que surge a finales del siglo XII y a cuyas prácticas responde el uso del reto como forma de reparar la afrenta. Con ello se establece una neta diferencia entre los dos jóvenes y consentidos infantes, que represen-

*«Las hijas del Cid abandonadas en el bosque por los condes de Carrión» (post. 1889), óleo sobre lienzo de Ignacio Pinazo Camarlench (1849-1916). Palacio Peñalba (Banco Urquijo).*

tan los **valores sociales de la rancia nobleza** del interior, y el Campeador y los suyos, que son miembros de la baja nobleza e incluso villanos parcialmente ennoblecidos por su actividad bélica en las zonas de frontera. Tal oposición no se da, como a veces se ha creído, entre leoneses y castellanos (García Ordóñez, el gran enemigo del Cid, es castellano), sino entre la alta nobleza, anquilosada en valores del pasado, y la baja, que se sitúa en la vanguardia de la renovación social.

La acción prudente y comedida del héroe de Vivar manifiesta el modelo de **mesura** encarnado por el Cid en el *Cantar*, pero éste no sólo depende de una opción ética personal, sino también de un trasfondo ideológico determinado. En este caso, responde al **«espíritu de frontera»**, el que animaba a los colonos cristianos que poblaban las zonas de los reinos cristianos que limitaban con Alandalús. Dicho espíritu se plasmó especialmente en una serie de fueros llamados «de extremadura», a cuyos preceptos se ajusta el poema, tanto en la querella final como en el reparto del botín, a lo largo de las victorias cidianas. El norte de estos ideales de frontera lo constituye la capacidad de mejorar la situación social mediante los propios méritos, del mismo modo que el *Cantar* concluye con la apoteosis de la honra del Campeador, que, comenzando desde el enorme abatimiento inicial, logra ver al final compensados todos sus esfuerzos y desvelos.

## LA ADAPTACIÓN

La tarea de hacer llegar el contenido del venerable *Cantar de mio Cid* a un público que se está iniciando en la lectura de los clásicos exigía ante todo modernizar el lenguaje de la narración. Aunque el castellano medieval no es una lengua tan difícil que impida su total comprensión por parte del público moderno, era obligado allanar ese primer obstáculo. Podríamos entonces habernos limitado a reproducir una versión lingüísticamente actualizada, tomando incluso alguna de las realizadas por notables escritores de nuestros días, como el poeta de la generación del 27 Pedro Salinas o el novelista y premio Nobel Camilo José Cela. Sin embargo, el objetivo en una primera etapa de aproximación a los clásicos pasaba por ofrecer un texto más acorde con los modos de narrar de hoy en día. Aspectos como las descripciones formulares, las series gemelas o la narración doble podían desconcertar e incluso confundir al lector novel. Por eso, de acuerdo con los criterios generales de esta colección, se ha preferido realizar una adaptación en toda regla.

La base, como no podía ser de otro modo, es el relato contenido en el *Cantar*, cuyo hilo argumental se ha mantenido en todo momento, salvo la simplificación de algunos aspectos secundarios de la narración. A cambio, se ha procedido a cierta novelización que agilizase el relato o permitiese una mejor captación del ambiente, dado que el viejo poema es sumamente parco en sus descripciones. De todos modos, en los momentos culminantes de la acción, la insuperable expresión del *Cantar* se ha mantenido de forma casi literal. En suma, hemos procedido a una cierta actualización de tono y presentación, sin alterar el fondo del relato ni optar por una lengua anacrónicamente puesta al día. Difícil es el equilibrio entre fidelidad y modernización, pero confiamos en haberlo resuelto satisfactoriamente, manteniendo un tono de sobria evocación poética acorde con la marcha heroica del Cid, de su familia y de sus guerreros.

Si en algún lugar nos hemos permitido más libertades ha sido en el comienzo y en el final del relato. Al manuscrito del *Cantar*, como ya se ha dicho, le falta la primera hoja, de modo que no sabemos cómo empezaba. Las crónicas alfonsíes han conservado restos de los versos iniciales, pero no los suficientes como para conocer el principio. Por lo tanto, retomando el tema del enfrentamiento entre García Ordóñez y Rodrigo Díaz, así como la leyenda de la bastardía del Cid (documentada ya a finales del siglo XIII), hemos desarrollado un episodio inicial que hace entrar en escena directamente al héroe y a sus antagonistas, y plasma desde el primer momento las complejas relaciones entre el Campeador y el rey don Alfonso.

Por otro lado, el *Cantar*, después de referir las bodas regias de Elvira y Sol, concluye de forma algo abrupta diciendo que Rodrigo murió el día de Pentecostés (sin señalar siquiera el año). Para dar consistencia al desenlace, hemos creado un hilo conductor en la actuación de García Ordóñez, al que hemos presentado en las lides de Carrión en lugar del hermano de los infantes (lo que es coherente con su papel en el *Cantar*) y al que hacemos salir de nuevo a escena para ser el causante indirecto de la muerte del

Campeador. Como culminación del relato, hemos optado por recobrar uno de los episodios más célebres de la leyenda cidiana, el de su victoria después de muerto sobre los moros que asedian Valencia. Este momento glorioso, divulgado por la fantasiosa *Historia del Cid* elaborada en Cardeña y transmitida por las crónicas alfonsíes, es uno de los que más ha cautivado siempre la imaginación popular y también ha sido elegido como broche de oro en la ya citada película *El Cid*. De igual modo, hemos retocado levemente algunos aspectos (por ejemplo, la presencia del obispo don Jerónimo junto a Félez Muñoz en el séquito de las hijas del Cid camino de Carrión) y aprovechado otros materiales de la leyenda cidiana (como el matrimonio de Rodrigo y Jimena tras la muerte de su padre en duelo), con la intención de ofrecer una versión trabada y consistente de las aventuras del insigne Rodrigo Díaz de Vivar, el Cid Campeador.

# El Cid

# Un episodio vergonzoso

Había tantas velas encendidas sobre la mesa del rey que empezaron a reblandecerse en su propio calor y a inclinarse hacia los lados como una pandilla de borrachos. La cera formaba pequeñas lagunas entre los cubiertos de plata y caía poco a poco sobre el pelo de un noble caballero a quien el exceso de vino había dejado postrado y dormido sobre su plato.

El propio rey había bebido demasiado. Intentó apoyar un brazo en la mesa, pero su codo resbaló, y don Alfonso casi se da de bruces contra su copa. Al rey le disgustó que don Rodrigo Díaz de Vivar se hubiera percatado de su desliz.

—¿Qué os sucede, don Rodrigo? —exclamó—. ¿Acaso os desagrada el sabor de nuestro vino?

Hacia la mitad de la mesa, don Rodrigo, un caballero alto y ceñudo, con una barba austera e impoluta,* permanecía sentado con la espalda muy recta en su dura silla de roble. Era un hombre corpulento y nervudo.* La piel que rodeaba sus ojos estaba tan arrugada a causa del ardiente sol de la meseta que el caballero parecía mirar de hito en hito* a cuantos le rodeaban. Don Rodrigo no había llegado a tocar su segunda copa de vino, que permanecía llena junto a su limpio plato de comensal.

—Igual que un cuervo —murmuró el rey.

—¿Cómo habéis dicho, mi señor? —preguntó don Rodrigo.

—He dicho que picoteáis la comida lo mismo que los cuervos.

El rey estaba molesto con don Rodrigo. Las malas lenguas decían que el de Vivar se había apropiado de una parte de los tributos que él mismo había ido a recaudar a Sevilla por encargo del rey Alfonso. Durante su estancia en la capital mora, además, el Campeador había ayudado al rey Almutamid a combatir al ejército granadino, que a su vez había recibido refuerzos del conde García Ordóñez. Don Rodrigo infligió una severa derrota al conde y lo mantuvo prisionero durante tres días. Aquel agravio contra un miembro de la alta nobleza castellana provocó el enojo de la corte, y el malestar se respiraba ahora en el banquete real.[1]

No toda la nobleza, sin embargo, mostraba una conducta ejemplar. En ese momento los infantes* Diego y Fernando, enzarzados en una reyerta, acababan de rodar bajo la mesa. Algunos comensales, con los estómagos atiborrados por la copiosa* comida y medio adormilados por el vino, contemplaron impávidos* a los infantes y apenas reaccionaron ante el estrépito de los cuencos y tazones que se hacían añicos al caer de la mesa.

El conde Ordóñez, probablemente el único cortesano que aún se mantenía sobrio, metió la cabeza entre sus rodillas y susurró a sus sobrinos:

—¡Basta ya, infantes! ¿Habéis perdido el juicio? ¡El rey os castigará por este escándalo! ¡Vais a ser la ruina de nuestra familia!

El rostro del monarca estaba cada vez más rubicundo* a causa del vino y de la rabia contenida por la conducta infantil de Diego y Fernando. Y el conde Ordóñez, para evitar que el descrédito enturbiase la reputación de su familia, intentó distraer la atención del rey disparando un dardo afilado contra don Rodrigo:

—Supongo que los pobres chicos están desconcertados por el hedor* a labriego* que impregna este salón. ¿No lo habéis notado, Ruy Díaz?[2]

De repente se hizo un silencio sepulcral. Los comensales habían advertido la gravedad del insulto y miraron al rey, preguntándose en qué pararía todo aquello. Don Rodrigo no pareció inmutarse, pero, tras una breve pausa, volvió la vista al conde y le preguntó:

—¿Qué queréis dar a entender con vuestras palabras, conde Ordóñez?

—Sencillamente, que entre nosotros hay un campesino advenedizo* que no puede evitar oler de forma distinta, por más que a su padre lo nombraran caballero por méritos de guerra.

El rey no mudó el semblante, pero sus ojos brillaron de alegría al advertir que el codo de don Rodrigo resbalaba sobre el brazo de su sillón. El caballero de Vivar estaba atónito,* pero dijo con calma bien estudiada:

—¿No estaréis sugiriendo, conde Ordóñez, que nuestro amado rey Fernando, cuya muerte tanto hemos llorado, se equivocó al nombrar caballero a mi padre por los servicios prestados a la Corona?[3]

El rey frunció el ceño. Era un buen argumento. ¿Cómo iba a atreverse el conde Ordóñez a contradecir a don Rodrigo sin incurrir en algo que sonase a una traición al soberano?

—¿Vuestro padre? ¿Pero es que llamáis «padre» a aquel hombre? He oído decir que vuestra madre apenas tuvo tiempo de llegar a la iglesia antes de que vos nacierais.[4]

La sala se llenó con los gritos de protesta de algunos comensales y las sonoras carcajadas de otros. A causa de la algarabía, los perros dormidos junto al fuego despertaron de pronto y se pusieron a ladrar alborotados.

El rey Alfonso se sabía en la obligación de evitar que el conde Ordóñez siguiera pronunciando aquellos insultos ultrajantes,* pero el sopor del vino le impedía dar con las palabras apropiadas. Además, permanecía absorto observando cómo los nudillos de la mano que don Rodrigo apretaba contra el brazo de su sillón iban empalideciendo.

—Os ruego que os expliquéis con mayor claridad, querido conde —dijo don Rodrigo con una voz severa que contradecía su aparente calma—. ¿Qué queréis dar a entender con vuestras palabras?

El conde se vio en un aprieto. Era demasiado tarde para presentar excusas, pues sabía muy bien que había sobrepasado con creces los límites de la cortesía más elemental. Pero le bastó mirar al rey para comprender que no corría ningún peligro, así que se apoyó sobre la mesa y acercó su pálida cara a aquellas hermosas facciones atezadas* por el sol.

—Estoy diciendo que sois un bastardo, Rodrigo de Vivar: eso es lo que digo.

—Comprendo.

La réplica fue distendida: tenía el tono propio de una conversación cotidiana y banal. Pero al instante se hizo evidente la intensa irritación de don Rodrigo, cuyos pómulos no se habían visto alterados por el vino. De pronto, el caballero agarró la barba del conde, tiró con fuerza de ella y la metió sin titubeos en una copa de vino.

Aquello fue todo. No hubo más. Todo lo que don Rodrigo hizo fue tirar de la barba del conde. Sin embargo, el insulto resonó en las montañas más altas, dispersó las cenizas de los hogares en las casas solariegas\* y recorrió los panteones de las familias nobles golpeando con fuerza en la tumba de los muertos. Los espíritus de los antiguos ricoshombres\* y condes de Castilla salieron con furia del camposanto y lanzaron a los cuatro vientos un clamor de indignación.[5]

—Lo habéis visto, ¿verdad? —tartamudeó el conde Ordóñez mientras el vino resbalaba por su barba y teñía su pecho de rojo—. ¿Habéis visto lo que ha hecho, mi señor?

El rey dirigió una mirada severa a don Rodrigo.

—Sí, lo he visto —dijo.

—¡El bastardo me ha mesado\* la barba! —protestó el conde—. ¡Ese labriego ha ofendido a mi noble linaje! ¡Ese hijo de destripaterrones\* y de pazpuerca\* me ha escarnecido!\* ¡A mí, al conde García Ordóñez!

El rey se levantó, y los pocos comensales que aún permanecían sentados intentaron ponerse en pie.

—Lo hemos visto, conde Ordóñez —repitió el rey, adoptando un tono solemne y el plural mayestático,\* que subrayaba la gravedad de sus palabras—, y, al tiempo que nos estremecemos por vuestra causa, nos apenamos por vuestros antepasados, cuya memoria también se ha visto afrentada. Rodrigo de Vivar, sabed que nos habéis disgustado gravemente.

Puesto ya en pie, don Rodrigo extendió sus grandes manos en actitud de súplica.

—¿El corazón del rey —exclamó— no siente pena alguna hacia mis difuntos padres, cuyo buen nombre ha sido infamado?

—¡No! —gritó el monarca con todas sus fuerzas—. No queremos volver a veros. Nunca fuisteis de nuestro agrado. Partid de esta tierra de Dios y no volváis jamás. De lo contrario, seréis condenado a muerte.[6]

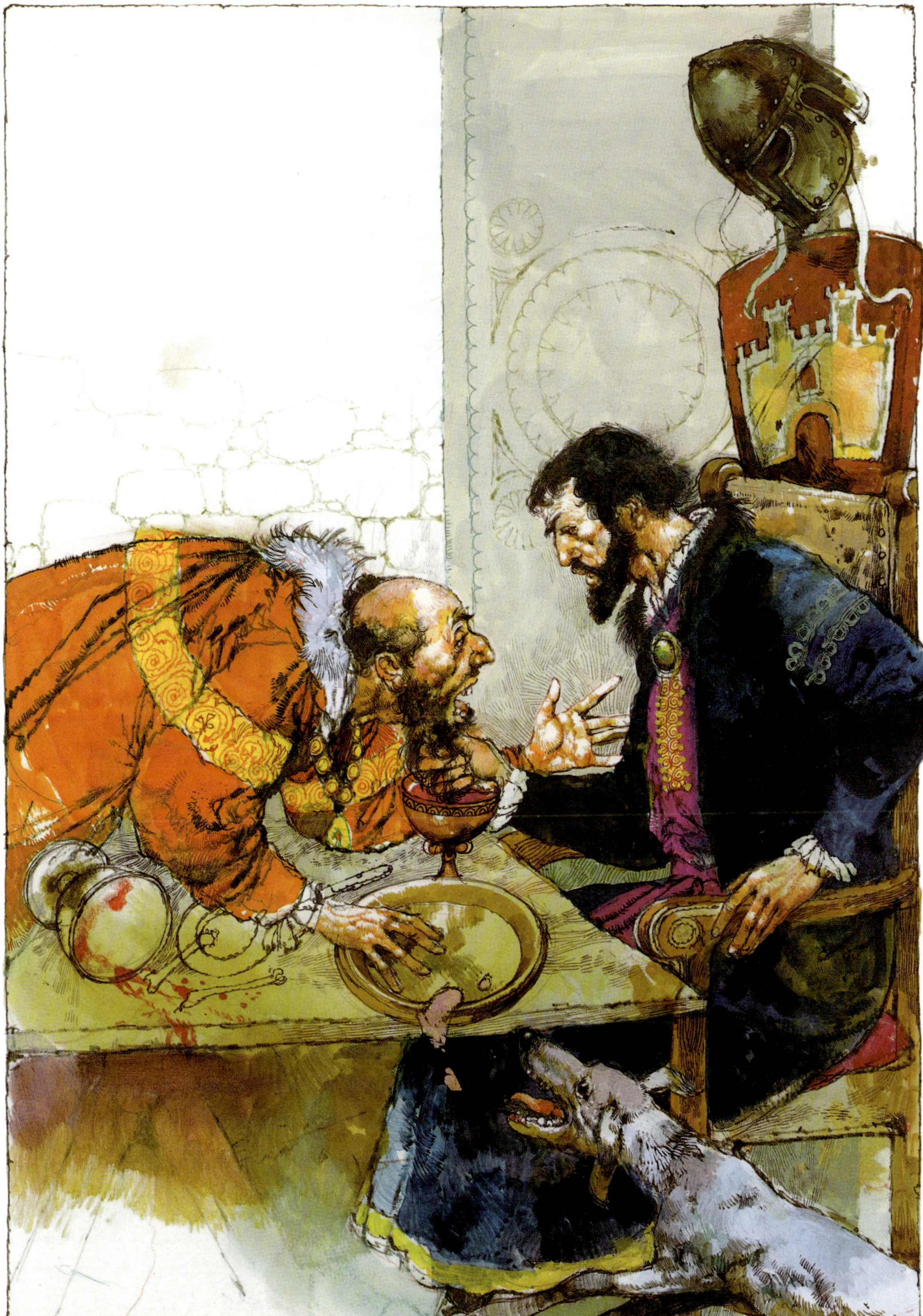

Incluso los perros interrumpieron sus ladridos ante las exclamaciones de sorpresa y de consternación que invadieron la sala.

—¿Don Rodrigo desterrado...?

—¿El buen caballero de Vivar desterrado...?

—¿El Campeador desterrado...?[7]

—¿El mejor soldado de Castilla desterrado...?

—¿Por defender a su santa madre...?

Los perros se pusieron a ladrar con gran estruendo.

—¿Desterrado...? —murmuró don Rodrigo, incrédulo.

—Si no salís de Castilla antes de nueve días, contados a partir de esta medianoche, Nos ordenaremos a nuestros soldados que os prendan. Y todos aquellos que en Castilla intenten ayudaros a poneros a salvo serán condenados a muerte.[8] Vuestra actitud me ha convencido de que la nobleza se lleva en la sangre. Y vos no sois, desde luego, un verdadero caballero...

En la puerta de la sala, los infantes Diego y Fernando sonreían con complacencia al tiempo que blandían amenazadoramente sus cuchillos de comensales ante don Rodrigo. Cuando el caballero se dispuso a salir, le cerraron el paso. Don Rodrigo levantó la mano derecha y abofeteó con desdén a los dos muchachos, que cayeron al suelo por la fuerza de los golpes.

«No he debido permitir que el vino acabara con los modales refinados de la corte», se dijo el rey mientras percibía el desconcierto en el rostro de algunos de sus invitados y les oía murmurar sobre su modo de impartir justicia. «¡Malditos borrachos!», pensó, mirando a otros nobles dominados aún por el sopor del vino. «¡Dios sabe cuándo volverá a entrar en este salón un hombre tan entero y cabal como don Rodrigo!».

«Le pediré que vuelva y le perdonaré», se dijo aquella noche mientras trataba de conciliar el sueño.

Pero otra voz en su interior le respondió:

«¿Por qué habrías de hacerlo? ¿Acaso don Rodrigo ha solicitado clemencia? ¿Acaso ha presentado disculpas al conde? No. Por otro lado, su presencia nunca te fue del todo grata. No olvides qué incómodas te resultaron siempre su terca sobriedad de labriego, su moderación en la bebida, aquella irreprochable devoción que lo impulsaba a rezar a todas horas... ¡Sí, que se marche!».

«Pero tal vez su partida no nos beneficie», reflexionó el rey. «¡Podría buscar venganza, pedir ayuda a esos moros sin Dios que ocupan media España y saquear luego nuestras tierras aliado con ellos! ¡Rodrigo es tan buen soldado!… Por otra parte, es probable que algunos nobles de mi corte me hayan tomado por un rey injusto. ¡Maldita sea!, ¿qué debo hacer?».

Al fin, las dudas del monarca se resolvieron en una leve sonrisa:

«¡Ya lo tengo!», se dijo. «Me mostraré generoso con su bella esposa y con sus dos hijas, permitiéndoles que permanezcan en la finca familiar de Vivar. Es merced suficiente para un campesino aficionado a tirar de las barbas ajenas».

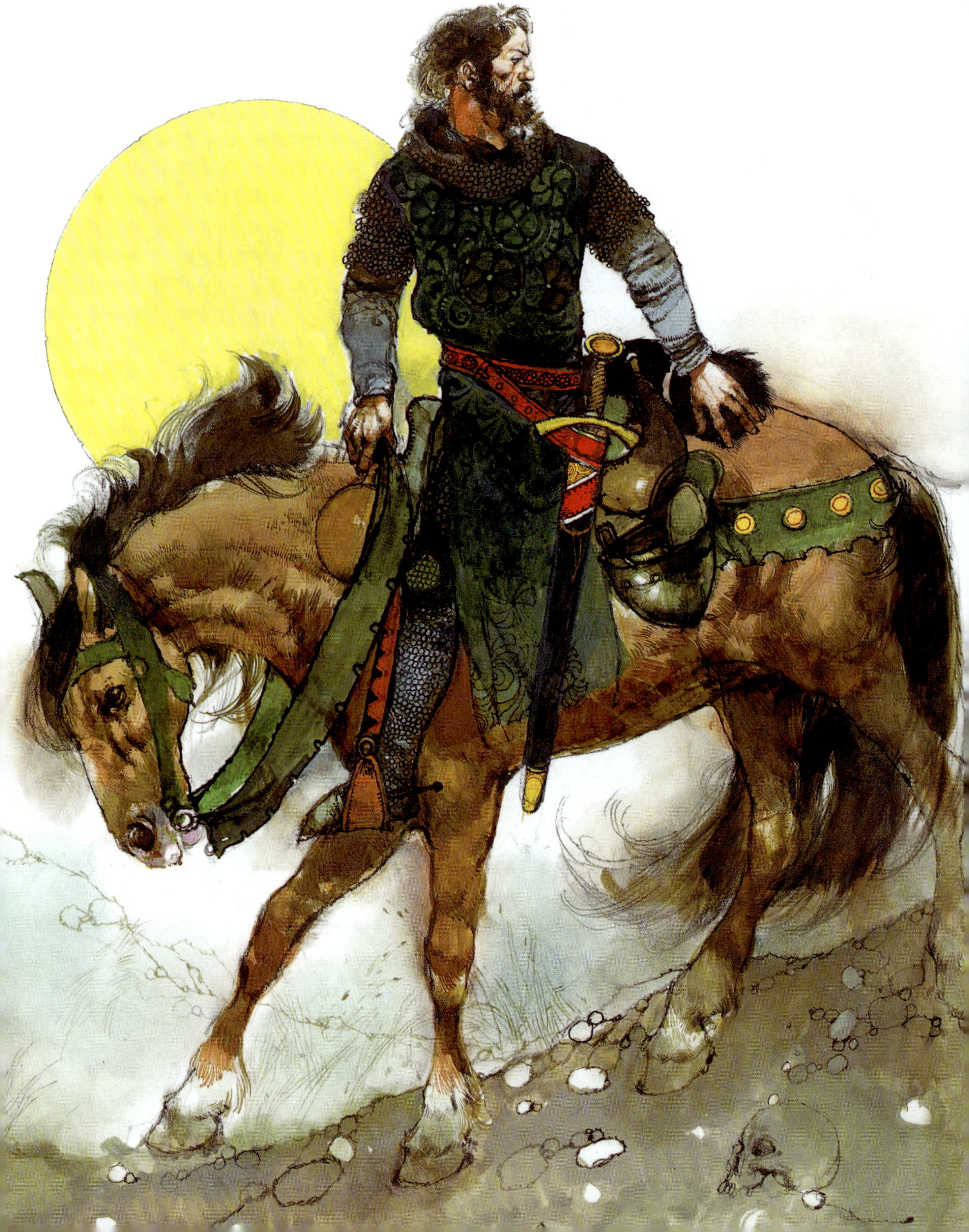

# Desterrado

En las casas de Vivar las perchas quedaron vacías como cuernos de toro cuando los vasallos\* de don Rodrigo descolgaron sus capas de piel y sus mantos de lana para seguir a su señor en su destierro. En las estrechas callejuelas del lugar resonaron los cascos de los caballos y de las mulas que habían descansado en los establos durante meses.

Vivar se hallaba en un valle a orillas del río Ubierna. En lo alto de la población se levantaba la silueta gris de la iglesia de Santa María. En su espadaña\* sonaba sin cesar una campana, cuyo tañido parsimonioso y monótono parecía decirles a las gentes: «El rey ha dictado sentencia… El rey ha dictado sentencia…». Frente a la casa solariega\* que iba a abandonar, don Rodrigo abrazó a su bella esposa y le secó las lágrimas.

—Debo viajar al sur —le dijo—. A las tierras de los moros sin Dios y lejos de esta sagrada Castilla y de la luz de vuestros ojos y de los de mis adoradas hijas. Pero recordad una cosa: por la noche, las mismas estrellas\* nos mirarán a vos y a mí hasta que volvamos a estar juntos.

—¡Pero el exilio es una pena demasiado severa para una ofensa tan leve! —protestó doña Jimena, que no lograba resignarse a su destino adverso.

—El conde me ofendió gravemente —explicó su esposo—. De lo contrario, jamás le hubiera tirado de las barbas. Tuve la mala fortuna de que el rey se pusiera de su parte. Eso fue todo. El cielo es testigo de que no pronuncié una sola palabra que pudiera interpretarse como una queja o como una traición. Soy vasallo de don Alfonso, así que siempre haré su voluntad. Debo sobrellevar mis sufrimientos como un caballero.

Entonces, don Sancho, el abad del monasterio de San Pedro de Cardeña,[9] donde iba a recogerse por el momento la familia de don Rodrigo, salió por el portón de la casona llevando de la mano a las dos pequeñas hijas del

Campeador. Nada más verlas, el caballero dejó caer las bridas que acababa de coger para ponérselas a su caballo y estrechó a las dos niñas contra su pecho.

—¡Elvira, Sol! —exclamó—. Vuestro padre tiene que marcharse, pero ya veis que os dejo en buenas manos. El abad os llevará a su hermoso monasterio y allí será para vosotras un padre tan afectuoso como yo. Portaos bien y cuidad a vuestra madre. Procurad mantenerla animada, y acordaos siempre de rezar vuestras oraciones.

—Sí, padre.

—Y de estudiar vuestros libros.

—Sí, padre.

—Y, si por alguna razón yo no volviera, debéis intentar recordar mi rostro. ¿Lo haréis?

—¿Si no volvéis, padre...?

Antes de que don Rodrigo pudiera decir nada más, doña Jimena tomó a las dos niñas de la mano y, con los ojos arrasados de lágrimas, le dijo a su esposo:

—Es hora de partir: vuestra mesnada\* os espera.

Don Rodrigo se limitó a asentir con la cabeza, procurando contener la emoción. Después, ensilló a Babieca, su hermoso y altivo caballo, y se ciñó en los talones de las botas sus brillantes espuelas de hierro.

—Tenéis razón, señora. Mis oraciones os harán compañía hasta que vuelva a casa o envíe a alguien a buscaros para que os unáis a mí. ¿Quién sabe? Quizá en mi ausencia encuentre un marido adecuado para cada una de nuestras hijas. ¿Qué decís vos a eso, don Sancho?

El abad se colocó tras el caballo de don Rodrigo, de modo que nadie pudiese ver las escasas monedas que el señor de Vivar le entregaba.

—Ahí tenéis toda la hacienda de la que dispongo —dijo el caballero—. Pase lo que pase, cuidad de mi esposa y mis hijas. En cuanto me sea posible os enviaré más dinero.

El monje se había inclinado para besar la mano de don Rodrigo cuando su boca dejó escapar una sonora carcajada:

—¿Y qué haréis para conseguir dinero? —preguntó—. ¿Esquilar corderos para los moros? ¿Plantar trigo y calabazas en el predio\* de un infiel? Sé muy bien el tipo de aventuras que buscáis… Pero, decidme, ¿cómo pensáis pagar a vuestros hombres y proporcionarles alimentos si me entregáis a mí toda vuestra fortuna?

—No os preocupéis por eso —respondió don Rodrigo—; tengo ciertos planes. ¿Veis ese baúl forrado de cuero repujado* que está atado a la mula gris?

El abad echó un vistazo al baúl mientras don Rodrigo se inclinaba hacia el monje para susurrarle algo al oído.

—Veo que, a pesar de vuestro destino adverso —sonrió el abad tras escuchar al caballero—, no habéis perdido vuestro sentido del humor. Pero es mejor que no malgastéis vuestro tiempo contándome artimañas de villanos. Cuando mañana salga la luna, tenéis que haber abandonado Castilla, so pena de muerte, así que es mejor que partáis cuanto antes.

Don Sancho bendijo a su amigo con la señal de la cruz.

—Sois rico en amigos, pero pobre en oro —le dijo a continuación—. Os confieso que temo por vos. Pero, si ponéis tierra por medio, la ira del rey no logrará alcanzaros.

Don Rodrigo asintió con la cabeza y chasqueó la lengua para poner su caballo al trote. No se atrevió a mirar hacia atrás ni agitó la mano al salir de Vivar. A duras penas podía soportar el dolor de separarse de su amada familia. Tenía los ojos bañados en lágrimas y sentía en el corazón la grave congoja de verse desterrado para siempre.

—¡Levantad el ánimo, don Rodrigo —le alentó Álvar Fáñez—, que no hay hombre nacido de mujer con más temple y valor que vos! Bien sabéis que Dios proveerá y que pronto os reuniréis con vuestra familia.

La ciudad de Burgos se encontraba muy cerca de Vivar, y en ella todo el mundo conocía muy bien a don Rodrigo. Sus habitantes habían visto cientos de veces el rostro largo y enjuto del caballero y sus ojos entornados contra el fulgor del llano como los de un marinero ante el resplandor del mar. Sin embargo, las puertas de todas las casas de Burgos permanecieron cerradas a cal y canto al paso de don Rodrigo y de sus hombres. No había ni un alma en las calles polvorientas, y nadie se asomaba a las ventanas. El silencio sepulcral de la ciudad sólo se rompía a veces por el ladrido triste

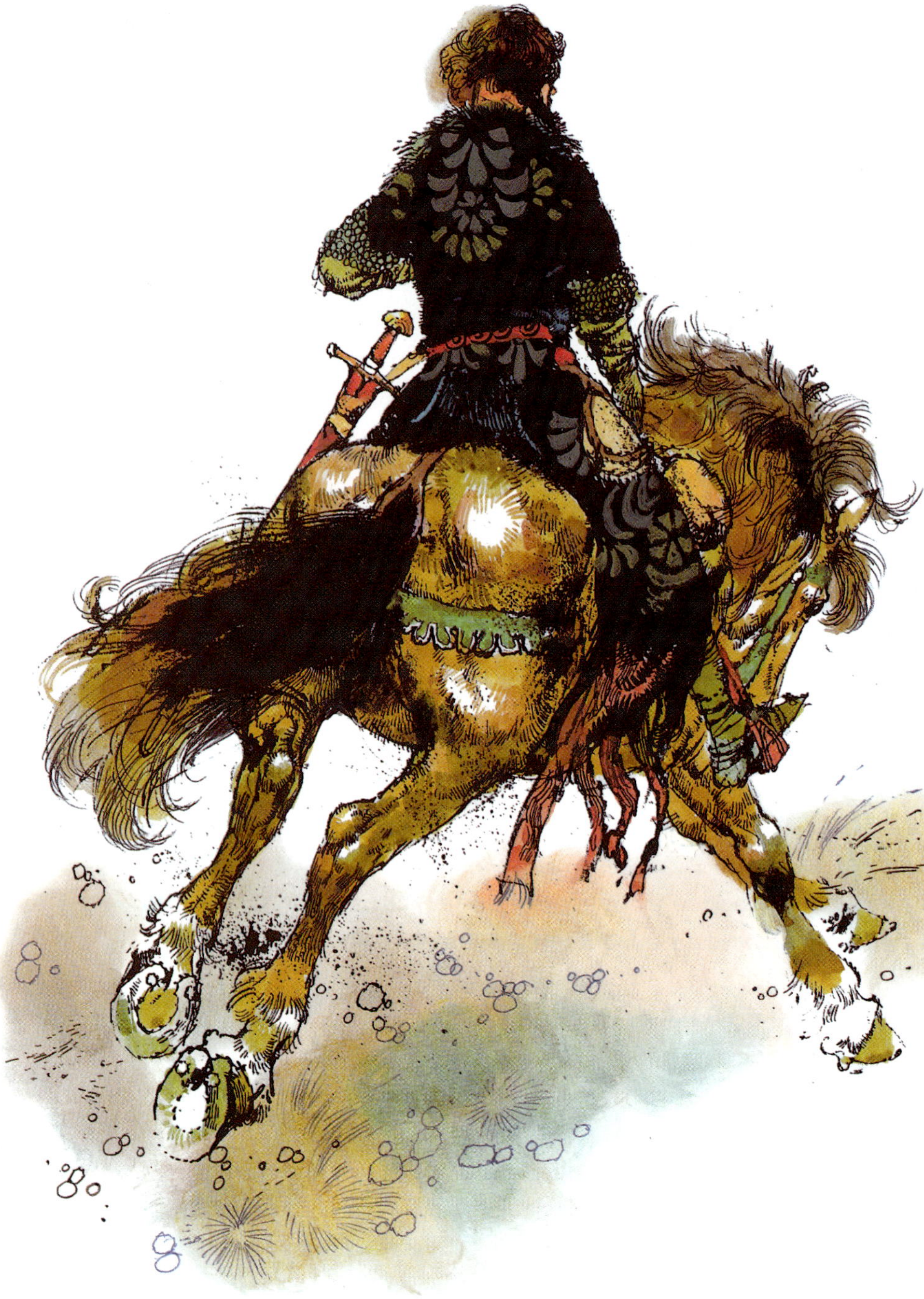

de un perro o el rumor de las ropas recién lavadas que flameaban\* en algún tendedero.

—¿Pero qué ocurre aquí? —exclamó don Rodrigo.

Nadie respondió: la voz del caballero se elevó por los aires y volvió a caer como un pájaro herido sin que nadie quisiera escucharla. Don Rodrigo se volvió hacia el amigo en quien más confiaba y le dijo:

—¡Corren malos tiempos, mi querido Álvaro![10] ¿Acaso una ciudad puede morir de la noche a la mañana, como un árbol helado por la escarcha?

Tan intrigado como don Rodrigo, Álvar Fáñez no respondió. Espoleó su pequeña yegua ruana\* calle arriba y calle abajo, gritando hacia las ventanas:

—¡Eh, abrid! ¿No hay nadie ahí? ¡Tened un poco de consideración! ¡Demostrad vuestra hospitalidad! ¿Es que no hay en esta ciudad quien quiera decir adiós al señor de Vivar y venderle de paso una hogaza de pan para su viaje?

A la vista de que nadie respondía, don Rodrigo le dijo a Álvar Fáñez:

—Vamos a casa del molinero. Es amigo mío y seguro que nos proporcionará pienso para las caballerías.

Pero la puerta del almacén estaba atrancada y los postigos de las ventanas se encontraban cerrados como los ojos de quien duerme. Don Rodrigo distinguió un rumor de pasos en el interior y perdió la paciencia. Avanzó a caballo hacia la puerta y la golpeó con las botas sin quitarse las espuelas. A la segunda sacudida, la rodaja\* de una de ellas cayó al suelo como una estrella fugaz; de pronto, como surgida de la nada, apareció una muchachita que recogió la espuela y la colocó en la mano abierta de don Rodrigo. En el rostro de la niña no se dibujó ninguna sonrisa, y sus ojos miraron con desconfianza a derecha e izquierda como un ladrón que teme ser descubierto en flagrante delito.

—Muchas gracias, pequeña —dijo don Rodrigo—. Dime, ¿acaso estás sola en esta gran ciudad? ¿Es que nadie salvo tú se atreve a saludarme y a ofrecerme su amistad?

La pequeña se estrujó el delantal con ambas manos y, cuando al fin se dispuso a hablar, las palabras surgieron de su boca a borbotones, como el agua que brota de una fuente:

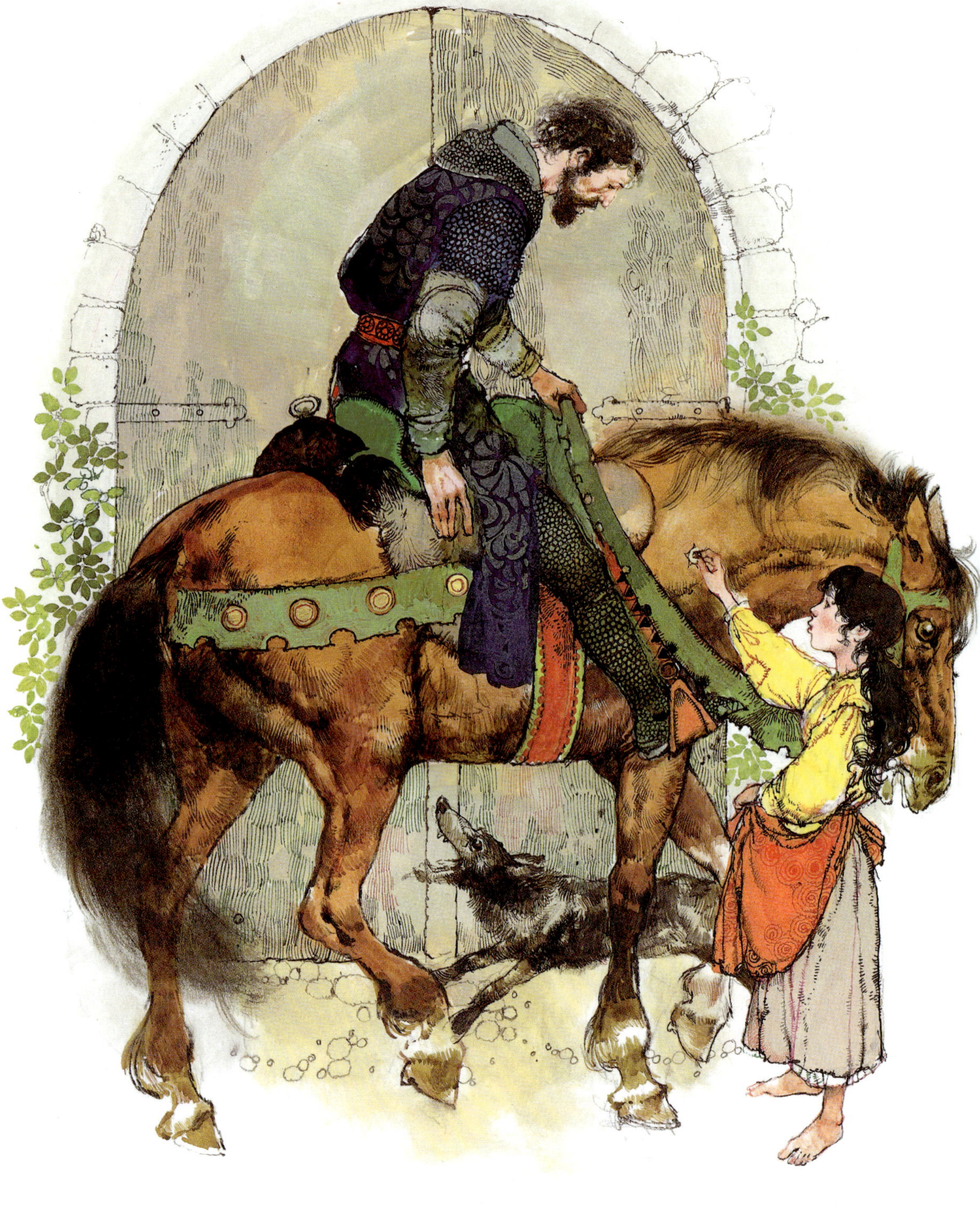

—El rey mandó ayer una orden sellada —dijo—. Nadie debe hablar contigo ni ayudarte ni darte cobijo ni ofrecerte comida o bebida, ni siquiera paja para tus caballos. El rey envió esa orden. A quienquiera que te abra sus puertas le quitarán su casa, le arrancarán los ojos, le cortarán la cabeza y su cuerpo será enterrado fuera del seno de la Iglesia y sin funeral.[11] Lo siento mucho, caballero don Rodrigo, ¡lo siento mucho!

La niña salió corriendo y se perdió tras una esquina después de que sus pies levantaran una pequeña nube de polvo. En la calle desierta, don Rodrigo sintió de pronto toda la amargura del destierro. Comprendió que se hallaba dolorosamente desgajado de su casa solariega. Lo habían separado de su hogar del mismo modo que el brazo se separa del cuerpo del guerrero cuando la espada lo corta a cercén; lo habían alejado de los suyos al igual que la espiga se aleja del tallo cuando el labriego siega el trigal.

Babieca agitó el testuz y don Rodrigo apretó las espuelas contra sus ijares.*

—¡Adelante, Álvar Fáñez! ¡En marcha, mis fieles! Y bendecid a Dios en vuestros corazones por habernos enviado estas calamidades, porque de esa manera nuestras almas se endurecerán como espadas forjadas al fuego.

Solo cuando el señor de Vivar salió a galope de la ciudad, las ventanas y las puertas de Burgos se abrieron poco a poco y centenares de cabezas pesarosas se asomaron para ver partir a don Rodrigo.

—¡Qué grave error ha cometido el rey Alfonso! —murmuraban las gentes de la ciudad; y, al contemplar admirados la figura de don Rodrigo, añadían—: ¡Qué buen vasallo sería… si tuviese un buen señor!

Como no había en Burgos nadie que se atreviera a cobijarlo bajo su techo, aquella noche don Rodrigo acampó en la ribera del río y envió a algunos de sus hombres a cazar conejos y pescar peces para la cena. «¿Habré de vivir el resto de mis días de este modo tan mezquino?», se preguntó el caballero; «¿acaso no podré ofrecerles nada mejor a quienes me han demostrado su lealtad?». Álvar Fáñez prefirió no acercarse a su señor, y permaneció en silencio, porque comprendió que de nada servirían aquella noche unas palabras de consuelo. Sabía que el corazón de don Rodrigo rebosaba de dolor y angustia, y que su pensamiento estaba puesto en el recuerdo de doña Jimena y de sus pequeñas hijas.

De repente, la tierra se echó a temblar y los pájaros abandonaron con temor las ramas de los árboles. Un canto similar a los que suelen oírse en las tabernas pasada la medianoche empezó a distinguirse antes de que un pesado carromato hiciera su aparición en el camino. Lo conducía un hombre de piernas arqueadas que sacudía con energía las riendas para animar la marcha de sus dos desganados caballos. Tras el carro cabalgaban grupos de hombres armados que charlaban, discutían y se unían de vez en cuando al estribillo de la canción del cochero.

Álvar Fáñez se incorporó de un salto y desenvainó la espada, imaginando que el rey había enviado tropas para expulsar a don Rodrigo del territorio castellano. Pero el de Vivar abrió sus brazos de par en par y saludó al cochero con un grito de entusiasmo:

—¡Martín, bendito seáis tú y tu alegre algarabía! ¡Con tus canciones acabarás por despertar al rey, allá en León! ¿Qué es lo que te lleva a abandonar Burgos cuando las tabernas están ya abiertas? Vamos, siéntate a cenar con nosotros si te apetece beber agua y comer aire…

El burgalés Martín Antolínez bajó del carro y replicó:

—Vaya, yo que tenía la intención de comer pollo asado y pan recién hecho… Veamos qué se puede hacer… Empezaré por aligerar el peso de mi carro, porque en caso contrario reventará por las costuras. ¡Aquí hay provisiones suficientes para llevaros a vos y a vuestros hombres a la India y volver!

—¿Acaso no has visto, mi querido Martín, el edicto del rey que prohíbe a todo el mundo ayudarme, cobijarme o facilitarme víveres?

—Bueno…, vos ya me conocéis, don Rodrigo, y sabéis muy bien que nunca conseguí aprender a leer. ¿De modo que el rey piensa confiscar mi casa? Pues que lo haga. ¿Acaso voy a necesitarla si parto a la aventura con el señor de Vivar? ¿Que decide sacarme los ojos?… No lo hará si le veo venir. ¿Que decide cortarme la cabeza?… Hace falta algo más que eso para lograr que Martín deje de cantar. Y no soy el único que piensa así: estos jóvenes que he traído conmigo sienten lo mismo que yo por el buen rey y su real edicto. Así están las cosas: nadie va a arrebatarnos las ganas de luchar a vuestro lado. Sabemos que la tierra de los paganos está cerca, llena de moros sin Dios, sentados en sus castillos de oro, y esa cercanía excita

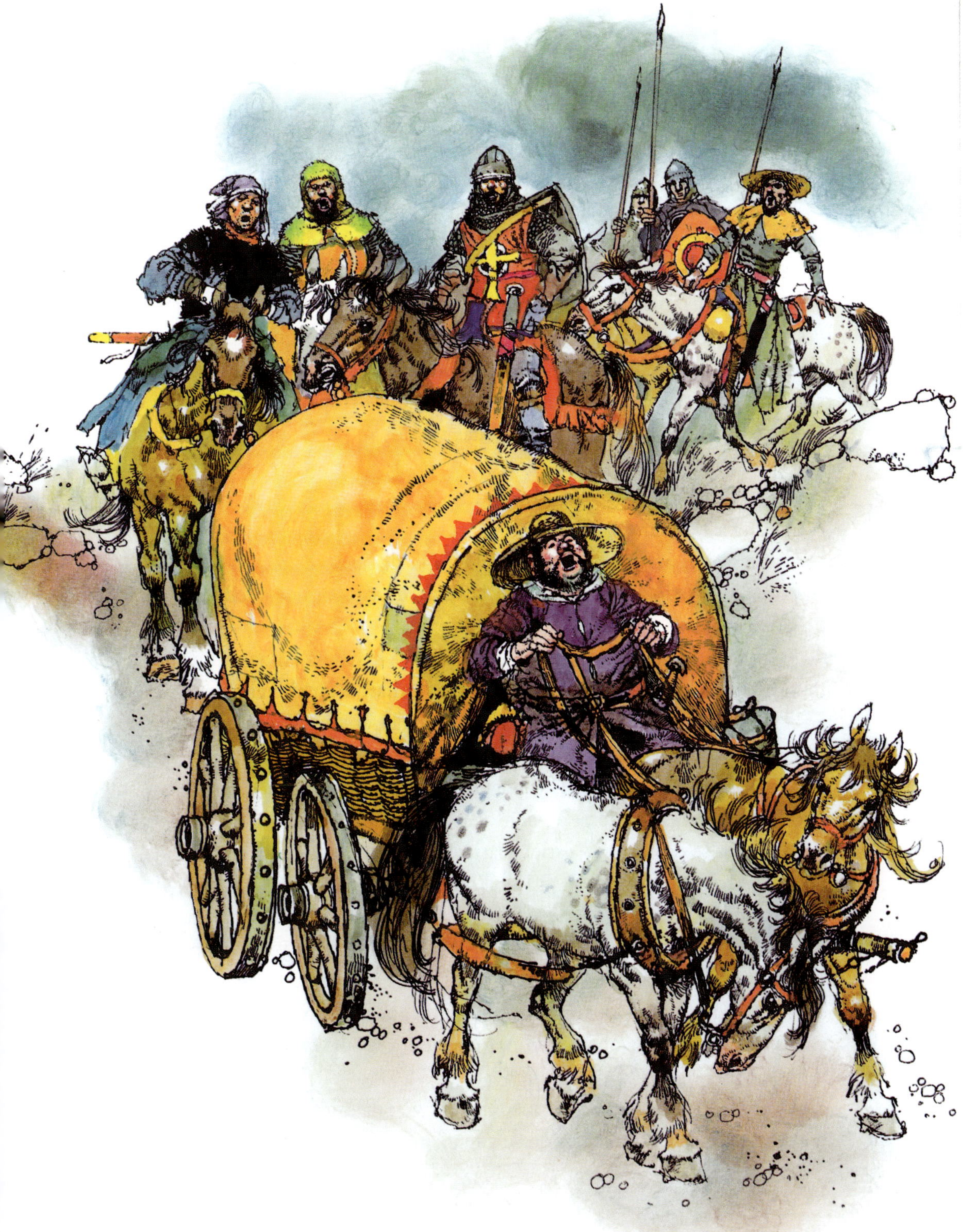

nuestro ánimo. Por eso os pedimos que nos hagáis sitio alrededor del fuego cuando acampéis. Hay más hombres, además de los pocos que os acompañan desde Vivar, que quieren probar cómo les sienta el exilio allí donde los inviernos son más cálidos.

Aquella noche las fogatas del campamento refulgieron con tanto esplendor que cubrieron las silenciosas aguas del río con un manto de oro. Don Rodrigo yacía en el suelo envuelto en su capa y observaba el grato flamear del fuego a través de sus párpados entreabiertos. Pronto los matices dorados dieron paso al reflejo plateado de la luna, que también acabó por desvanecerse en el cielo. A don Rodrigo solo le quedaba un día para abandonar Castilla; cuando el plazo acabara, las tropas del rey caerían sobre él y sus hombres y apagarían todas sus fogatas. «Es un castigo tan severo por haber tirado de una barba…», se dijo don Rodrigo. Después, el caballero cayó en un sueño profundo y plácido, tan ornado con visiones como un castillo con banderas.

Soñó que el arcángel san Gabriel surgía de entre las aguas del río y se acercaba a su lado. A contraluz de la luna, don Rodrigo percibió el goteo de sus alas desplegadas.

—Dios te salve, don Rodrigo Díaz de Vivar. El día en que tú naciste el mundo entero resplandeció y los planetas bailaron en el cielo de puro gozo. La cólera del rey es fiera, pero tu brazo lo es más. El viaje que ahora emprendes aumentará tu grandeza en lugar de menguarla. Así pues, levántate temprano y viaja lejos. Los ángeles del cielo te acompañan y vuelan en el tremolar de tus banderas al viento.

Y, según se dice, san Gabriel acarició la barba de don Rodrigo y toda su cabeza se rodeó de fuego.

Cuando don Rodrigo despertó, los primeros rayos de sol iluminaron su rostro. Se puso de rodillas para hacer la señal de la cruz, y sus dedos se detuvieron en la punta de su barba:

—Juro ante Dios que ninguna navaja tocará esta barba hasta que consiga glorificar a Dios y obtener el perdón de mi señor. Lo juro por mis hijas Sol y Elvira.[12]

Y, sin decir nada más, se puso en pie y sonrió al amanecer del nuevo día recordando la hermosura de su sueño.

# Un vuelco de la fortuna

—¿Quién da esos golpes en la puerta, hermano Rachel? ¡Van a derribarla!
—Ven a verlo tú mismo, hermano Vidas.[13]

El hombre que estaba sentado a la mesa espolvoreó con arena el acuerdo de préstamo que acababa de redactar, para que se secara la tinta, y luego depositó la arena sobrante en un plato. Después, se levantó de la silla y caminó hacia la ventana a la que estaba asomado su socio.

—Te he dicho cientos de veces que no dejes escapar la luz por la ventana —refunfuñó—. ¿Es que no te das cuenta de lo que cuesta una vela hoy en día? ¡Cierra los postigos de una vez!

—Pero es que alguien está llamando a la puerta y no sé quién es. Fíjate, hay caballos en la calle.

—Sabes muy bien que nunca abrimos la puerta cuando ha oscurecido, hermano Rachel.

—Sí, ya lo sé, hermano Vidas: la luz se escapa.

—Y entran los ladrones, hermano Rachel.

Pero afuera continuaron los golpes contra la puerta y Rachel y Vidas se inclinaron más y más, intentando descubrir quién estaba abajo. De pronto, el jinete prendió fuego a una antorcha untada con brea, y la llama comenzó a arder justo debajo de las narices de los dos prestamistas. Rachel y Vidas encogieron la cabeza como las tortugas y cerraron los postigos con fuerza.

—¡Es él, hermano Vidas!

—¡Sí, lo he visto, hermano Rachel!

—¡No debemos hablarle! ¡Recuerda que el rey lo ha prohibido en su edicto!* ¡Si nos ven con él nos arrancarán la cabeza!

—¡Y nos sacarán los ojos!

—¡Y perderemos toda nuestra hacienda!

Aterrados, los dos prestamistas se abrazaron con fuerza mientras don Rodrigo seguía llamando a su puerta. Entonces Rachel gritó:

—¡Es un honor que hayáis venido a visitarnos, pero no podemos recibiros! ¡Alejaos de nuestra casa, don Rodrigo! ¡Recordad el edicto del rey!

—Escuchadme, buenos señores, estoy necesitado de consejo financiero —respondió el caballero con una voz sonora que se colaba a través de los postigos—. Por eso he pensado en mis buenos amigos Rachel y Vidas y me he decidido a venir a veros.

Los prestamistas se miraron entre sí y apagaron las velas.

—Está mintiendo —susurró Vidas—. Don Rodrigo siempre nos ha odiado.

—Todo el mundo nos odia, hermano Vidas. Desde siempre.

Del otro lado de la ventana llegó el ruido sordo de un pesado objeto al ser descargado desde los lomos de una mula.

—¡Se trata de mi tesoro! —gritó don Rodrigo—. Necesito depositarlo en algún lugar seguro mientras dure mi destierro. Sé muy bien que vosotros lo custodiaréis mejor que nadie.

Aquellas palabras bastaron para convencer a Rachel y Vidas. Sin pensárselo dos veces, los dos prestamistas salieron corriendo escaleras abajo. Pero las prisas les hicieron tropezar con la multitud de objetos que los dos hermanos habían arramblado durante años en su casa, y Rachel cayó rodando por el suelo. Cuando por fin les abrieron la puerta, Martín Antolínez y Álvar Fáñez levantaron del suelo un enorme baúl forrado de cuero repujado* y reforzado con cantoneras metálicas, y lo acarrearon al interior de la casa con las piernas derrengadas, a causa de su desmesurado peso.

Al entrar don Rodrigo, los prestamistas le besaron la mano en señal de respeto.

—La mayor parte son objetos de oro —dijo el caballero mientras subía la escalera plagada de telarañas—, pero también hay algunos de plata y unas cuantas joyas. De hecho, este baúl contiene el botín que obtuve en mi incursión por el reino de Toledo y lo que reservé para mí de los tributos del rey Almutamid. Sin embargo, no hay en él una sola moneda, y como comprenderéis, necesito dinero para vestir y alimentar a estos jóvenes que han sacrificado tantas cosas para seguirme en mi exilio. He aquí, pues, mi propuesta…

Mientras don Rodrigo hablaba, Rachel y Vidas examinaban atentamente el baúl que Martín y Álvaro habían dejado en el suelo. Con creciente curiosidad, manosearon sus refuerzos de metal, acariciaron el cuero del forro… y comprobaron que un sólido candado lo cerraba fuertemente.

—Deseo un préstamo de seiscientos marcos[14] durante un año —concluyó don Rodrigo—. Os los devolveré de aquí a doce meses junto con otros doscientos marcos en concepto de interés y otros doscientos más para agradecer la deferencia que tenéis conmigo al aceptar como prenda mi tesoro. Después, me devolveréis mi baúl tal y como os lo he entregado.

—¿Y si vuestras andanzas no os proporcionan todos los beneficios que esperáis? —preguntó Vidas con aspereza.

—En tal caso, podréis quedaros con el contenido del baúl. Si yo no os mando aviso antes de la fecha acordada o no os envío los mil marcos, el baúl y todo el tesoro que contiene será vuestro. Pero hasta ese momento deberá permanecer cerrado.

Buscando con desesperación un rollo de pergamino, Vidas desordenó todos los documentos que había en el escritorio. Después, empezó a redactar a toda prisa el contrato de préstamo. Su pluma rasgueaba con tanta fuerza que estuvo a punto de desgarrar el pergamino, y los dedos se le mancharon de tinta negra. Al cabo, Vidas esparció cera recién fundida al pie del documento y luego se lo mostró a don Rodrigo.

—Éste es el trato, caballero —le dijo antes de volverse hacia su socio—. Trae seiscientos marcos, hermano Rachel.

—¿Seiscientos, hermano Vidas? —replicó Rachel con desconfianza.

—Sí, seiscientos, Rachel. Levanta las losas de la bodega y ya sabes… Vamos, aprisa.

Al poco regresó Rachel con el dinero.

—Aquí están los seiscientos marcos —dijo, al tiempo que se los entregaba a don Rodrigo.

Cuando el de Vivar salió de casa de los prestamistas, la luna se encontraba en lo alto del cielo. Quedaban pocas horas para que concluyese el plazo que le había concedido el rey para abandonar Castilla. El dinero de Rachel y Vidas pesaba como un lastre en las alforjas de Álvar Fáñez y entorpecía el galope de los jinetes hacia la seguridad del destierro.

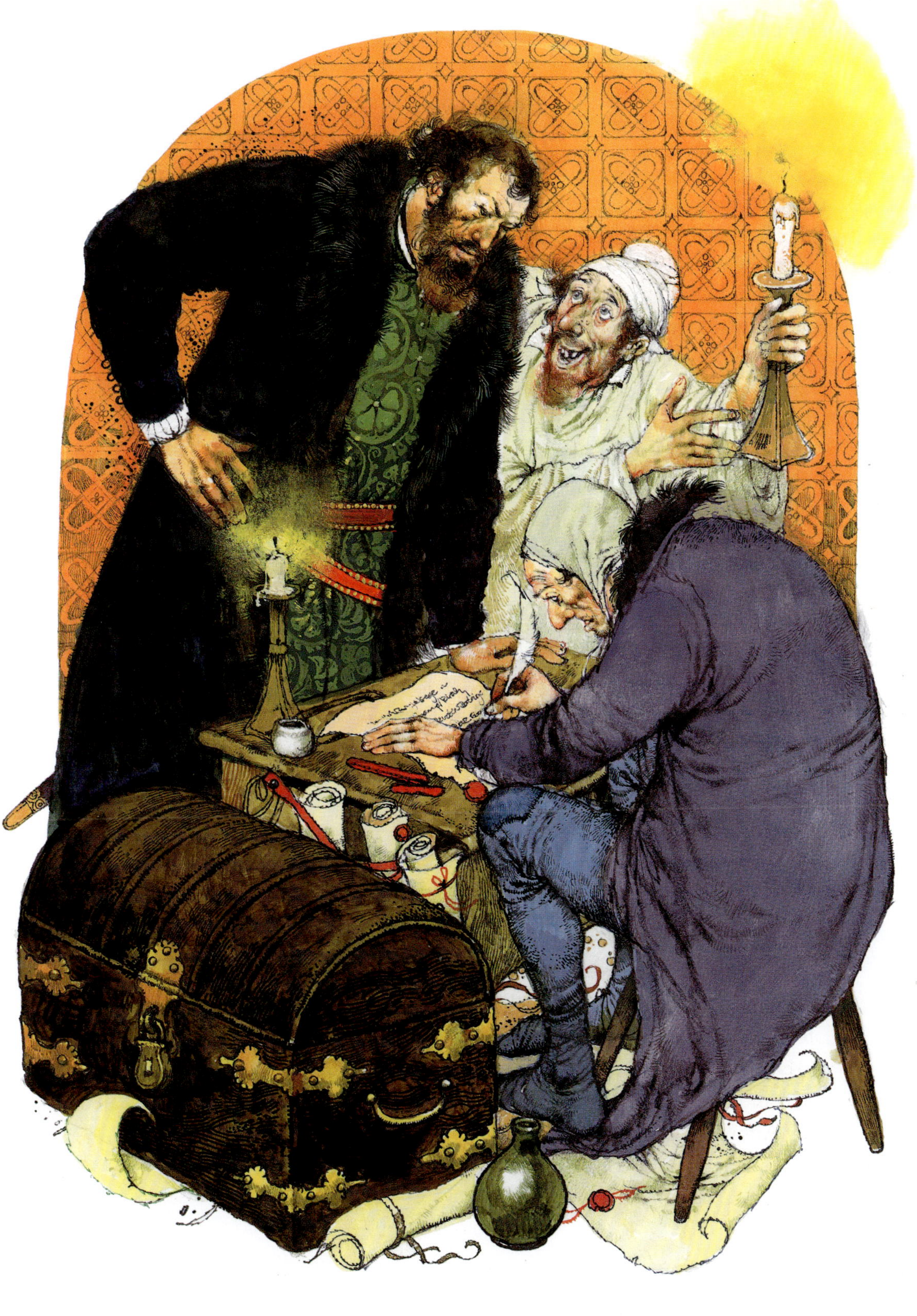

—¿Seguridad? —se rió Vidas mirando a su socio—. ¿El bastardo Rodrigo a salvo en el exilio? Apuesto a que antes de un mes las espadas de los moros lo habrán destazado* como a un cerdo y habrán aniquilado a todos sus seguidores. No hay quien lo libre de una muerte segura, pero a mí me gusta negociar con hombres muertos. ¡Y a fe mía que hemos hecho un buen negocio! ¡Seremos ricos por el resto de nuestros días! ¡Vamos a ver el espléndido tesoro que hemos comprado por seiscientos miserables marcos! Busca un escoplo,* hermano Rachel.

—Ahora mismo, hermano Vidas.

Con la ayuda del escoplo y de un mazo, Rachel y Vidas hicieron saltar la cerradura del baúl de don Rodrigo. Sin embargo, al concluir su trabajo, los usureros se llevaron la sorpresa y el disgusto más grandes de su vida, pues en el interior del baúl no había más que arena. Había suficiente arena como para rellenar las tinajas de donde habían sacado el dinero.

—¡Hemos pagado seiscientos marcos, hermano Vidas!

—¡Seiscientos marcos, hermano Rachel! ¡Por un baúl lleno de arena!

—¡Ojalá los moros le escupan a la cara a ese bastardo después de rebanarle el pescuezo!

—No he mentido —argumentó don Rodrigo con voz sombría mientras Álvar Fáñez se reía a mandíbula batiente—: ese baúl contenía todas las riquezas que yo guardé para mí de los tributos del rey Almutamid.

—Es bien cierto… —rió Álvaro.

—¡Cómo los habéis engañado! —añadió Martín Antolínez con una carcajada.

—Es la pura verdad —afirmó don Rodrigo con gesto grave—. Mentir habría sido un pecado.

Al oír aquellas palabras, los amigos de don Rodrigo dejaron de reír y asintieron con gravedad; pero, de pronto, Álvar Fáñez balbució algo y tanto él como Martín volvieron a desternillarse de risa.

A medianoche, los jinetes cruzaron los enmarañados picachos que formaban la frontera de Castilla. En el mismo instante en que la condena del rey Alfonso había de hacerse efectiva, don Rodrigo y los trescientos hombres que le seguían coronaron una cumbre. A sus pies, pudieron ver un valle profundo y lleno de árboles, apenas iluminado por la luz de la luna. Desde allí se extendía Alandalús, el territorio poblado por los musulmanes que todo cristiano se consideraba con derecho a recuperar para su rey y su fe.[15] Sobre todo ahora que había caído bajo el poder del rey de Marruecos y que sus tropas, los exaltados guerreros almorávides,[16] de oscura tez y bruscos modales, ocupaban las principales plazas andalusíes.*

Esa misma noche, don Rodrigo y sus hombres descendieron de la sierra de Miedes hacia el espacioso valle del Henares. Lejos, en la distancia, brillaba la ciudad amurallada de Castejón.[17]

—¿Veis ese valle entregado en brazos de la noche? —dijo don Rodrigo—. Pues, cuando llegue la madrugada, la noche se rendirá al poder del día sin que medie lucha alguna. Del mismo modo, la ciudad que veis ahí abajo se encuentra ahora en poder de los moros, pero mañana por la tarde pasará a manos cristianas sin que apenas medie el brillo de una espada.

Los habitantes de Castejón despertaron con las primeras luces del día. El valle amaneció cubierto por la niebla, pero el sol de la mañana no tardó en dispersar la bruma bajo la atenta mirada de los centinelas emplazados a lo largo de la muralla. Unas manos morenas se encargaron de abrir las puertas de la ciudad, como había sucedido todos los días desde hacía siglos, después de que los moros hubieron ocupado Castejón. Sin sospechar que don Rodrigo y sus hombres los vigilaban, los campesinos salieron de la ciudad a pie o en jumento* para atender las cosechas que crecían en los campos colindantes,* para cortar leña en la penumbra del bosque y para alimentar a los animales que aportaban una pincelada de color al paisaje. Pronto la ciudad quedó desierta sin que nadie pensara en cerrar las pesadas puertas de la muralla o en aguzar la mirada para descubrir entre las sombras de los árboles a los guerreros que se hallaban al acecho. Los centinelas que los divisaron apenas les prestaron atención, y pensaron con indiferencia que tan solo se trataba de ciervos.

De repente, como una manada de lobos que se lanza a la carrera para atacar a un viajero, don Rodrigo y cien de sus hombres emergieron armados de entre los árboles, galoparon con furia hacia la muralla de Castejón y entraron arrebatadamente por las puertas de la ciudad. Los cascos de los caballos hacían saltar chispas de los cantos que empedraban las calles, y las hojas de las espadas levantaban astillas de las puertas de las casas como los cuchillos que sajan los alcornoques y hacen correr su savia. Sorprendidos por la algarada,* los centinelas abandonaron a toda prisa sus puestos de guardia, se encontraron cara a cara con los ollares* espumeantes de los caballos y quedaron ensordecidos por el estrépito de bridas* y bocados* y por los gritos de los guerreros que clamaban:

—¡Castejón para Dios y don Rodrigo!

Los centinelas estaban desprovistos de armadura, vestían tan solo unas vulnerables* camisolas de lana y no tenían a mano sus cortos alfanjes.* Sus ojos oscuros parecían ribeteados por una sombra azul de terror y sus sandalias les hicieron tropezar en los guijarros y caer bajo los cascos de Babieca. Despavoridos,* aquellos soldados moros subieron al torreón del castillo gateando en desorden. Una vez arriba, corrieron el cerrojo, y así quedaron prisioneros en su propia ciudad. Entonces don Rodrigo rodeó el torreón con sus cien hombres y muy pronto el silbido de las flechas se mezcló con los gritos de terror que los moros proferían tras los gruesos muros de la torre.

Fuera, en los campos, los labriegos moros que trabajaban con el trigo hasta la cintura sucumbieron uno a uno ante las espadas cristianas como remeros arrastrados hacia el fondo del mar por una corriente inesperada. El pastor que andaba buscando a una oveja descarriada se desplomó tras el silbido del acero, el gañán* que sembraba coles en un huerto levantó los ojos de la tierra para encontrarse con una espada castellana en el cuello, y las mujeres que lavaban la ropa a la orilla del río vieron reflejados en el agua los rostros de un grupo de guerreros cristianos que se hallaban de pie a sus espaldas.

Álvar Fáñez llevó al castillo a sus prisioneros para encerrarlos también en el torreón.

—Habéis batallado bien, señor —le dijo a don Rodrigo.

—Y vos mejor que bien, viejo amigo —contestó Rodrigo Díaz—. Voy a asignaros una quinta parte del botín que obtengamos en la ciudad.

Imitando un gesto propio de su señor, Álvaro irguió la cabeza y se pasó una mano por el cabello alborotado.

—No tiene importancia —concluyó—. Me he limitado a conducir ganado, así que no pienso aceptar ni el brillo de una espuela hasta que no lleve a cabo una verdadera hazaña a vuestro servicio, una proeza que maraville a los cortesanos del rey Alfonso y a mis amigos de siempre.

Álvar Fáñez no era una excepción en el ejército de don Rodrigo, pues todos sus hombres entregaron con indiferencia las riquezas que habían encontrado en las casas y los objetos de valor que habían arrebatado a sus prisioneros. Era como si nunca hubieran experimentado sed de riquezas, como si la mejor recompensa imaginable fuese servir al señor de Vivar; por eso apilaron en el patio del castillo las lámparas y las monedas, los mantos de piel y los anillos de plata, los candelabros de oro y los vestidos de seda. Don Rodrigo dividió el botín en trescientas partes iguales y las entregó a sus hombres en concepto de soldada,* sin reservar cantidad alguna para sí mismo ni para su leal Álvar Fáñez. Entonces aquellos aguerridos soldados miraron a su señor con la devoción que un perro siente por el hombre que cada día le da de comer en su mano. Don Rodrigo iba a convertirlos a todos en hombres ricos: por esa razón habían abandonado sus casas, sus familias y su buen nombre y habían seguido al caballero de Vivar en su exilio por tierras de infieles.[18]

—Ya habéis encontrado un nuevo hogar, don Rodrigo —dijo Martín Antolínez mirando con desdén las austeras casas de Castejón.

—Aquí no hay agua —replicó el de Vivar, contemplando la ciudad desde las almenas del castillo—. Y además, este lugar se agarra a Castilla como una zarza a los faldones de una capa. A mi señor, el rey don Alfonso, podría desagradarle tenerme tan cerca, y quizá se sintiera tentado de atacarme. Además, si no hay agua intramuros,* ¿cómo podríamos resistir en caso de que el enemigo nos cercara? Decidme, ¿qué ciudad es aquella que se vislumbra allí, al fondo?

Los castellanos lo ignoraban, de modo que fueron a buscar al gobernador moro de la ciudad, que se hallaba en el torreón de prisioneros, para que respondiera a la pregunta. Era un hombre de pequeña estatura, con el pecho hundido y los hombros caídos. Se acercó a don Rodrigo con la cabeza gacha y una sombra de pesar en los ojos.

—¿Así que voy a ser yo el primero en morir? —dijo con tristeza—. Apuesto a que no dejaréis con vida ni siquiera a un niño para que nos llore.

—¿Qué ciudad es aquella que se distingue en la distancia? —le interrumpió don Rodrigo.

—¿Aquélla? Es Hita. ¿Vais a matar después a los hermanos que viven en ella?

—¿Qué rescate estarían dispuestas a pagar las buenas gentes de Hita por esta ciudad y por quienes vivís en ella?

No se trataba de una propuesta en firme, pues don Rodrigo no hacía más que pensar en voz alta; pero un destello de esperanza iluminó el rostro de su prisionero.

—No acaba de agradarme Castejón —siguió diciendo—. No es el lugar que elegiría para acabar mis días. Pero, ¿por qué estas hermosas casas han de quedar vacías? Sería mucho mejor que todos vosotros volvieseis a vivir en ellas, como si nada hubiese ocurrido… De modo que quizá sería conveniente que os dirigierais a los habitantes de Hita y les sugirierais que contribuyesen a mantener a mi hueste. En tal caso, yo seguiría mi camino y todo el mundo quedaría contento.

La felicidad del moro no conoció límite. Se arrodilló, besó la mano de don Rodrigo y le dijo:

—No puedo creer que seáis cristiano al igual que el despiadado rey Alfonso, pues tratáis a los prisioneros con tanta generosidad. Está claro que no profesáis la misma religión que los crueles hombres del norte. Sin duda, algo de sangre musulmana corre por vuestras…

—Marchaos —lo interrumpió don Rodrigo en tono de desaprobación.

El moro obedeció al instante, galopó hasta Hita y negoció un rescate de tres mil marcos de plata por Castejón y por la libertad de todos sus ciudadanos. Cuando don Rodrigo tuvo el dinero en sus manos, lo dividió a partes iguales entre sus trescientos seguidores y ordenó que el torreón de los prisioneros fuese abierto y que los habitantes de Castejón se reunieran en el patio del castillo para poder dirigirles unas palabras.

—Os libero —les dijo— para que no podáis pensar mal de mí ni de mi Dios. No quiero enemigos a mis espaldas. He decidido vivir los días que me quedan en un lugar no muy lejano de aquí: la ciudad de Alcocer. Si entre vosotros hay algún guerrero que quiera unirse a mi ejército, tendrá, como es natural, su parte en el tesoro que se obtenga cuando la ciudad caiga en mis manos.

Murmullos de sorpresa barrieron el patio como la brisa barre el trigal.

—¿Caras oscuras entre rostros blancos? —exclamó una voz.

—¿Moros y cristianos juntos? —inquirió otra.

Don Rodrigo esperó a que se hiciese de nuevo el silencio.

—¿Por qué no? —preguntó al fin—. Ningún caballo juzga a su jinete por el color de su piel y sí por la fuerza de sus rodillas y por su modo de manejar la fusta. Nada me importa el color de los rostros. Solo juzgo a un guerrero por la fortaleza de su espíritu y por el poder de su espada. Oídme bien: vamos a formar un ejército que sea el azote de la península entera…

Y pensó para sí: «…excepto del reino de don Alfonso, cuya gloria siga Dios aumentando a cada instante».

Los moros de Castejón aclamaron a don Rodrigo y, desde aquel día, en el ejército del caballero de Vivar hubo también guerreros musulmanes.[19] Rostros pálidos y rostros aceitunados se mezclaron en él como los azulejos blancos y negros en los hermosos patios de Córdoba.

# El sitiador sitiado

La ciudad amurallada de Alcocer se levantaba sobre un desnudo y ventoso altozano donde no había árboles que pudieran ocultar el avance de don Rodrigo.[20] Un ejército de seiscientos hombres, además, no podía pasar desapercibido, y el rumor de su presencia no tardó en correr como la pólvora. Los habitantes de Alcocer oyeron decir que las huestes de don Rodrigo se acercaban y cerraron a cal y canto las puertas de la ciudad, de modo que ésta no pudo ser tomada por medio de una carga audaz y rápida, como había sucedido en Castejón.

Don Rodrigo se vio obligado, pues, a acampar con sus hombres ante las murallas de Alcocer y a poner cerco a la ciudad. Los días fueron transcurriendo, y durante varias semanas no entró un solo carro con alimentos en la plaza asediada, y a sus habitantes no se les permitió bajar al río a llenar una sola jarra de agua. Un sol ardiente castigaba por igual a sitiadores y sitiados y, sin embargo, los hombres y las mujeres de Alcocer no se rendían. Debían de disponer de un pozo en el interior de las murallas, porque, si bien un hombre puede desafiar el hambre durante cierto tiempo, cualquiera vendería su alma al diablo por un sorbo de agua después de no haber bebido durante unos pocos días.

Una noche, don Rodrigo se sentó junto a Álvar Fáñez y, tras permanecer un rato sumido en sus pensamientos, le dijo en tono confidencial:

—El rey sin Dios de Marruecos está ahora ocupado con sus guerras civiles, pero eso no va a durar siempre. Tenemos que tomar la ciudad o retirarnos antes de que Marruecos envíe sus tropas contra nosotros.

—¿Y qué vamos a hacer, don Rodrigo? —preguntó Álvar Fáñez.

El de Vivar levantó la vista y sonrió con un gesto de triunfo:

—Ambas cosas —dijo.

A la mañana siguiente, las hambrientas gentes de Alcocer miraron por encima de la muralla con ojos de asombro. «¿Acaso hay niebla?», se dijeron. Pero saltaba a la vista que no. «Es el hambre, que produce espejismos», añadieron. Pero sus ojos no les engañaban: el ejército de don Rodrigo había desaparecido. Sobre la hierba quedaban las huellas de las hogueras que los soldados habían encendido durante semanas. Sin embargo, las tropas de don Rodrigo habían desaparecido. El único testigo de su paso era una tienda solitaria levantada en mitad del altozano cuya banderola oscilaba al viento como un pañuelo en una despedida.

El jefe de la guardia miró a lo lejos con desdén.

—Esos perros cristianos se han marchado —maldijo, mientras señalaba con el dedo unas nubecillas de polvo que enturbiaban el horizonte.

De pronto, aquel hombre se sintió enardecido por su entusiasmo y gritó a sus hombres:

—¡Habrá rezagados a los que matar y carromatos que asaltar! ¡Vamos tras ellos! ¡Arranquémosles las lorigas* de un tajo a esos perros rabiosos!

Los caballos piafaron* al sentir que los moros montaban de un salto en sus sillas para salir en persecución del ejército sitiador. Soldados de a pie destrozaron con rabia la tienda de campaña abandonada en el campo y dieron gracias a Alá con sus bocas hambrientas. Pero la alegría de sus cánticos cesó cuando vieron acercarse por ambos flancos a numerosos jinetes que cabalgaban a galope tendido.

No eran corceles* moros. La caballería de don Rodrigo y el escuadrón de Álvar Fáñez cayeron sobre los desprevenidos guerreros y, con sus desnudas espadas, mataron sin piedad a trescientos hombres. Ni uno solo de cuantos habían emprendido la fogosa persecución de los sitiadores regresó con vida a Alcocer. Ahora eran todos pasto de los buitres, y los caballos sin jinetes volvían al trote a la ciudad asaltada por los cristianos.

Las tropas del Campeador atravesaron la puerta abierta y sin vigilancia del castillo y, mientras Pedro Bermúdez plantaba la enseña del Cid en lo alto de la torre, don Rodrigo clamó:

—¡Tomo posesión de Alcocer en nombre de Dios y del rey Alfonso! Quiera el Señor rendir a sus pies cada una de las ciudades tomadas a los paganos por este humilde servidor.

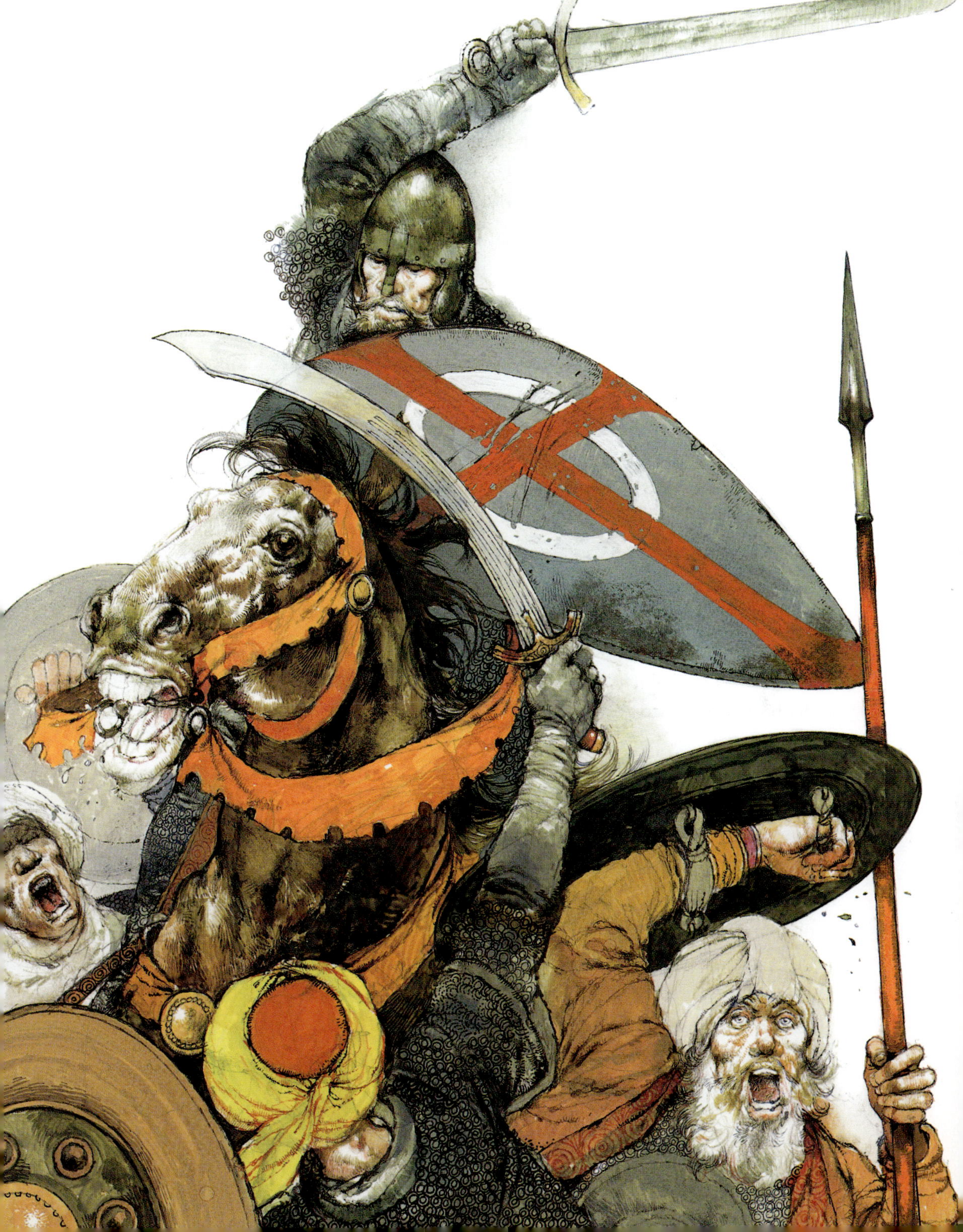

—¡Amén! —exclamaron con broncos gritos las gargantas castellanas.

Los ciudadanos, aterrorizados, intentaban salvar sus vidas ofreciendo cuanto tenían a los guerreros que se habían adueñado de su ciudad. Las monedas de oro y plata se mezclaban con las piedras preciosas arrancadas a la desesperada de cascos y empuñaduras de espadas.

Tras apearse de Babieca, don Rodrigo cogió la bota que colgaba del estribo de un caballo moro que vagaba sin su dueño. Luego se retiró la cota de malla* y la cofia* de la cabeza, y su recio cabello apareció alborotado y revuelto como un nido de serpientes. Su rostro era sobrio y enjuto, y su barba crecía tan espesa como la lana de una oveja.

—Álvar Fáñez, venid a mi lado —ordenó don Rodrigo.

Las miradas de sus vasallos estaban fijas en el tesoro apilado en medio de la calle. Todos se preguntaban qué parte del botín tomaría el de Vivar para sí mismo. Don Rodrigo llenó la bota del moro con joyas y monedas y la levantó en alto:

—Los treinta caballos capturados voy a regalárselos a nuestro querido rey Alfonso, para demostrarle que esta victoria se ha obtenido en su nombre. Se los enviaré bajo la custodia de Álvar Fáñez, quien me ha probado su amistad durante largo tiempo y ha sido mi mano derecha en esta batalla. Las riquezas contenidas en esta bota serán entregadas al monasterio de San Pedro de Cardeña, para que sus monjes puedan ofrecer mil acciones de gracias por nuestra victoria. Repartíos el resto, menos una décima parte del botín, que le corresponde por derecho a Álvar Fáñez.

—Está visto que no vais a cambiar nunca, don Rodrigo —replicó el lugarteniente del Campeador—. Entregaré mi parte del botín a vuestra afable esposa y vuestras gentiles hijas, con el fin de consolarlas por vuestra ausencia. Por lo que a mí respecta, no quiero nada hasta que no lo merezca de veras. Lo que he hecho aquí no es más que liberar de unas pocas liendres* a una cabeza llena de piojos. La mejor recompensa será el honor de obrar como vuestro mensajero ante nuestro querido rey.

Si esa alusión afectuosa al rey Alfonso no era sincera, Álvar Fáñez supo disimularlo muy bien. En cualquier caso, cuando, de camino hacia la corte, aquella noche se retiró a descansar, una grave duda lo asaltó: «¿Qué clase de bienvenida me espera en el palacio real?», se dijo.

Los infantes Diego y Fernando gruñían y renegaban mientras seguían, como perros falderos, los pasos al rey Alfonso.

—¿Qué vais a hacer con él? —preguntó Diego.

—¿Lo colgaréis? —dijo Fernando.

—¿Lo torturaréis? —quiso saber Diego.

—¿Meteréis su cabeza en un saco y se la devolveréis al bastardo Rodrigo?

El rey calló. Estaba intrigado por la noticia de que Álvar Fáñez le esperaba a las puertas de palacio. ¿Por qué motivo regresaba aquel hombre a la corte? ¿No tenía miedo de perder los ojos, las orejas, la cabeza y su derecho a un entierro cristiano? ¿Tan mal le iban las cosas a don Rodrigo como para enviar a su subordinado a reclamar la clemencia del rey? Sin duda el caballero de Vivar se sentía acosado por los infieles que asolaban el país como termitas y había decidido pedir perdón y refugio. «¡Jamás creí que pudiera caer tan bajo!», se dijo el rey. Hasta entonces, había pensado que don Rodrigo aceptaría su destino con dignidad y que acabaría por sucumbir en cualquier escaramuza bajo el filo de una espada mora.

El renegado de Álvar Fáñez merecía un castigo, pero don Alfonso no estaba dispuesto a ejecutar a su vasallo sin antes hablar con él.

—Se le concederá audiencia —dijo escuetamente.

Cuando el mensajero de don Rodrigo entró en la sala de audiencias, el rey lo observó con altivez y desdén. Esperaba que el criminal se postrase ante él y se retorciese como un gusano para suplicarle clemencia, pero Álvar Fáñez se limitó a hincar una rodilla en el suelo.

—Mi rey y señor, debéis saber que cientos de oraciones se elevan ahora al cielo rogando por vuestra salud, vuestra prosperidad y vuestra dicha. Los labios de don Rodrigo Díaz de Vivar y de todos los guerreros que os sirven en Castejón y en Alcocer piden a todas horas que la bendición de Dios descienda sobre vuestra alteza.

Alfonso agradeció el saludo con una inclinación de cabeza casi imperceptible.

—Álvar Fáñez, guardo buen recuerdo de vuestro padre —fue todo lo que dijo, mientras se preguntaba por qué mencionaría aquel ingrato las ciudades de Castejón y Alcocer.

Entonces Álvar Fáñez declaró la razón de su visita:

—Os traigo, de parte de vuestro vasallo don Rodrigo, el presente de treinta caballos capturados en la toma de Alcocer. Mi señor me ha rogado que os haga saber que solo conquista en vuestro nombre y en el de Dios Todopoderoso, quien se ha dignado sonreírle lejos de esta tierra bendita.

Álvar Fáñez permaneció en silencio por un momento y luego agregó:

—Si lo tenéis a bien, os pido autorización para visitar a la esposa y a las hijas de don Rodrigo con el objeto de transmitirles los saludos de mi señor.

Mientras meditaba una respuesta, don Alfonso vagó al azar por la sala. Al fin, se detuvo frente a una ventana, maravillado ante el espectáculo que se le ofrecía en el patio de armas. Los treinta caballos amarrados allí eran de pura raza árabe.

—Siempre me agradó vuestro padre, Álvar Fáñez —dijo el rey con el tono pausado de quien escoge muy bien sus palabras—. Sí, no hay duda de que descendéis de un excelente soldado. Tal vez por ello hayáis tenido la osadía de presentaros ante mí. Sin embargo, voy a perdonaros. Sí, os perdonaré por haber desobedecido mi edicto. De ahora en adelante, podéis ir y venir cuantas veces gustéis. Vuestra vida no corre peligro. Presentad mis respetos a doña Jimena. No pongo la menor objeción a que vayáis a verla.

Álvar Fáñez besó la mano del rey con emoción.

—Y, en relación con mi señor, ¿podría transmitirle alguna buena nueva para que su rostro resplandezca de alegría?

—No. No tengo nada que decir sobre esa persona. Su nombre no se pronuncia aquí. Tened un buen día, don Álvaro.

Cuando Álvar Fáñez abandonó el palacio, algunos cortesanos le salieron al paso en la escalera. Aunque se esforzaban en aparentar indiferencia, estaban muertos de curiosidad.

—De modo que el bastardo ha tomado Alcocer, ¿no es eso? —dijo uno de ellos con desdén.

—Si os referís a don Rodrigo Díaz de Vivar —respondió Álvar Fáñez—, así es, en efecto: se ha adueñado de Alcocer y Castejón.

—Desde luego, si sigue enviando presentes como el que habéis traído, el rey se alegrará de haberlo desterrado.

—Cuando el rey vea los regalos que llegarán en el futuro —dijo Álvar Fáñez con voz serena—, sospecho que dejará de mirar con buenos ojos a quienes ahora insultan a don Rodrigo.

Los cortesanos sabían que Álvar Fáñez tenía razón: si seguían llegando tales ofrendas desde el sur, el rey tal vez echara al olvido la ofensa del señor de Vivar. Las taifas* eran regiones peligrosas donde un hombre podía perder la vida con facilidad, pero también hacerse enormemente rico en poco tiempo. Por eso los amigos de don Rodrigo se regocijaron al conocer sus triunfos, pero la negra envidia corroyó a aquellos que lo odiaban.

—¿Y cómo se encuentra mi esposo, Álvaro? ¿Come lo suficiente? —preguntó doña Jimena.

—Sigue comiendo como un pajarillo, señora mía. ¿Quién lo ha visto nunca mirar su plato con hambre antes de comer, o aflojarse el cinturón tras haberse alimentado frugalmente?* Solo puedo deciros que sus hombres comen bien y que hay agua y vino suficientes para acompañar la comida. Os gustará Alcocer.

—Entonces, ¿puedo regresar con mi esposo? —dijo doña Jimena incorporándose, como si ya estuviese dispuesta para el viaje.

—No. Debéis tener aún un poco de paciencia. Cuando haya desaparecido el peligro, don Rodrigo enviará a buscaros.

—El rey nunca lo permitirá —repuso triste doña Jimena.

Álvar Fáñez le dirigió una sonrisa y una mirada de complicidad.

—Los caminos de Dios son inescrutables* —dijo; y, a continuación, añadió—: Tomad esta bota llena de oro y plata, y entregádsela al abad.

Doña Jimena ordenó a sus criadas que llenasen las alforjas de Álvar Fáñez con comida y vino, y, tras despedirse del caballero, se encaminó hacia el monasterio.

Por primera vez en muchos días doña Jimena pudo dormir unas horas plácidamente, feliz con las nuevas de su esposo, pero, mucho antes de que amaneciera, ya se había levantado para rezar con devoción en la capilla de la iglesia. Allí la encontraron los monjes de madrugada, cuando abandonaron sus camastros para rezar los maitines.* Entonces doña Jimena se irguió con fatiga, y el abad, tomándole las manos, la reprendió con ternura:

—Os recomiendo que penséis en vuestras pequeñas hijas la próxima vez que pretendáis arriesgar vuestra débil salud en esta gélida* capilla.

—Disculpadme, abad —se excusó doña Jimena—, pero debo rezar por la salud y el bienestar de mi esposo, que se encuentra expuesto a muchos peligros y adversidades en las tierras dominadas por los infieles. También pido a Dios que, entre tantas luchas y penurias como habrá de vivir, mi señor don Rodrigo reserve un lugar en su corazón para su esposa y sus hijas.

—Señora —dijo el abad, con una sonrisa en los labios—, idos a vuestra casa y comenzad a preparar vuestras cosas para un viaje. Estoy seguro de que don Rodrigo mandará a buscaros muy pronto. Sin vos y sin vuestras hijas, él debe sentirse como un pájaro sin alas, como un árbol sin fruto.

—¿De veras pensáis eso, abad? Si así fuera, me sentiría la mujer más afortunada del mundo.

El rey Tamín de Valencia estaba muy enojado cuando esgrimió ante los ojos de sus generales la carta que acababa de recibir. Se la habían enviado desde el valle del río Jalón, y en ella le hablaban de un cristiano desconocido que, tras haber sido desterrado de Castilla, había ocupado Alcocer a base de fuerza y astucia. Su victoria había sembrado el pánico en las ciudades vecinas de Ateca, Terrer y Calatayud, cuyos gobernadores habían escrito a Valencia para suplicar el socorro de su rey.[21]

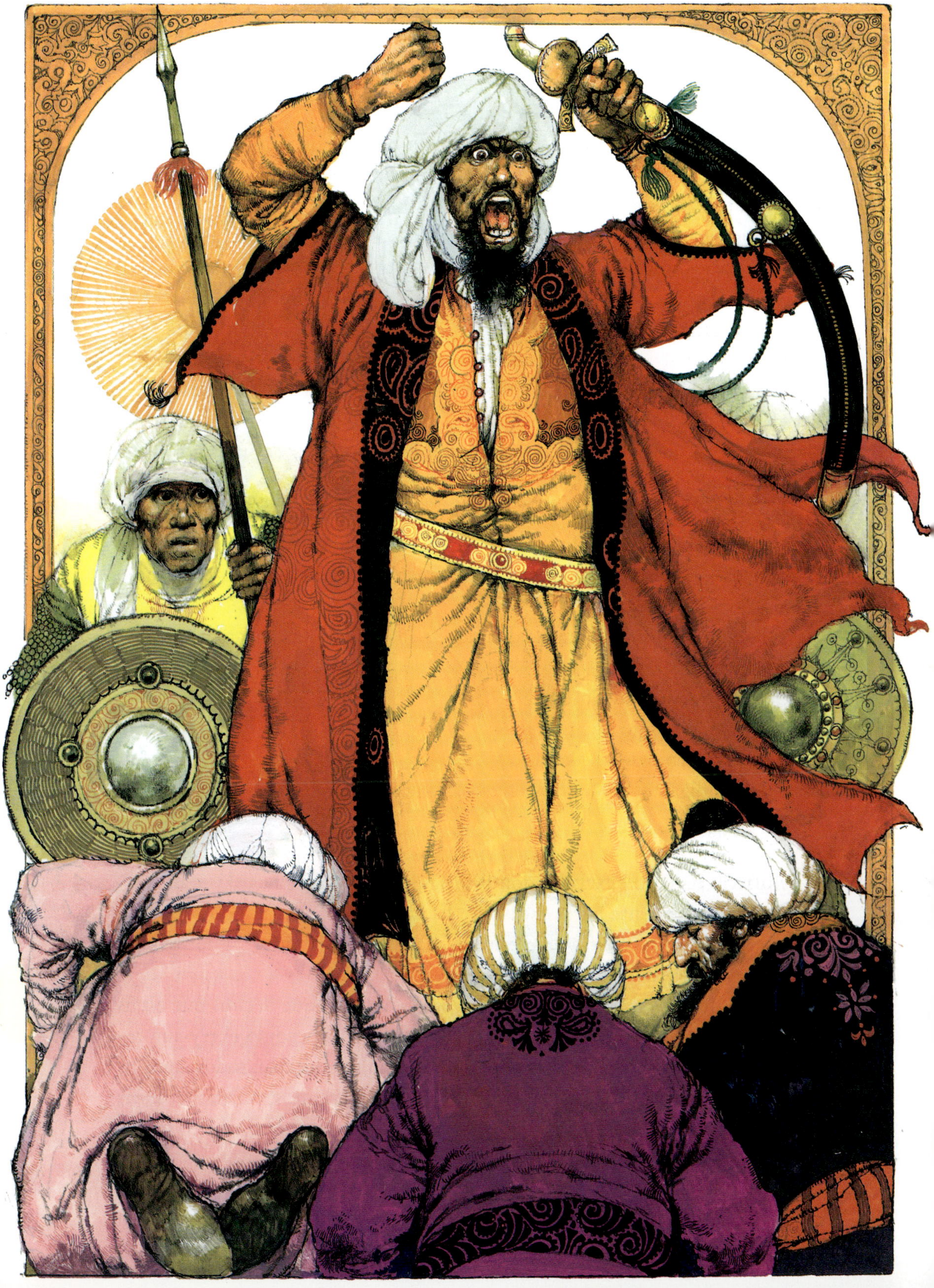

—¡Basta de cobardías! —exclamó Tamín—. ¡Os aseguro que si yo acudiera a Alcocer exprimiría a ese renegado como a un limón! ¡Derrotad y prended a ese traidor a su rey y traedlo encadenado ante mi presencia! ¡Juro que pagará cara su osadía!

Los generales Fáriz y Galve se arrodillaron ante el monarca y besaron el suelo. Sus rostros casi tocaron los pies del rey.

—Vuestras órdenes serán obedecidas, señor. Sin embargo, Alcocer es una plaza con excelentes defensas y bien provista de agua, por lo que quizás nos lleve algunos meses vencer su resistencia.

La furia del rey Tamín se reflejó en sus negros ojos centelleantes y en el brillo de la doble hilera de dientes que su boca abierta dejaba ver al proferir un grito tras otro. Más que cualquier otra virtud, era el ingenio lo que apreciaba en un militar.

—¡Fáriz, Galve! ¿Acaso el sol os ha secado los sesos? ¿Es que no se os ocurre el modo más fácil para que un asedio concluya con rapidez? ¿Acaso no se puede cortar a una ciudad el suministro de agua? ¿Acaso un pozo no puede ser envenenado?

Fáriz y Galve se postraron de nuevo ante su rey y exclamaron llenos de admiración:

—¡Oh, rey maravilloso…!

—¡Oh, prodigio de inspiración…!

—¡Oh, genio de la guerra…!

—Maldigamos a nuestros maestros, pues nos dejaron sumidos en tanta ignorancia.

—¡Álvar Fáñez! —exclamó don Rodrigo desde las almenas al ver acercarse a su lugarteniente hacia el castillo. El Campeador bajó a todo correr del adarve\* y salió a recibirlo—. ¡Benditos sean todos los santos! ¿Pudisteis ver a nuestro rey Alfonso?

—Sí, mi señor, estuve en Burgos con él. Y tengo que deciros que estáis mirando a un hombre libre: el perdón que me ha concedido el rey aún resuena en mis oídos. ¡Oh, si yo os contase cómo me miraban todos aquellos cortesanos cuando me oyeron hablar de vuestros triunfos! ¡Ojalá hubieseis podido estar allí cuando tuve que pararle los pies a ese perro faldero que es

Peláyez! ¡Lo dejé de piedra con mis palabras! ¡Cuánto daría porque hubierais podido estar allí!

—No esperaba otra cosa de mi señor Alfonso —dijo don Rodrigo mientras apretaba con fuerza el brazo de Álvar Fáñez—. Pero, contadme, ¿la habéis visto?, ¿está bien?, ¿me echa en falta?

—¿A quién os referís, mi señor? No logro adivinar… Ah, sí…, me habláis de vuestra esposa. Pues, aparte de martirizar sus pobres rodillas de tanto rezar por vos y de que solo espera ver llegar el día de viajar a Alcocer, se encuentra lo bastante bien como para sobrepasar en belleza las tallas de los santos y de los propios ángeles, tal es la realidad. Os envía recado de que no os enfriéis y de que os acordéis de comer, aunque solo sea de vez en cuando.

—¿Y las niñas?

—¡Hermosas como siempre, señor!

Álvar Fáñez espoleó su montura y se adelantó a don Rodrigo. Había observado que los ojos de su señor empezaban a inundarse de lágrimas, pero nadie lo hubiera creído en caso de que lo hubiese contado.

Fáriz y Galve reunieron una fuerza de tres mil soldados moros, a la que fueron añadiéndose numerosos hombres procedentes de todas las poblaciones que aquel poderoso ejército atravesaba en su marcha hacia Alcocer. Por fin llegaron a la plaza tomada por el Campeador, plantaron su campamento, pusieron sitio a la ciudad y le cortaron el suministro de agua.

Al cabo de tres semanas la situación era ya insostenible, por lo que don Rodrigo convocó a los jefes de toda su mesnada.

—Pensaba instalar aquí mi hogar e imponer tributos a las ciudades cercanas para poder proveernos de vino, carne y ropa —les dijo—. Pero me temo que no será posible. Aunque disponemos de víveres en abundancia, no hay forma humana de abastecernos de agua. Las tropas moras, además, son muy numerosas. ¿Pero qué es preferible, esperar a morir abrasados de sed, o salir a luchar ahora mismo, cuando aún conservamos algún sudor que verter?

Los soldados de don Rodrigo blandieron sus espadas con rabia.

—¡Salgamos a luchar! —rugieron.

El grito de guerra corrió por la ciudad del mismo modo que se propaga un incendio. Los moros que militaban en el ejército de don Rodrigo proferían alaridos de furia mientras se apresuraban a subir a las murallas de la ciudad para lanzar maldiciones al ejército sitiador. Pero su ardoroso entusiasmo se desvaneció cuando miraron por encima de las almenas. Más de tres mil hombres se hallaban apostados alrededor de la ciudad. Las banderas y estandartes de Fáriz y de Galve ondulaban al viento como lenguas rojizas sedientas de sangre.

## ¡Sidi!

A lo largo de su vida, Galve había presenciado muchas cosas dignas de asombro. Siendo muy niño, había visto cómo un lagarto se detenía a la orilla de un estanque y empezaba a devorar una rana tras otra hasta sobrepasar las dos docenas. Más tarde, había contemplado cómo un campesino segaba un extenso trigal en una mañana con la sola ayuda de su hoz. Pero lo que jamás había visto Galve era una carga tan devastadora y fulminante como la que don Rodrigo dirigió contra su ejército.

Un destacamento de caballos se abrió paso entre las tropas moras sin reducir su marcha ni romper su formación. Rodilla con rodilla y estribo con estribo, los guerreros de don Rodrigo salieron del castillo tras el abanderado e infligieron una tremenda derrota a las tropas procedentes de Valencia. En pocas horas, las vidas de casi un millar de soldados moros fueron segadas de raíz y abandonaron sin gloria el cruel teatro del mundo.

Cuando don Rodrigo confió la bandera a Pedro Bermúdez, no sospechó que aquel hombre habría de mostrarse tan fiero en la batalla. Pero tan pronto como Bermúdez hubo acoplado el cuento* del asta* en el hueco del estribo, salió a escape por la puerta de la ciudad y cargó contra el enemigo.

—¡Ya no hay vuelta atrás! —gritaba—. ¡A la victoria por Dios Nuestro Señor y don Rodrigo el de Vivar!

—¡Sigámosle, por la divina misericordia! —exclamó don Rodrigo con sorpresa—. ¡Atacad con furor al enemigo!

Y así fue como sus seiscientos jinetes salieron de Alcocer como un rayo. Los moros se armaron a toda prisa y, en medio del estruendo ensordecedor de cientos de tambores, se dispusieron en orden de batalla. Pedro Bermúdez atravesó a galope tendido dos líneas del enemigo, que intentaba por todos los medios arrebatarle la enseña de don Rodrigo.

—¡Ayudadlo, por caridad! —exclamó el Campeador.

Los guerreros de don Rodrigo protegieron sus pechos con sus escudos blocados,* inclinaron las cabezas y entraron en combate con el ejército de Fáriz y Galve. Las cotas de malla se desgarraban como pergaminos y las botas colgaban vacías en los estribos de cientos de caballos moros sin jinete. Las invocaciones a Alá y a Santiago y los nombres del rey Tamín y don Rodrigo se confundían en el aire con las exclamaciones de dolor.

Martín Antolínez salió tras Galve, pero, cuando lo tuvo frente a frente, su lanza no acertó con el corazón del general moro. Galve había perdido su espada, pero Martín no podía alcanzarlo con la suya, así que decidió aplastar el casco de su enemigo con el fuste* de la lanza. Un enjambre de gemas rojas voló en todas las direcciones y el yelmo* quedó destrozado por completo. Galve miró despavorido al burgalés, más asombrado por la afrenta que aturdido por el golpe. El caballo lo libró entonces de la muerte al volverse sobre sus patas traseras y echar a correr lejos de Martín mientras Galve se agarraba con una mano al arzón* de su silla y sostenía con la otra los restos de su casco.

A Álvar Fáñez le mataron el caballo, pero muy pronto acudieron en su ayuda numerosos guerreros castellanos. Don Rodrigo vio a un caudillo moro montado en un hermoso corcel, y, de un poderoso tajo, partió en dos a su enemigo por la cintura.

—¡Tomad este caballo, Álvaro, que vos sois mi brazo derecho! —exclamó el Campeador.

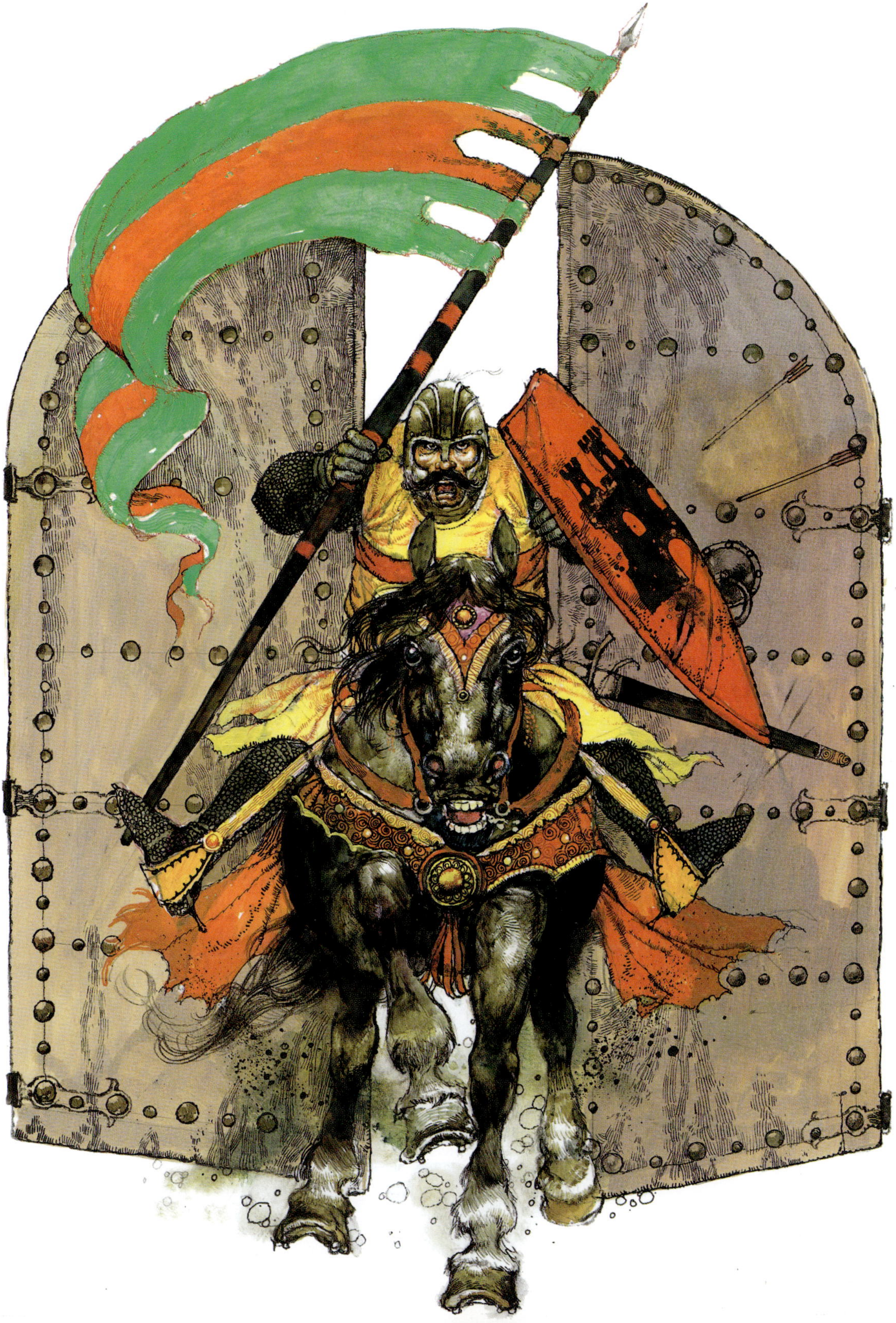

Cabalgando en su nuevo y brioso corcel, Álvar Fáñez siguió combatiendo con su fuerte espada y dio muerte a treinta y cuatro moros. La sangre enemiga le empapaba ya todo el brazo derecho.

En el fragor de la batalla, Fáriz vio que don Rodrigo se le acercaba al galope con su brillante espada en alto. Con el rostro y el cuerpo descompuestos, el general notó que el arma le resbalaba de la mano, y tiró de las riendas con tantas fuerzas que a punto estuvo de derribar a su caballo. Y huyó presa del terror. En su huida, sintió por un momento que la espada de don Rodrigo le rozaba los hombros y hacía saltar chispas de su cota de malla. Al cabo, sintió un fuerte golpetazo en la espalda. No sintió dolor alguno, pero enseguida cayó en la cuenta de que había recibido una herida profunda. Siguió cabalgando hasta que las murallas de Calatayud asomaron por el horizonte. Entonces Fáriz gritó con todas sus fuerzas para que los centinelas le abrieran las puertas de la ciudad.

Cuando Fáriz se hubo escabullido, don Rodrigo dio media vuelta a su caballo y se retiró antes de que los arqueros moros apostados en la muralla dejasen caer una lluvia de flechas sobre él. Pero el general Fáriz, sabiendo que su voz iba a ser oída a través de la puerta, gritó:

—¡Os rindo homenaje, Rodrigo de Alcocer! ¡Vuestros enemigos os llaman el bastardo! ¡Vuestros hombres os apodan el Campeador! ¡Pero yo os llamo *sidi*[22] porque sois un admirable general! ¡Y que todos mis vasallos escupan sobre mí si ha habido jamás un ejército como el tuyo! ¡Eres el brazo del mismo Alá y nadie, excepto el magnificente rey Tamín en persona, será capaz de meterte jamás en la tumba!

Don Rodrigo detuvo su caballo, a pesar de que las flechas comenzaban a levantar nubes de polvo a su alrededor, volvió la cabeza y dijo, sin apenas levantar la voz:

—Con la ayuda de Dios, solo mi esposa depositará mis restos en una tumba.

Un estallido de risas se extendió a lo largo de las murallas de la ciudad, y los flecheros bajaron sus arcos y gritaron con admiración:

—¡Salud, *sidi*!

De pronto, el caballo de don Rodrigo topó con otra montura que parecía haber salido de la nada.

—¡Salud al *sidi*! —exclamó su jinete.

Don Rodrigo había desenvainado ya la espada, pero, al reconocer el rostro oculto tras el ventalle* y el casco, las facciones impasibles del caballero de Vivar se abrieron en una sonrisa deslumbrante.

—¡Cuánto me alegra veros, Álvaro! —exclamó el Campeador—. ¡Y qué magníficamente habéis lidiado!

—¿Así que os llaman *sidi*, eh? ¡Cómo se habrían reído vuestras dos hijas si hubiese podido contárselo!

Con tan solo seiscientos guerreros, el Campeador había conseguido aniquilar a una fuerza muy superior en número. Aterrados por el ímpetu y el avance implacable de los soldados de don Rodrigo, los moros habían caído a cientos o habían huido despavoridos, abandonando todos sus pertrechos de guerra. Las tropas castellanas persiguieron a los fugitivos, saquearon su campamento y se adueñaron de quinientos sesenta caballos. Muchas riquezas cayeron en poder del Campeador, quien, una vez más, las repartió con generosidad entre sus vasallos.

Pero don Rodrigo no quiso permanecer en aquel lugar. Aunque las tierras eran muy fértiles, el castillo no era seguro, de manera que decidió venderlo a los moros de Terrer y Calatayud por tres mil marcos de plata.

Cuando el Campeador partió de Alcocer con su mesnada, eran de ver los llantos y las lamentaciones de los moros que allí se quedaban:

—¿Os vais, *sidi*? ¡Nuestras oraciones os acompañarán! ¡Jamás volveremos a tener un señor tan cabal!

Durante los tres años siguientes don Rodrigo —o el Cid, como era ya conocido, adaptado el título árabe *sidi* a la pronunciación castellana— tomó todo el valle del río Jalón y el del Jiloca, hasta llegar a la ciudad de Daroca, de imponentes murallas. También ocupó, más hacia el este, el valle del río Martín, llegando hasta Huesa y Montalbán. Otras ciudades de la zona le pagaron tributos, incluida la capital de la taifa, Zaragoza, y las lejanas Huesca y Monzón.[23] Su ambición no parecía ahora conocer límites. Al final, se fijó en Valencia, que era la mayor de todas las fortalezas moras del este de la península y una ciudad de mítica majestuosidad, cuyo esplendor solo podía compararse con el de las grandes cortes orientales.

Mientras tanto, alrededor del rey Alfonso se propagaban los rumores:

—Dicen que su ejército está lleno de moros —afirmaban con desdén—. Dicen que las ciudades de Teruel y Cella y Zaragoza y hasta Huesca le pagan tributos. Según parece, le llaman el Cid.

Los amigos de don Rodrigo sonreían complacidos en su fuero interno, pero sus enemigos sonreían socarronamente y murmuraban ante el rey:

—¿No fue idea vuestra desterrar a ese gañán? ¿No constituyó tal medida un acto de justicia y de sagacidad política? ¿Acaso no pretendía vuestra alteza que ese labriego expulsara a todos los moros de España?

El mismo rey llegó a preguntarse: «¿De verdad era mi intención que expulsase a todos los moros de España? ¡Desde luego que no! ¡Pero qué gran demostración de sabiduría hubiese sido por mi parte!». Sin embargo, ante sus cortesanos el rey permanecía en silencio: prefería que su corte especulase sobre la intención con que había desterrado al mejor de sus caballeros.

Fue entonces cuando Álvar Fáñez regresó de nuevo ante el monarca con cincuenta caballos árabes, ensillados con cuero marroquí y con espadas de fino acero indio colgadas del borrén delantero. En su cola llevaban el polvo de las tres taifas que habían atravesado en su largo viaje.

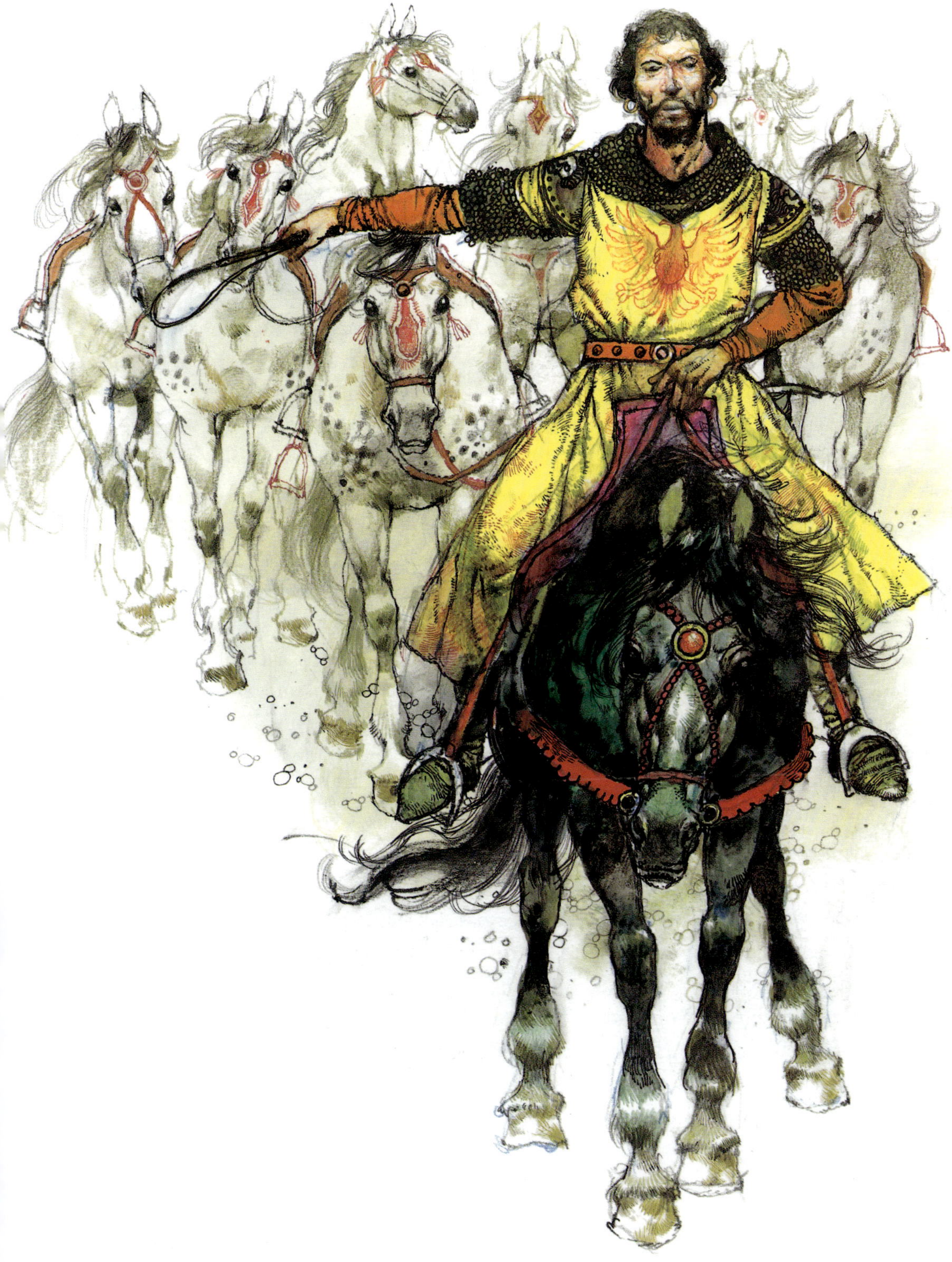

—¡Venerado y regio señor! —dijo el lugarteniente del Cid—. Su majestad es siempre el primer pensamiento en la mente de mi caudillo, el primer nombre mencionado en sus oraciones. Os traslado los saludos de seiscientos guerreros en nombre de don Rodrigo Díaz de Vivar, señor de Alcocer, Ateca, Calatayud, Montalbán y Daroca, protector de Huesca, Zaragoza y Teruel. Mi señor os ruega que aceptéis este nuevo regalo como anticipo del obsequio que, en su día, pueda enviaros, mucho más en consonancia con el amor que os profesa.

Álvar Fáñez se postró ante el rey con una solemne inclinación mientras don Alfonso repasaba mentalmente el número de títulos que había oído tras el nombre de Rodrigo. Después, el rey se levantó del trono y se dirigió hacia la ventana para contemplar los caballos reunidos en el patio. «¡Qué corceles tan espléndidos!», se dijo, aunque se esforzó por no dejar traslucir su admiración.

—Veamos, Álvar Fáñez…

Entonces el rey se interrumpió al advertir que la sala hormigueaba de cortesanos que asistían a la entrevista con gesto imperturbable y una actitud de fingida indiferencia. Don Alfonso continuó con voz serena:

—Os quedo agradecido, Álvar Fáñez, por traerme estos caballos. No es un regalo del todo inaceptable. Pero decidme: ¿creéis que debemos dar crédito a los desatinados y extravagantes rumores que nos llegan con los vientos del este? ¿Es cierto que quien en otro tiempo fue un fiel vasallo de esta corte ha arrebatado cinco ciudades a los moros?

—Catorce, majestad —le corrigió Álvar Fáñez—. Pero me ha parecido innecesario molestaros con la mención del resto. Algunas de ellas son demasiado pequeñas.

Sin darse cuenta, Álvar Fáñez se había levantado del suelo. Cuando se apercibió de ello, volvió a arrodillarse farfullando* una disculpa.

—¡Catorce! —exclamó el rey sin poder reprimir la admiración; pero al instante agregó, volviendo a adoptar un tono grave—: ¿De modo que ha capturado catorce ciudades? Y, decidme, ¿es cierto que se propone asediar Valencia?

—Sí, a menos que su rey se lo prohíba —contestó con humildad Álvar Fáñez.

—¿Prohibirlo? —dijo don Alfonso con un gesto de sorpresa—. No, no; creo que... Quiero decir que las temeridades de los desterrados no me conciernen. Vuestro señor puede hacer lo que le plazca. Pero, ¿consideráis que cuenta con hombres suficientes para llevar a cabo esa empresa?

El rey no podía evitarlo. Su curiosidad era muy superior a su afán por aparentar indiferencia.

—Con la ayuda de Dios todo es posible —dijo Álvar Fáñez extendiendo las manos—. Pero si Dios dispusiera que unos cuantos hombres más pudieran unirse a nosotros, el objetivo estaría más a nuestro alcance.

La mirada del rey recorrió la sala. Advirtió que los cortesanos habían abandonado su actitud indiferente y escuchaban ahora con suma atención. Don Alfonso dijo con voz firme y segura:

—Todo esto está, en cierto modo, en consonancia con mis planes, así que no puedo mostrarme descontento. Por otro lado, dispongo que ningún castellano que decida alistarse para poner sitio a Valencia perderá su vida ni su hacienda. Durante más de trescientos años los paganos moros han ocupado esta España de Dios. Quiera Él que nuestro reino vea el fin de esta ocupación.

Álvar Fáñez se había arrodillado de nuevo.

—¿Y don Rodrigo Díaz se ha ganado ya el perdón de vuestra majestad? —preguntó.

Justo en el instante en que el rey abría la boca para hablar, su mirada captó la figura del conde García Ordóñez. Tenía la cara enrojecida y la rabia parecía derramársele por los ojos.

—No tengo ninguna queja de vuestro señor —afirmó el rey y, acto seguido, se dio media vuelta y abandonó la sala.

Entonces se armó una barahúnda.* Los cortesanos se habían dividido en dos grupos: aquellos que mostraban su deseo de unirse al Cid y los que sentían celos y enemistad hacia aquel hombre que los dejaba en ridículo por su falta de iniciativa y coraje y que engrandecía su nombre con cada nueva victoria. Sin dejar de gritar, unos y otros salieron del salón de audiencias llevándose consigo su ruidosa discusión.

# El precio de la libertad

Las taifas de Albarracín, Zaragoza y Lérida se sentían acosadas como un gato entre una jauría de perros furibundos.[24] Temerosos mensajeros galopaban de ciudad en ciudad y de reino en reino alertando a los príncipes moros sobre las poblaciones que habían sido sitiadas y saqueadas por los aguerridos caballeros cristianos del Cid. El espanto y la consternación comenzaban a extenderse por Alandalús. Las noticias sobre el Cid atravesaron campos y cañadas hasta llegar a los oídos del mismo rey de Marruecos. Muy pronto, en los frondosos bosques del condado de Barcelona sonó el eco de aquel famoso grito de guerra: «¡Por Dios y por el Cid!».

—¿Por el Cid? —preguntó el conde Ramón Berenguer, que era un hombre de aspecto bravucón con los ojos saltones y las mejillas atravesadas por pequeñas venas de color púrpura—. ¿Quién es ese «Cid» que ronda mis fronteras ejerciendo el pillaje?

—Antes lo llamaban por su nombre: don Rodrigo Díaz de Vivar —le explicó al conde uno de sus consejeros—. Fue un caballero del rey Alfonso al que desterraron por insultar a…

—¡Sé perfectamente quién es Rodrigo Díaz! —exclamó don Ramón—. Lo conocí hace mucho tiempo, cuando era un caballerete recién salido de las porquerizas. Sin embargo, va por el mundo con unas ínfulas* nobiliarias que no son propias de alguien de su condición. Una vez lo tuve de invitado en mi palacio y agredió gravemente a mi sobrino. El villano no presentó disculpas ni yo le exigí reparaciones. ¡Y ahora se atreve a amenazarme! ¡Bien merecido me lo tengo! ¿Así que ese labriego desaprensivo alborota mis fronteras, no es eso? ¿Así que ese infame «Cid» se dedica a saquear las tierras que están bajo mi protección? ¡Debí haberlo ahogado en el pozo cuando lo tuve hospedado en mi palacio![25]

Abrumado por aquel vendaval de maldiciones, el consejero del conde solo acertó a decir:

—Don Rodrigo nunca ha dicho…, jamás ha sugerido…, él siempre hace constar que no tiene reclamaciones que hacer a Barcelona, mi señor.

—¡Pues eso quiere decir que sí las tiene! Y si no fuera así, ¿por qué razón saquea entonces las taifas que me pagan tributos a cambio de mi protección? ¡No pienso permanecer impasible ni proporcionarle ninguna ventaja! Colocaré a ese labriego advenedizo en el lugar que le corresponde. ¡Tales son las consecuencias de ennoblecer al hijo de un pelagatos! ¡Supongo que el rey Alfonso habrá aprendido la lección! ¡Vamos, convoca a mis tropas de inmediato!

El poderoso ejército del conde se puso en marcha sin tardanza en busca de la hueste de don Rodrigo, y por el camino se le fueron agregando tropas moras y cristianas, ansiosas por hacer morder el polvo al desterrado de Castilla. La ira del conde muy pronto llegó a oídos del Campeador, quien decidió enviarle el siguiente mensaje:

*Mi querido y muy respetado conde:*

*Os ruego que alejéis todo temor al recibir las nuevas de mis modestas hazañas en las taifas que limitan con vuestras tierras. Pensad que no hago otra cosa más que espantar gatos que merodean un jardín vecino al vuestro y que podrían molestaros en alguna ocasión. Os aseguro que mi ejército no pondrá los pies en vuestro territorio. Mi único propósito es alejar de nuestra tierra a quienes no creen en Dios y encontrar un lugar en el que pueda vivir con mi familia y acabar mis días. Os ruego, pues, que en lugar de desconfiar de mí, os alegréis de mis triunfos sobre los invasores procedentes de Marruecos.*

*Recuerdo con placer y agradecimiento la hospitalidad que me brindasteis en mi juventud, y me sentiría muy afortunado si me pudiera seguir contando entre vuestros amigos incondicionales.*

Al mensajero no le fue necesario desplazarse muy lejos para entregar la misiva del Cid. Dejó el campamento de don Rodrigo, atravesó dos pequeñas colinas y se encontró frente a un ejército numeroso y dispuesto para la batalla. Eran los soldados del conde de Barcelona, quien, al recibir la carta de don Rodrigo, montó en cólera y despachó al mensajero con cajas destempladas.

La actitud beligerante* del conde no le dejaba al Campeador más alternativa que el enfrentamiento en el campo de batalla. Entre la barahúnda de caballos, carretas y tiendas a medio montar, se elevó la voz de don Rodrigo aleccionando a sus hombres:

—El conde don Ramón no atiende a razones. De nada serviría eludir el combate y alejarnos de sus tierras, pues nos seguiría allá donde fuésemos. ¡Presentémosle batalla si eso es lo que desea! Aunque su ejército es muy numeroso, sus hombres no son tan rudos ni avezados a la guerra como nosotros. Cabalgan tan juntos y sobre sillas de montar tan ligeras que bastará un solo golpe de lanza para derribar a cuatro de ellos a la vez. ¡Poneos vuestras lorigas, encasquetaos los yelmos y empuñad las armas! ¡Ahora sabrá don Ramón con quién ha osado enfrentarse!

A escasa distancia del campamento del Campeador, el conde coronó un montículo, y desde allí observó cómo los dos ejércitos se aproximaban y trababan fiero combate. A pesar de los años transcurridos, al conde no le costó trabajo distinguir la figura de Rodrigo Díaz de Vivar, un hombre robusto y de duras facciones que se erguía con arrojo sobre su silla de montar y gobernaba a su caballo solo con las rodillas. Con la mano izquierda sujetaba firmemente el escudo, mientras con la derecha blandía la espada y acometía, rechazaba golpes y los propinaba, echaba a rodar yelmos, abría huecos en la formación contraria, enardecía a sus hombres y avanzaba cada vez más en dirección al conde.

Al ver acercarse al Cid, don Ramón tiró de las riendas de su caballo con todas sus fuerzas, y el animal dio la vuelta, empezó a cabalgar al galope y no paró hasta llegar a la tienda del conde. Aterrorizado por la suerte que pudiera aguardarle, don Ramón se refugió en su tienda como si la lona que flameaba con el viento fuera a protegerle al igual que los gruesos muros de su castillo.

A poco llegó don Rodrigo, que había salido en su persecución, y, tras entrar en la tienda, le dijo con cordialidad:

—Con vuestra venia, conde don Ramón. Os ruego que me permitáis ofreceros una cena hospitalaria en mi tienda.

El orondo* don Ramón se hallaba sentado con las piernas cruzadas sobre un lecho de almohadones. Sus mejillas encendidas contrastaban con la palidez del resto de su cara. Tras escuchar la invitación de don Rodrigo, el conde se aclaró la voz y replicó con gravedad:

—¿Acaso tengo el aspecto de una persona habituada a comer con perros? Admito que habéis obtenido una gran victoria sobre mis hombres, pero no os daré el placer de verme suplicar por mi vida.

—Mi querido conde —dijo don Rodrigo con calma—, os aseguro que si accedéis a mi sencilla petición no habrá la menor represalia.

—Escucha bien lo que voy a decirte, miserable villano —respondió don Ramón—. Prefiero que Dios me quite el don del habla antes que abrir la boca para complacerte en nada. Ni un bocado de comida pasará más allá de mis labios, ni ellos pronunciarán jamás solicitud alguna de clemencia. Puedes hacer lo que quieras conmigo. Pero, aunque me tortures, jamás desfalleceré. No eres más que el hijo bastardo de un labriego y el solo hecho de dirigirte la palabra me envilece.

El Cid no se inmutó siquiera al oír las ofensivas palabras del conde. Sus labios esbozaron una sonrisa compasiva, lo saludó con una inclinación de cabeza y, dirigiéndose a Pedro Bermúdez, le ordenó:

—Escoltad al señor conde hasta mi tienda. Es mi invitado, así que tratadlo con cortesía.

La escena que se divisaba esa noche desde la tienda de don Rodrigo era un placer para los sentidos. En lugar del olor pestilente* que solía asaltar a las tropas del Campeador cuando conquistaban una ciudad, en los pinares de Tévar donde se hallaban sólo se percibía el perfume de la brisa del atardecer y el aroma del ternero y la oveja asándose al fuego. Los guerreros de don Rodrigo se apoderaron del oro, la plata, las armas y las tiendas del ejército del conde, pero permitieron a sus soldados cenar con sus propias vituallas y ahogar sus penas en su propio vino.

Los faldones de la tienda del Campeador fueron levantados, de manera que el resplandor de las pequeñas lámparas moras se fundió con el destello de las hogueras encendidas en el mullido suelo. Bajo la lámpara más luminosa se sentaba don Ramón, conde de Barcelona, todavía rey de su castillo de almohadones. Tenía los párpados entornados, la frente sudorosa y las manos apoyadas sobre su prominente barriga para impedir que se oyesen los gruñidos de su hambriento estómago. En su imaginación, se veía a sí mismo decapitado y arrojado a una zanja, su cabeza con los ojos desorbitados metida en una jaula y colgada de una torre, a su familia caminando encadenada por las calles de Barcelona. ¿Qué cruel destino reservaría para su persona aquel bárbaro hijo de campesino después de haber saqueado su condado? Sin duda acabaría por matarlos a él y a toda su familia, al margen de que don Ramón firmase o no su abdicación en favor de aquel tirano.

Pero el conde no estaba dispuesto a rendirse: le parecía que era una indignidad propia de cobardes. Quizá no podría evitar que el Cid le robase sus tierras, pero jamás las cedería por propia voluntad.

—Mi querido conde, os ruego que no echéis a perder nuestras celebraciones con vuestra actitud malhumorada y hostil —dijo don Rodrigo mientras sus hombres hacían lo imposible por contener la risa—. Tan solo pretendo que me concedáis un favor, y recobraréis de inmediato vuestra libertad. Pero no me pidáis que os devuelva el oro, la plata, las armas y la impedimenta* que os hemos arrebatado en buena lid, pues mis vasallos y yo los necesitamos para mantener la guerra contra el infiel, tras haber sido desterrados de Castilla.

—De modo que queréis que os conceda un deseo. Sin duda pretenderéis que os entregue mi condado…

—¡Me ofendéis, señor! —replicó el Cid—. ¿No os he dicho más de una vez que no deseo atacar Barcelona ni ambiciono adueñarme de vuestro condado? Me he impuesto expulsar a los infieles de España, y no combatir contra cristianos o arrebatarle las tierras a un caballero que cree en el Dios verdadero como vos. ¡No! Lo único que os pido es que participéis en nuestras celebraciones.

—¿Ese es el favor que…?

—Ese es el único favor que os pido. Pero, ¿de veras habéis pensado que iba a exigiros la entrega de Barcelona? —dijo don Rodrigo entre risas—. ¡En modo alguno! Os prometo que si coméis y bebéis lo suficiente, os pondré en libertad a vos y a dos de vuestros caballeros.

Al oír las promesas del Campeador, a don Ramón se le fue iluminando el rostro.

—Si al menos tuviese la seguridad de que cumpliréis vuestra promesa…

—¡Me ofendéis de nuevo, señor! —exclamó—. Jamás en mi vida he faltado a mi palabra.

El estado de ánimo del conde cambió súbitamente.

—Vamos, soldado, haz que me traigan algo de comida —le dijo entonces a uno de los guerreros que lo custodiaban—. ¡Podría comerme al mismísimo rey de Marruecos y a todos sus caballos!

La cena le fue servida en una gran bandeja de plata marroquí arrebatada a los moros de Calatayud: dos pollos y un cuarto de cordero, con fruta y verduras y salsas tan espesas y calientes como lava volcánica. El conde comió hasta que la grasa empezó a gotearle por los codos, y bañó tan abundantes alimentos con tres jarras de vino añejo que acabaron de animarlo. Cuando se hubo saciado, la noche había languidecido y por el horizonte empezaba a clarear. Entonces, don Ramón sacó un pañuelo enorme de su faltriquera* y se limpió con él la cara y la barba.

—Nunca en mi vida me había sabido tan bien la comida, ni siquiera el día en que heredé el condado —confesó don Ramón—. Y os aseguro que por mucho que viva jamás volverá a resultarme tan apetitosa. ¿He satisfecho vuestro deseo, don Rodrigo?

—Cumplidamente, señor... Ahora convendrá que reposéis la comida antes de partir...

Don Ramón le dirigió una mirada de desconfianza.

—No os ofendáis —dijo—, pero creo que será mejor que me ponga en camino en seguida.

Respetando los deseos del conde, don Rodrigo pidió que le proporcionaran vestimenta y vituallas,* ordenó que ensillaran tres briosos corceles y acompañó a don Ramón y a dos de sus caballeros con una escolta hasta dejarlos en los límites del condado de Barcelona.

Cuando los dos jinetes llegaron junto al río que separaba la taifa de Lérida del condado de Barcelona, don Rodrigo desenvainó la espada que le había arrebatado a don Ramón y la blandió con fuerza en su mano. El conde no pudo contener un estremecimiento de terror y se cubrió la cabeza con las manos.

—Mi querido conde —dijo don Rodrigo, lleno de ansiedad—: tan solo pretendía devolveros vuestra espada. Es una hermosa arma. Debe costar más de mil marcos de plata.

—Guardadla, Cid, guardadla —respondió don Ramón—. Su nombre es Colada[26] y es de fino acero francés con guarnición* de plata. Espero que la disfrutéis —y, tras un breve silencio, añadió—: Veo que sois hombre de palabra, don Rodrigo. Y así lo proclamaré por todo el mundo.

El Cid asintió con la cabeza, y agregó:

—Don Ramón, os ruego encarecidamente que no volváis a ofrecerme otra ocasión de desvalijar vuestras arcas. Aplacad vuestra sed de venganza, si es que la tenéis, porque de nuevo volvería a infligiros una severa derrota.

—No temáis, don Rodrigo, ni os ofendáis si os digo que preferiría no volver a veros. Decidme, ¿en qué dirección os lleva ahora vuestra cruzada? ¿Acaso os proponéis conquistar el fondo del mar?

Don Rodrigo se pasó una mano por la barba con mirada pensativa.

—Tal vez decida atacar Valencia —replicó con voz queda.

El conde se echó a reír con tanta fuerza que su caballo piafó con inquietud.

—¡Valencia! ¡Por el arcángel san Miguel! Ya os entiendo: ¿por qué os vais a conformar con cosquillear la barriga de los moros cuando podéis arrancarles el corazón? ¡Vuestra ambición no conoce límites! Os admiro, don Rodrigo. Vuestro padre solo aspiraba a hacer de vos un caballero; vos deseáis ser un mártir. Quedad con Dios. Sospecho que si persistís en vuestro empeño, la próxima vez nos veremos en el cielo.

La mirada de asombro con que el conde despidió al Cid se repitió cada vez que don Ramón le hablaba a alguien de aquel aguerrido caballero. Consideraba que don Rodrigo tenía algo de sobrehumano. Lo recordaba como una persona de gran estatura, e imaginaba que su loriga había sido templada en las aguas del sagrado estanque de Betesda[27] y que su cofia estaba tejida con un fragmento del mantel de la Última Cena. Su admiración por don Rodrigo le llevaba al extremo de afirmar que la gloria del Campeador podía percibirse en el resplandor dorado que emanaba su persona.

Y tan pronto como se mencionaba el oro, muchos jóvenes de Castilla y León ensillaban sus caballos, se despedían de sus madres y corrían a alistarse en el ejército del Cid Campeador. Y es que don Rodrigo se había propuesto adueñarse de Valencia, una poderosa plaza fuerte de los moros que atesoraba grandes riquezas.

En cambio, unirse al ejército del Campeador era algo que ni siquiera pasaba por las cabezas de los infantes Diego y Fernando. En tres años no habían cambiado mucho: habían dejado de ser unos niños insoportables para convertirse en unos adolescentes consentidos y déspotas. Luchar contra los moros para expulsarlos de España era algo que no los seducía en absoluto. Podían golpear sin miramiento alguno a sirvientes y a escuderos cada vez que se les antojaba, pero tenían más pánico al brillo de una espada que a una maldición divina. Antes que la gloria de participar en una batalla, preferían el buen nombre ganado al estrenar trajes nuevos y lucirlos por los salones del palacio real.

—Si ese bastardo toma Valencia —dijo Fernando—, se convertirá en uno de los hombres más ricos de la Cristiandad, y el rey no tendrá más remedio que perdonarlo.

—Inmensamente rico, sí… —asintió Diego—. Hermano, ¿no crees que deberíamos pedir la mano de sus hijas?…

—¿Estás en tu sano juicio? —replicó Fernando—. ¿Acaso pretendes que nos rebajemos contrayendo matrimonio con las hijas de un villano? ¡Eso sería un deshonor y una vergüenza para los de Carrión!

—Tienes razón, Fernando. Sería un baldón\* que pesaría como una losa en nuestra familia durante generaciones. Una insoportable vergüenza…

—¡Qué vergüenza! ¡Oh Alá, el Clemente y el Misericordioso, qué vergüenza y qué dolor!… —rugió el rey Yúsuf de Marruecos, golpeándose el pecho—. Este «Cid» ha convertido a mis generales y almofallas\* en motivo de hilaridad.\* ¿No habrá nadie capaz de plantar cara a este conquistador infiel, a ese sanguinario forajido,\* a ese desterrado de quien abominan hasta en su propio reino? Ahora ha puesto sus ojos en Valencia, la joya de mi corona, ¡y Alá no lo ha fulminado con un rayo! ¡Maldita sea! El Cid a las puertas de Valencia y, a mis espaldas, los almohades invadiendo mis oasis.[28]

Con gesto furioso, el rey extendió el brazo hacia los rostros temblorosos de veinte visires,* que permanecían con sus cabezas inclinadas sobre el mármol ajedrezado del suelo.

—Si no estuviera atado de pies y manos —continuó el rey—, ahora mismo largaría velas y os demostraría cómo se le rebana el pescuezo a un cristiano. Le llaman *sidi*, pero por sus venas corre la misma sangre indolente de todo cristiano. No permitáis que mis oídos escuchen que ha tomado Valencia. ¡Que el dolor y la desolación caigan sobre aquel que me dé la noticia!

Recogiéndose las ropas alrededor de las piernas con un amenazador gruñido, el rey salió del salón del trono. Al salir de la sala, humedeció sus dedos en agua de rosas y se los secó delicadamente con una toalla. Luego le dijo a su chambelán:*

—Mantenme informado de los avances del Cid. En cuanto aplaste a los almohades que me acosan desde el sur, tendré que embarcarme para acabar de una vez por todas con ese desalmado cristiano.

—No me gusta ver llorar a nuestra madre con tanta frecuencia —se lamentó Elvira. Ella y su hermana estaban frente a frente, peinándose el cabello una a la otra—. Me pregunto por qué lo hará. Y siempre llora cuando cree que nadie la ve.

—Supongo que es a causa de nuestro padre —replicó Sol—. A veces no alcanzo a recordar su rostro, ¿sabes? ¿Crees que eso es reprobable?

—Espero que no —respondió Elvira—, porque yo tampoco puedo recordarlo bien, excepto en las ocasiones en que sueño con él.

—¿Y qué sueñas, Elvira?

—Sueño que estoy en Valencia. Madre dice que allí hay tejados de cristal sostenidos por miles de columnas de mármol con incrustaciones de signos mágicos y fuentes de agua corriente que no cesan de manar. Dice que todas las casas tienen un jardín interior y también paredes de piedra tallada como encaje y verjas labradas en forma de filigrana, y torres tan delga-

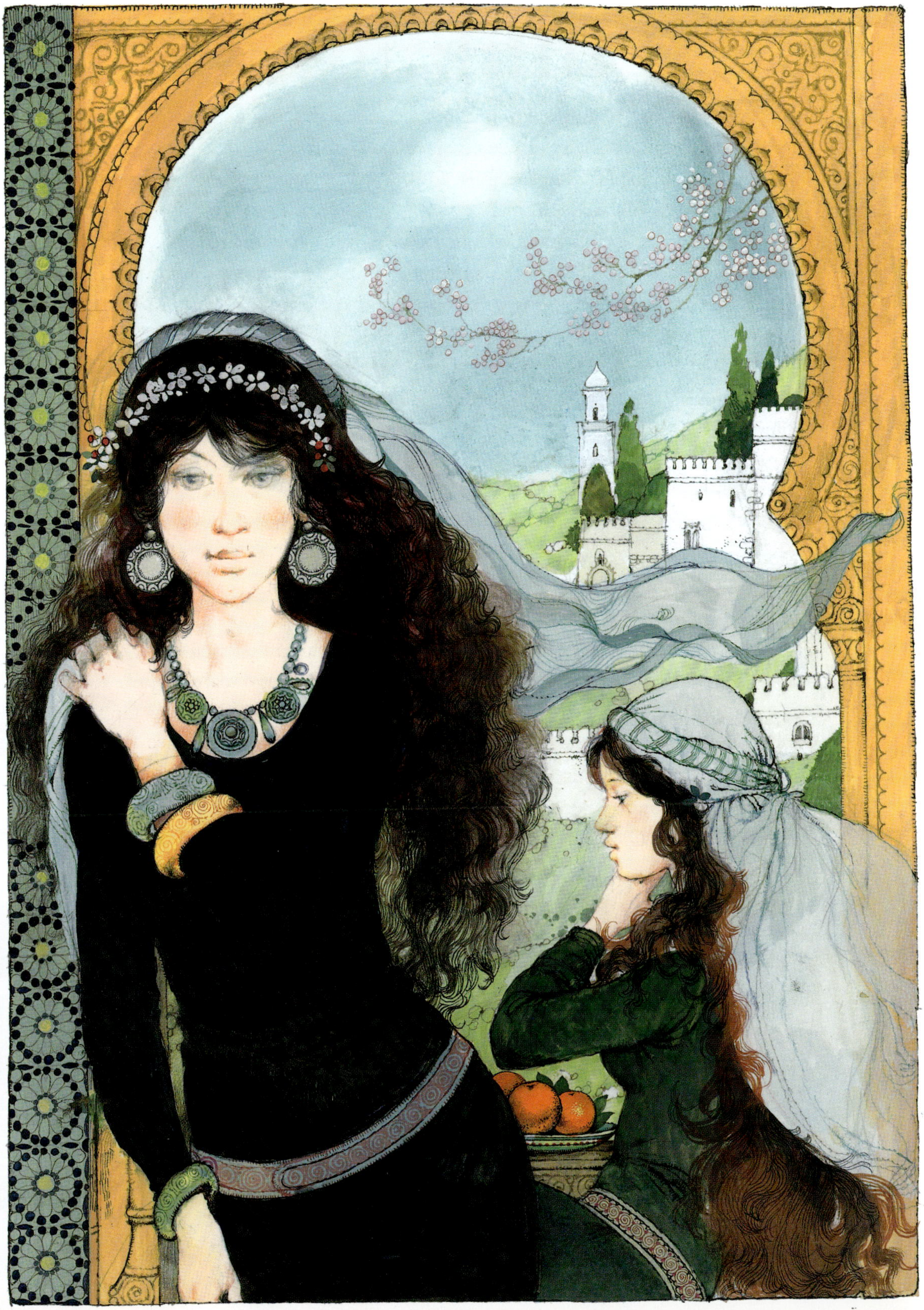

das como juncos y tan altas como el mismo cielo. ¿Crees que nuestro padre regresará algún día cargado de regalos para nosotras?

—A mí me gustaría que me trajera una capa bordada en oro y plata y un manguito\* de piel de león.

—Oh, nos traerá cosas mejores que ésas —dijo Elvira mientras sus ojos brillaban con la ensoñación—. Nos traerá también una dote a cada una con la que conseguiremos dos caballeros como esposos… o, quizás, dos condes. O a lo mejor hasta dos *sidis* del otro lado del mar.

—¡Por el amor de Dios, Elvira! ¿Un *sidi*? Esos tienen la piel oscura y llevan espadas curvas y… ¡y no sería cristiano! No, a mí me gustaría alguien parecido a…

Sol se sonrojó y bajó la vista como si acabara de revelar un secreto. Elvira se mostró intrigada:

—¿Quién, Sol? ¿Parecido a quién? ¡Oh, dímelo, hermana mía!

—No…, es una tontería. Te vas a reír de mí. Alguien parecido a… Fernando de Carrión… No es que haya hablado con él jamás, claro…

—¿El infante? ¡Dios mío!

Sol le lanzó una mirada tierna. Sus ojos se iluminaron de repente.

—Viste unas ropas preciosas y es elegante como un pavo real —dijo—. El caballo ruano\* que tiene es casi de color púrpura y… y…, vaya, ¡es tan apuesto!

—Si no fuese por sus orejas, claro… —comentó Elvira, pensativa y adoptando un tono impersonal—. A mí, en cambio, me parece más atractivo su hermano Diego. Tampoco yo he cruzado nunca una palabra con él, desde luego… —y, colocándose un velo en la cabeza, desechó la idea como si se tratase de una estupidez—: Estamos soñando, Sol. Valencia es un sueño. Y te aseguro que, si nuestro padre regresase ahora mismo a casa, no me importaría si solo trajese con él su propia persona.

—A mí tampoco —concluyó Sol.

# El botín de Valencia

A costa de mucho esfuerzo y mucha sangre derramada, el Cid logró acercarse a las murallas de Valencia. Jérica, Onda y Almenara, todo el territorio de Burriana, Murviedro y Cebolla fueron cayendo paulatinamente en sus manos.[29] Alarmado por el empuje y la proximidad de las fuerzas del Cid, el ejército moro de Valencia puso sitio a Murviedro, donde se hallaba el cuartel general del Campeador. Pero la estrategia de los musulmanes resultó inútil: era como intentar contener las fuerzas desatadas de la naturaleza, como luchar contra un vendaval u oponerse a una riada. Las huestes cristianas, enardecidas por el Cid, salieron en tromba de Murviedro cuando apenas había amanecido y arrasaron el campamento moro. Cogidos por sorpresa, los guerreros musulmanes caían a cientos o huían despavoridos a uña de caballo buscando el refugio seguro de las murallas de Valencia. Y, tras la aplastante victoria, nuevas riquezas vinieron a engrosar las arcas de los hombres del Cid. La toma de Valencia no podía estar ya muy lejana.

Sin embargo, la campaña de acoso emprendida por el Cid se prolongó tres años más. Durante todo ese tiempo, sus hombres no dejaron de ocupar nuevos territorios y saquear poblaciones al norte y al sur de Valencia, hasta que por fin consiguieron aproximarse y poner cerco a la ciudad, rodeada por una extensa llanura alfombrada de naranjos. Los árboles cubrían todo el terreno hasta el horizonte, donde el verde del campo se confundía con el azul del mar, y los azahares dejaban en el aire un perfume embriagador.

El Cid situó a sus soldados alrededor de la muralla, hundió todos los barcos anclados en el puerto para que los sitiados no pudieran embarcarse en busca de ayuda, y desvió el curso del río Turia, que regaba la ciudad, hasta que su cauce quedó convertido en un reguero de lodo. El hambre y

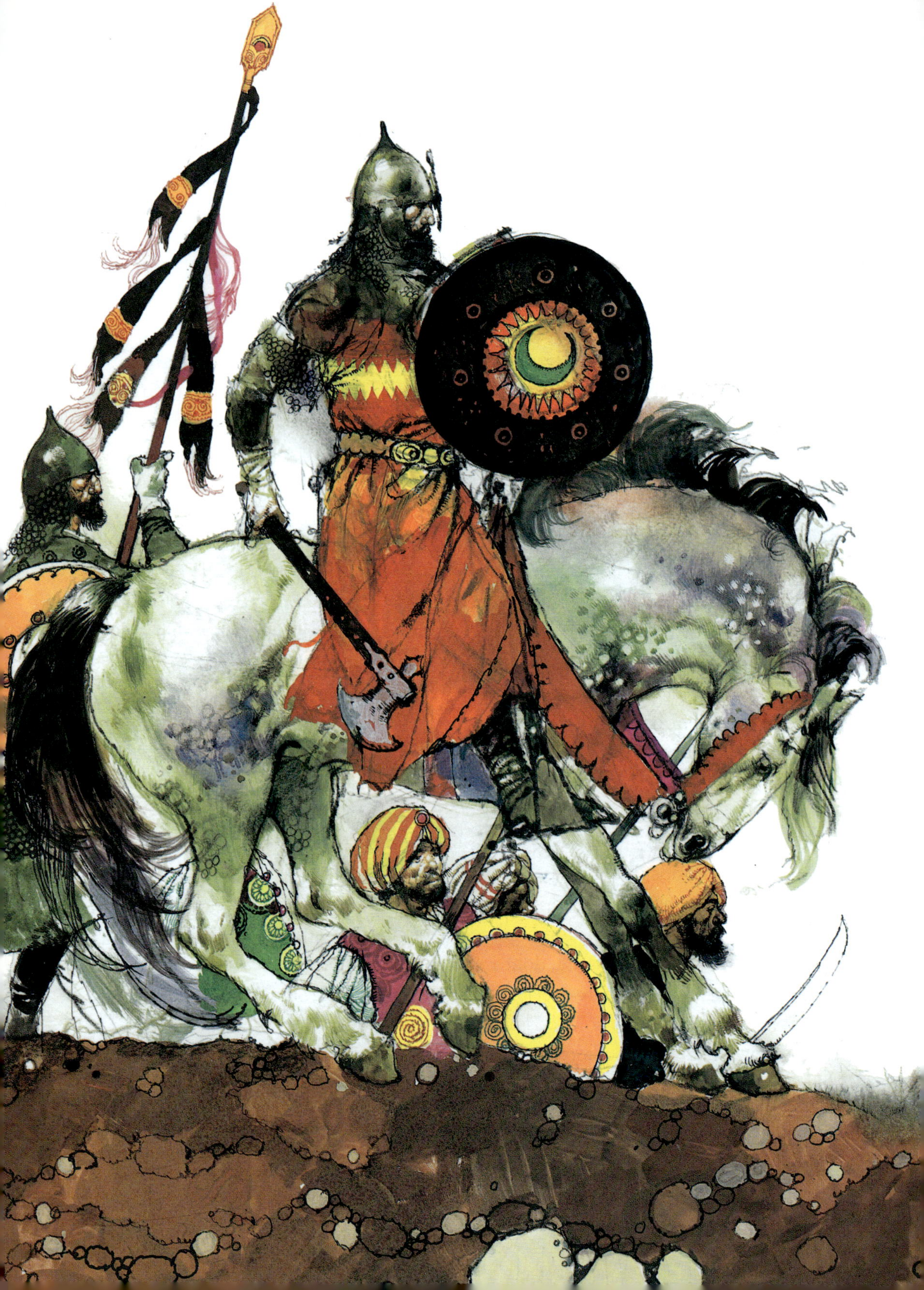

las enfermedades empezaron a hacer estragos entre los sitiados, a quienes el Cid había quemado los sembrados y había cortado el suministro de agua. Ante la tragedia de muertes sin cuento, el hijo no encontraba consuelo en el padre ni el amigo consejo en el amigo. Aunque conocía esa desesperada situación, el rey Yúsuf de Marruecos nada podía hacer para auxiliar a sus súbditos valencianos, pues en aquellos momentos sostenía una guerra sin cuartel contra los almohades.

Dispuesto a no dejar pasar la ocasión, el Cid envió un bando a todas las ciudades de Navarra, Aragón y Castilla, en el que decía: «Si entre vosotros hay alguno que quiera salir de la pobreza y obtener grandes ganancias, no tiene más que unirse a Rodrigo Díaz, que va a tomar Valencia y ponerla en manos cristianas. No importa el color de vuestra piel ni las sombras de vuestro pasado. Todos seréis bien recibidos. El tesoro que guardan los moros está ya maduro para ser arrebatado».

Con el paso de las semanas, los árboles se llenaron de frutos. Poco a poco, las naranjas abandonaron su color verde y maduraron al tiempo que el ejército del Cid, con el señuelo del botín de guerra, se engrosaba como el vientre de una mujer a la espera del parto. Al cumplirse el noveno mes de asedio, aquella máquina de guerra comenzó a moverse.[30]

Fue una mañana de enero. Los naranjos estaban ya desnudos y, como cada amanecer, los sitiadores se despertaron para contemplar la silueta de Valencia perfilándose entre la bruma matinal. Poco a poco, como un dorado panal construido por abejas que flotasen en la dorada luz del sol naciente, la ciudad fue ganando consistencia. Los guerreros del Cid nunca dejaban de maravillarse a la vista de los minaretes* afilados como agujas, las brillantes cúpulas y los apiñados tejados de las casas, que semejaban labios rojos sobre las blancas fachadas. Pero aquella mañana la hermosa silueta de Valencia les deparaba una sorpresa, pues más de cien banderas blancas flameaban al viento en señal de rendición, y las puertas de la ciudad estaban abiertas. Desde su interior salía un intenso olor a podredumbre, hambre y muerte que a duras penas podían sofocar el perfume de los jardines y los balcones floridos.

Don Rodrigo se pasó la mano por su larga barba y se dijo: «Éste es el hogar que he ansiado para mi esposa y mis hijas. Es digno de ellas».

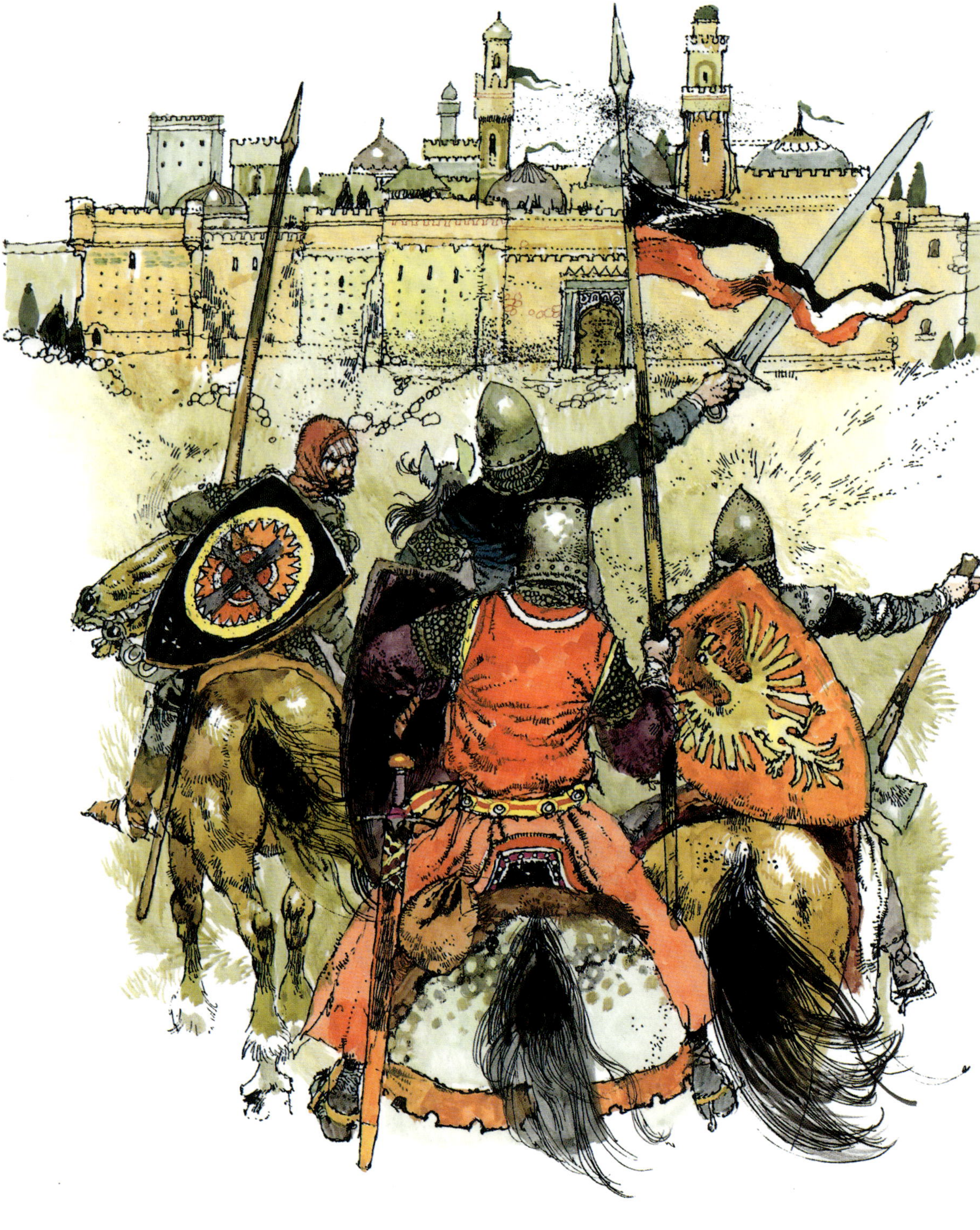

Álvar Fáñez, Pedro Bermúdez y Martín Antolínez ardían en deseos de contemplar la ciudad desde el interior de sus murallas. Cuando Pedro oyó las palabras susurradas por don Rodrigo, no pudo contenerse por más tiempo. Su caballo se levantó sobre las patas traseras, y de pronto proclamó a voz en grito:

—¡Valencia por el Cid, Valencia por el Cid…!

—¡Silencio! —ordenó don Rodrigo—. ¿En qué estáis pensando, don Pedro?

Al abanderado apenas le salió la voz del cuerpo:

—Quería decir Valencia para Dios y para el rey de Castilla, para Dios y el rey Alfonso… ¿Os parece que entremos en la ciudad?

Los habitantes de Valencia estaban hambrientos y aterrorizados. Se asomaban a las balconadas y lanzaban flores al paso de los guerreros cristianos. En la ciudad escaseaban los caballos, los perros y los gatos, pero el estercolero estaba lleno de huesos y un gran número de tumbas se alineaban al pie de las murallas. Sin embargo, la obra de más de trescientos años de civilización musulmana resplandecía con serena perfección a lo largo de las orillas del río Turia. Las palmeras se abrían con tropical exuberancia: su verde oscuro se recortaba en el cielo de un pálido azul.

Poniéndose en pie sobre sus estribos, don Rodrigo exclamó:

—¡Doy a cada uno de los hombres de mi ejército cien marcos de plata y una casa en propiedad, en la que pueda acoger a su familia y vivir para siempre en esta ciudad donde el verano es perpetuo!

Los gritos de entusiasmo pronto enmudecieron. Observados por miles de aterrorizados ojos ocultos tras velos o a la sombra de abultados turbantes, los castellanos avanzaban en desordenada marcha por las estrechas calles de Valencia, con sus ropas rasgadas y sus botas polvorientas. Jinetes sobre caballos exhaustos y soldados de a pie contemplaban abrumados la exótica belleza de Valencia, mientras el aire se esmaltaba con suplicantes oraciones a Alá.

—Tan pronto como se reparta el tesoro, me voy a casa —le susurró un soldado a uno de sus compañeros—. Éste no es lugar para un cristiano.

Álvar Fáñez miró a su alrededor y oyó las mismas palabras en boca de cientos de hombres distintos. Justo cuando acababa de obtener la victoria, el ejército del Cid amenazaba con disolverse como la nieve bajo aquel cálido cielo meridional. Álvar Fáñez se preguntó si don Rodrigo habría advertido el cambio que se había producido en sus hombres. El Campeador seguía erguido sobre sus estribos.

—Uno de estos días —exclamó—, el rey de Marruecos reaccionará al ver que su territorio más rico y preciado ha caído en nuestras manos. Entonces estallará un terrible combate, ¡bien lo sabe Dios!, que equivaldrá a un choque tremendo entre España y África. Si alguno entre vosotros carece del valor necesario para permanecer aquí y defender Valencia contra el rey Yúsuf, queda en perfecta libertad para marcharse: comprenderé sus razones. Seguirá teniendo derecho a su parte del tesoro y a su parte en la gloria. Lo único que pido es que se despida de mí en persona y que bese mi mano antes de abandonarme, porque marcharse en secreto sería un acto impropio de un caballero.[31]

Álvar Fáñez sonrió. Don Rodrigo conocía muy bien los puntos débiles de los castellanos, y el sentido del honor era uno de ellos. Por eso lo invocó, y de esa manera consiguió conservar la lealtad de sus hombres.

En toda Valencia, solo había un edificio en ruinas: la vieja catedral de San Esteban. Despreciada por los moros, carecía de techo, y las gaviotas habían anidado en el altar mayor. La hierba crecía entre las losas del pavimento y la hiedra se aferraba a los pilares resquebrajados como si quisiera estrangularlos. Alguien había aplastado las caras de roca caliza de los santos, y los relieves habían sido arrancados de las tumbas de los muertos. Tal sacrilegio y dejadez consiguió desalentar a don Rodrigo. ¿Cómo iba a pedirles a Jimena, Elvira y Sol que se instalaran en aquel lugar lleno de infieles y desalmados?

De pronto, una voz potente y aguda sonó por toda la calle y un hombre montado en un pollino que arrastraba las pezuñas sobre el polvo se abrió paso entre la soldadesca, cantando en el latín de los monjes cluniacenses.[32] Tras apearse de su montura, se detuvo al pie de la escalinata de la catedral de San Esteban y miró fijamente a don Rodrigo con ojos de miope.

—¡Ah, debéis de ser vos! Os he reconocido por la barba. Me dijeron que llevabais una barba muy crecida. Soy el padre Jerónimo y vengo del monasterio de Ripoll, al norte de Barcelona.[33] Vuestro buen amigo el con-

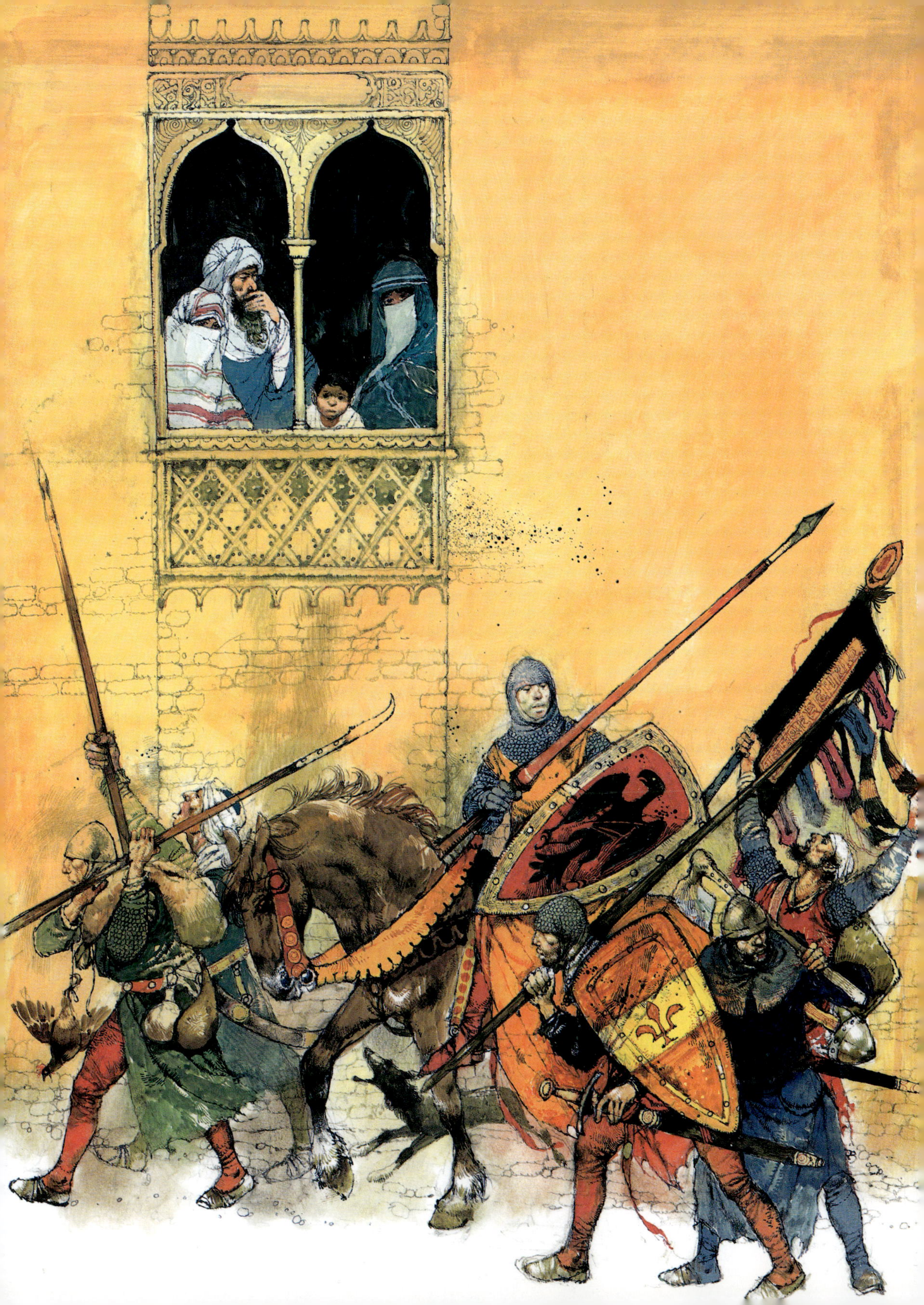

de don Ramón me pidió que os transmitiera sus mejores deseos antes de que ocupaseis Valencia, pero, como veo que la habéis tomado ya, recibid, en lugar de ello, mi enhorabuena. Y, si me lo permitís, os diré que yo soy el hombre adecuado para eliminar la polvareda pagana de este lugar y gritar el nombre de Dios en todos los oídos. ¡Por santa Eulalia!, el edificio está en ruina total. Y aquí hace falta un lugar digno para celebrar la gloria de Dios, que ha puesto en vuestras manos esta bella ciudad. No importa…, arrojaremos a esos desvergonzados infieles de su lujosa mezquita aljama* y la convertiremos en un templo consagrado a… a… ¡a la Virgen, claro!, como la pequeña iglesia de vuestro pueblo de Vivar y la gran catedral de la noble ciudad de Burgos. ¡Por el divino san Pedro, enviadme un cántaro de cal para borrar de las paredes las blasfemias de esos impíos y un maestro de obras para acometer las reformas indispensables, y la mezquita quedará convertida en una excelente catedral![34] No quiero a mi servicio peones castellanos: perdonadme, pero creo que son más hábiles en la guerra que en la construcción. Prefiero a un selecto grupo de diestros y laboriosos artesanos moros para trabajar a mis órdenes. ¡Dejad la catedral en mis manos y yo os daré un hermoso templo para alabar a Dios antes de un mes! Si no lo hago, os doy permiso para que nos cortéis las orejas a mí y a mi asno.

La tensión cesó como una cuerda que, de pronto, deja de tirarse por ambos extremos. Los guerreros del Cid se echaron a reír. Don Rodrigo se quitó el yelmo y el almófar, y la cofia de lino que llevaba debajo brilló más que la blanquísima gaviota derribada en las cercanías del altar mayor por el padre Jerónimo, a quien el Cid nombró de inmediato obispo de Valencia.

Aquel mismo día don Rodrigo envió a un mensajero para que expresara su gratitud al conde don Ramón y condujo a los famélicos* caballos que había en la ciudad hasta los aromáticos pastos de los alrededores. A los pocos días, los animales recobraron su peso y el lustre del pelo. Entonces el Cid los ensilló con cuero rojo marroquí, los pertrechó para la guerra con las armas del arsenal* moro y le ordenó a Álvar Fáñez:

—Id a Castilla y preguntad a nuestro querido rey si se digna aceptar estos caballos y mirar con benevolencia al indigno súbdito que se los envía. Decidle que Valencia ha caído, que vuelve a estar en manos cristianas y que es un lugar adecuado para que en él vivan mujeres. Rogadle que permita a doña Jimena y a mis hijas reunirse conmigo aquí en el exilio, así como también a las mujeres que tenía a mi servicio en Vivar. Hacedle ver que si la soledad es una terrible condena, ya he sido gravemente castigado por mis ofensas. Decidle todo eso, Álvaro. Suplicadle que autorice a mi familia a venir conmigo.

«Sea Alá, el único Dios verdadero, alabado a lo largo y ancho del mundo», decían, entre otras cosas, las letras arábigas que reptaban como escorpiones por las paredes del palacio del rey Yúsuf. Embutidas en marfil sobre paneles de madera de cedro o grabadas sobre el mármol, las frases del Corán ascendían por las columnas y llenaban los techos de oraciones. Era imposible mirar hacia arriba sin sentir que aquel torrente de plegarias y alabanzas se derramaba sobre uno. Para no dejarse vencer por su peso abrumador, era preferible hundir la mirada en el espesor de las alfombras que cubrían los suelos.

El rey Yúsuf estaba fatigado. Su vida era un reguero de sinsabores. Todavía no había conseguido sofocar la rebelión de los almohades en las montañas del Atlas cuando le llegó la noticia de que Valencia había caído en manos cristianas. Allende el mar, sobre la verde llanura repleta de naranjos, el legendario «Cid» había conquistado Valencia. Toda Alandalús se debilitaba e iba cayendo poco a poco en poder de los paganos. Yúsuf alzó los ojos y sintió que las palabras que decoraban las paredes y el techo le martirizaban sin piedad. «Sea Alá, el único Dios verdadero, alabado a lo largo y ancho del mundo».

—Preparad la flota y convocad a mis ejércitos —ordenó Yúsuf—. Mañana mismo zarparemos rumbo a Valencia y aplastaremos a ese soberbio Cid que ha osado poner el pie en mis territorios.

Pero la nube negra que atenazaba el corazón del rey no se desvaneció tras pronunciar aquellas amenazas. Se preguntó por qué. Las palabras de las paredes y del techo se le antojaron como una acusación por todos los pecados y errores cometidos. «Sea Alá, el único Dios verdadero, alabado a lo largo y ancho del mundo».

—¡Por san Isidoro, no sabéis cuánto me complace oír tales nuevas de don Rodrigo! —exclamó el rey, exultante—.* Vamos, levantaos, Álvar Fáñez, y decidle a vuestro señor que acepto gustoso este nuevo regalo de magníficos caballos árabes arrebatados al enemigo.

Y, con una sonrisa beatífica y una grandilocuencia inusual, don Alfonso dirigió la palabra a la corte:

—¡Nobles! ¡Súbditos de mi real persona! ¡Heraldos* y cronistas,* prestad mucha atención! Nuestro leal amigo Álvar Fáñez acaba de traernos una noticia que esperábamos desde hacía mucho tiempo: ¡Valencia ha caído en manos de don Rodrigo Díaz, a quien ahora llaman el Cid!

La alegría desbordada del rey no era compartida por toda la corte. A espaldas del monarca, un rancio aristócrata susurró con rostro grave y la boca torcida unas palabras cargadas de hiel:

—Tal parece que en tierras de moros no hay más que doncellas y niños cuando el mal nacido de Rodrigo conquista ciudades como quien recoge margaritas del campo —dijo el conde Ordóñez.

—La envidia es mala consejera, conde —replicó el rey, volviendo la vista atrás—. No murmuréis, que don Rodrigo me sirve mucho mejor que vos.

—Majestad —se atrevió a intervenir Álvar Fáñez—, el Cid os suplica que autoricéis a su esposa y a sus hijas a trasladarse a Valencia...

—Lo haré con sumo placer —respondió don Alfonso.

—Y sus tierras...

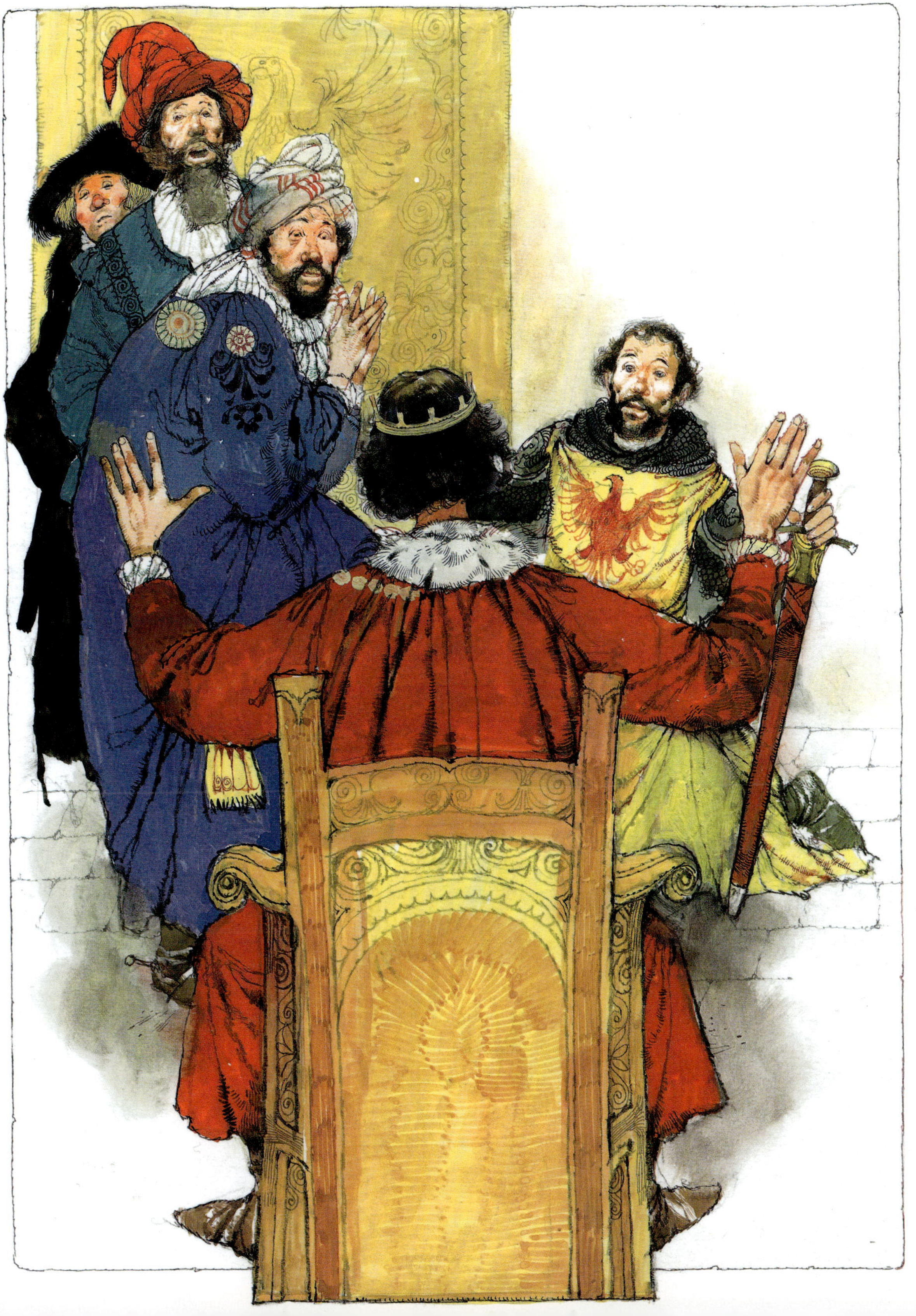

—Le serán devueltas, desde luego, como a todos los que le acompañaron en el destierro. Aunque abrigamos la esperanza de que don Rodrigo instale ahora su hogar en Valencia para defender la ciudad del previsible ataque del rey Yúsuf. Cuantos deseen partir para alistarse en el ejército del Campeador recibirán mi bendición. Que su esposa, sus hijas y todos sus servidores viajen cuanto antes a Valencia —concluyó el soberano, y, poniéndose en pie, abandonó la estancia seguido por una caterva\* de aduladores cortesanos.

Solo dos nobles quedaron en la sala. Sorprendidos y envidiosos por la alta estima que el rey mostraba ahora por don Rodrigo, los infantes de Carrión se dirigieron una mirada de complicidad. Después de todo, quizá no sería tan mala idea pedir la mano de Elvira y Sol... Pero para ello convenía ganarse antes el aprecio de su padre.

Cuando Álvar Fáñez se encaminaba hacia la puerta de la sala, don Diego le puso una mano en el hombro y lo detuvo.

—¡Don Álvaro! ¡Señor!... —le dijo.

—Disculpadme, pero debo partir de inmediato para comunicarle la buena nueva a doña Jimena —arguyó Álvar Fáñez.

—Es solo un momento, os lo ruego —suplicó don Diego—. Sois un noble caballero y deseamos confiaros un mensaje de gran importancia para vuestro señor. Saludadlo muy cordialmente de nuestra parte y decidle que puede contar con nosotros para todo aquello que desee.

—Entonces, ¿estáis dispuestos a acompañarme para combatir junto a don Rodrigo?

—No, no..., no es eso —replicó don Fernando—. Pero si él correspondiera a nuestro aprecio... tendría mucho que ganar.

Y diciendo esto, deslizó una bolsa con cien marcos de plata en la mano de Álvar Fáñez, quien no dudó en rechazar cortésmente tan incomprensible regalo.

Intrigado por tan misteriosa petición, el lugarteniente del Cid abandonó la sala y cabalgó a galope tendido hacia san Pedro de Cardeña, donde doña Jimena lo aguardaba ansiosa. Al llegar al monasterio, Álvar Fáñez se apeó del caballo y, postrándose ante la esposa del Cid, le comunicó exultante de alegría las nuevas en torno a su señor:

—¡Vuestro esposo ha conquistado Valencia y se ha apoderado de grandes riquezas! Pero eso no es lo mejor, ¡porque el rey os ha concedido libertad para viajar al lado de vuestro esposo y me ha permitido venir a buscaros! Traeos también a la servidumbre. Cerrad la casa de Vivar y arrendad el huerto… ¿De cuántos caballos disponéis? Dad aviso en el monasterio para que el abad se entere de todo lo ocurrido. ¿Podréis estar lista en unos días, señora? El Cid está loco por veros, y me desollará vivo si no os conduzco pronto a su lado.

Doña Jimena no se apresuró. Hacía tiempo que soñaba con aquella escena, y ahora le parecía estar reviviéndola. Hizo sonar una campanilla, a cuyo rumor acudió con presteza un grupo de silenciosas y sumisas mujeres.

—Ha llegado el momento —les anunció su señora—. ¡Empezad a preparar todas las cosas!

Al instante, Álvar Fáñez dio órdenes de que se compraran en Burgos palafrenes,* carros, acémilas,* baúles y cuanto fuese necesario para el viaje, pero sin olvidar calzado, vestidos de brocado,* joyas y toda clase de lujosos atavíos para la familia del Cid. Por dondequiera que hubiese de ir la comitiva, las gentes debían saber que allí viajaban doña Jimena y sus hijas, una señora digna de ser reina y dos doncellas de deslumbrante belleza cuya mano podrían disputarse los príncipes de las cortes más poderosas.

Mientras se organizaban los preparativos, el lugarteniente del Cid envió un mensaje de cuanto había ocurrido a su señor por mediación de tres caballeros a los que, por el camino, se les fueron agregando muchos hombres en busca de gloria y riquezas.

Las nuevas de Álvar Fáñez llenaron de júbilo a don Rodrigo, quien, para reforzar la protección de su familia durante el viaje a Valencia, decidió enviar un destacamento de cien soldados curtidos en mil batallas y comandados por los hombres en quienes más confiaba: su cuñado Muño Gustioz, el caballero burgalés Martín Antolínez y su sobrino Pedro Bermúdez, a quienes debía acompañar el siempre animoso obispo don Jerónimo. La escogida tropa se puso en marcha de inmediato y, cuando al cabo de dos días llegaron a Molina, el moro Abengalbón, viejo amigo del Cid, los recibió con grandes muestras de alegría, los invitó a un suculento banquete y, apenas hubo amanecido, se unió al destacamento con doscientos de sus mejores soldados moros para rendirle honores a doña Jimena y contribuir a velar por su seguridad.

Cuando llegaron a Medina, Álvar Fáñez les salió al encuentro y se quedó maravillado al contemplar tan lucida comitiva: briosos corceles guarnecidos de vistosos petos y sonoros cascabeles eran montados por trescientos jinetes, cristianos y moros, con escudos afianzados en el cuello y lanzas en ristre en las que ondeaban pendones multicolores. Cuando vio aparecer al lugarteniente del Cid, el moro Abengalbón espoleó su caballo y fue a darle un caluroso abrazo a su viejo amigo Álvar Fáñez:

—¡Qué placer volver a veros de nuevo, Álvaro! —exclamó; y, al observar a sus espaldas el escuadrón fuertemente armado que Fáñez comandaba, añadió—: ¡Vaya, parece que el exilio y la guerra os sientan bien! Álvaro, es para mí un gran honor acompañar a doña Jimena y sus hijas a Valencia y una satisfacción sin límites tener la oportunidad de ayudar al Campeador mientras él cuida de la plaza recién conquistada. Nada me importa que sea cristiano o musulmán: el Cid siempre me tendrá a su lado, ¡como debería estarlo quienquiera que sepa lo que le conviene!

Álvar Fáñez rompió a reír y le agradeció a Abengalbón su ayuda y sus atenciones.

A la mañana siguiente, la familia del Cid y su servidumbre partieron de Medina custodiados por una fuerza de más de cuatrocientos hombres. Las sirvientas habían madrugado para ayudar a cargar carros y acémilas, por lo que antes de ponerse en camino ya estaban refunfuñando. Sin embargo, ninguna alzó la voz para lamentarse por aquel largo e incómodo viaje. Aquellas mujeres habían dejado atrás a sus parientes y amigos, se alejaban del familiar paisaje burgalés y estaban convencidas de que don Rodrigo nunca regresaría a Castilla, pero no hicieron una sola pregunta, porque sabían que su deber era partir hacia Valencia y servir a sus señores. Al caer la noche, ayudaron a acostarse a doña Jimena y a sus hijas sobre unos grandes almohadones mientras ellas intentaban dormir en el duro suelo, envueltas en sus capas. En sus sueños vieron rostros espeluznantes con alfanjes en la mano y un sol enrojecido y ardiente que convertía la tierra en cenizas.

Cuando Valencia se irguió por fin en el horizonte, los viajeros estallaron en exclamaciones de júbilo, abrumados por el colorido de los naranjales y la alegría del agua al circular por los numerosos canales de riego, y maravillados por la hermosura de las casas y por la imponente muralla que circundaba la ciudad y que se reflejaba en el espejo del mar.

—¡No hay duda, señora, de que vuestro marido ha encontrado un hermoso lugar para vivir! —le dijeron las criadas a doña Jimena.

Delante de las puertas de la ciudad había tres castilletes de madera hechos con tablas y plantados al extremo de un poste. Alcanzaban la altura de una tienda de campaña y en sus cúspides flameaban sendos gallardetes* blancos. Cuando Álvar Fáñez y el séquito de damas se aproximaban, la figura de un caballero hizo su aparición por las puertas de la ciudad. Cabalgaba un robusto corcel castaño, y su corta lanza temblaba desfigurada por la calina.* De pronto, el jinete lanzó a su caballo a galope tendido, se acercó al primer castillete y le lanzó el bohordo,* quebrándolo de un solo golpe. Tras recuperar la corta lanza al vuelo, repitió la audaz maniobra con el segundo y el tercer castilletes. Las tablas pintadas se partían y saltaban en astillas al golpe seco y preciso del bohordo, y, conforme las abatía, el caballero fue recogiendo las banderolas que los habían coronado.[35]

Blandiéndolas en la mano como un ramo de lirios, el Cid galopó hacia la comitiva que llegaba de Castilla. El palafrén de doña Jimena no tuvo que retroceder ni un paso ante Babieca, el caballo del Cid, que se detuvo en seco a tan solo una cabeza de distancia. Don Rodrigo se plantó ante su esposa y la saludó emocionado.

—¡Señora! —exclamó mirándola con ojos de arrobo.

—¡Señor! —replicó doña Jimena mientras se aferraba con fuerza al borrén de su silla para reprimir la emoción.

Se hizo un silencio embarazoso.

—¡Qué alarde, don Rodrigo, qué maestría habéis demostrado! —exclamó Álvar Fáñez nerviosamente, para romper el hielo.

Las damas de doña Jimena asintieron con entusiasmo:

—¡Magnífico, magnífico! ¡Qué gallardía! ¡Qué señorío!

Don Rodrigo y su esposa no dejaron de mirarse fijamente. Al fin, ella se apeó del caballo. Él hizo lo mismo, y colocó el puñado de banderolas sobre el suelo, a los pies de doña Jimena. Había conquistado Valencia para ofrecérsela a su bien amada esposa, quien, recobrada la dignidad, ya no tendría que soportar más humillaciones de la rancia aristocracia castellana. Elvira y Sol se apearon con rapidez de sus monturas, se acercaron a sus padres y los cuatro se fundieron en un solo abrazo.

—Seis años… —musitó Álvar Fáñez mientras conducía hacia la ciudad a las damas al servicio de doña Jimena.

Don Rodrigo y su familia quedaron solos entre los naranjos. Nadie en la comitiva se atrevió a mirar hacia atrás: ninguna de las mujeres que acompañaban a Álvar Fáñez podría jactarse en el futuro de haber visto lágrimas en los ojos del Cid. Pero se dice que las naranjas de algunos árboles cercanos supieron a sal aquel invierno.

¡Mujeres! Durante varios años, los jóvenes soldados del ejército del Cid habían luchado, asediado ciudades y atravesado muchas leguas de camino, ora en invierno ora en verano. En ese tiempo, habían contemplado los ojos oscuros de las mujeres musulmanas, que los miraban con terror o aversión por encima de sus velos, pero no habían tenido ocasión de ver la piel y los cabellos de una cristiana. Por eso ahora se cepillaban las barbas, se componían los trajes, se acicalaban y se dedicaban a pasear ante el palacio, pavoneándose* y haciendo cabriolas con los caballos, con la esperanza de que las damas de doña Jimena se dignaran mirarles desde detrás de las ventanas.

No se equivocaban: las mujeres los observaban a través de las celosías. Al verlas allí, don Rodrigo les dijo:

—Salid a los balcones, señoras.

Las mujeres se espantaron con la rotunda invitación de su señor, y más de una resbaló de la silla de terciopelo en la que estaba arrodillada.

—Desde allí los podréis ver mejor —prosiguió el Cid—. Escoged a vuestro marido entre mis hombres, si así os place, y a cada pareja que se case mañana le haré un regalo de doscientos marcos de plata. Las obras de la catedral de Santa María ya han terminado, así que el obispo don Jerónimo puede oficiar allí vuestras bodas. Vamos, salid y procurad atinar en vuestra elección.

Las mujeres lanzaron un grito de alegría, se llevaron las manos a sus mejillas enrojecidas y, tras alisarse las sayas,* corrieron hacia los balcones del palacio mientras sus enaguas brillaban como clavelinas por debajo de sus faldones. Doña Jimena entró silenciosamente tras su marido y apoyó su mano en un brazo del Cid.

—Habéis sido muy generoso con nuestras criadas —dijo.

Don Rodrigo tuvo que esforzarse por reprimir la risa. Necesitaba procurar estímulos a sus hombres para retenerlos en Valencia, y la llegada de todas aquellas mujeres había sido providencial.

—Que Dios las bendiga —respondió con solemnidad mientras la risa, incontenible ya, se le escapaba por los ojos—. Merecen todo cuanto pueda ofrecerles por la lealtad que os han mostrado.

Las mujeres se habían apoyado en la balaustrada* del balcón y escogían marido como quien elige fruta en el mercado.

—¡Eh, tú, el de las mejillas sonrosadas! No, tú no. El que está detrás de ti, el de la barba rojiza... Sí, tú, eso es. ¿Podrías darte un par de vueltas para que te vea al completo?

Mientras elegían esposo, las mujeres distinguieron algo que se movía en el horizonte marino y que cada vez cobraba más consistencia entre la bruma: eran centenares de barcos con las velas desplegadas.

—¡El ejército del rey de Marruecos! ¡Es el ejército del rey Yúsuf! —exclamaron.

## La reconciliación

La bahía se pobló de naves que se deslizaban sobre el mar como un nutrido grupo de delfines y depositaban sobre la playa a miles de moros como si fueran conchas marinas acarreadas por la marea. Desde las murallas de Valencia, los soldados del Cid contemplaron absortos cómo la llanura se iba cubriendo por una tupida alfombra de tiendas de campaña, con sus círculos de oscuros brocados y sus flecos de cuerdas blancas. La tienda del rey Yúsuf, roja como la piel del diablo y coronada con una media luna que semejaba los cuernos de Lucifer, lamía el suelo con su lona y sus pendones plateados y dorados.

Pero lejos de arredrarse* ante la amenaza de aquel formidable despliegue militar, don Rodrigo estalló en expresiones de alegría:

—¡Agradezco a Dios todos los bienes que me ha proporcionado! Con su ayuda y grandes trabajos he ganado estas fértiles y hermosas tierras a las que no pienso renunciar si no es con la muerte. Doy también gracias al Señor porque ha permitido que mi esposa y mis hijas me acompañen en este destierro que al fin me procura tantas alegrías y riquezas. ¡Y hoy tengo nuevos motivos de regocijo! De allende el mar han venido a arrebatarme mis dominios decenas de miles de moros con los que habré de batallar. No sabéis, Jimena, cuánto agradezco a Dios que me haya concedido esta ocasión de probaros mi valor ante vuestros propios ojos. ¡Así veréis cómo se gana el pan en estas tierras!

Y, cogiendo del brazo a su esposa, subió a la torre del palacio acompañado por su familia y toda la servidumbre. Grande fue la ansiedad de doña Jimena al contemplar desde lo alto el pavoroso espectáculo del ejército moro acampado en la llanura.

—¿Qué es todo eso, Rodrigo? —exclamó—. ¡Que Dios nos asista!

—No temáis, señora —repuso el Campeador, apaciguándola—. Es tan solo que al rey Yúsuf le han llegado noticias de que tenéis dos hijas casaderas y se ha apresurado a desplegar ante vos sus enormes riquezas para contribuir humildemente al ajuar de Elvira y Sol. Así pues, no padezcáis, esposa, si desde esta torre me veis luchar para recoger lo que por derecho os corresponde ya. Vuestra sola presencia me hará sentir orgulloso y me infundirá valor para derrotar al enemigo.

En aquel momento empezaron a sonar con gran estruendo miles de tambores moros que convocaban a la guerra y que provocaron el espanto de todas las mujeres.[36] Para serenar sus ánimos y acallar sus gritos de pánico, el Cid señaló hacia el campamento moro y, con una sonrisa en los labios, exclamó:

—¿Veis a lo lejos todos esos tambores que os estremecen? ¡Pues mañana los pondré a vuestros pies y luego serán colgados de la torre de Santa María para agradecerle a Dios su ayuda en la victoria!

Sin embargo, aquel mismo día se produjeron las primeras escaramuzas cuando la caballería mora atravesó al galope las huertas que rodeaban la ciudad y se topó con varios escuadrones cristianos que, acometiendo a los infieles con fiereza, mataron a quinientos jinetes e hicieron retroceder a todos los demás hasta su campamento.

Al día siguiente, apenas hubo amanecido, el ejército del Cid se hallaba ya dispuesto para la batalla y formado en la amplia explanada que se extendía ante la catedral. El obispo Jerónimo acababa de oficiar misa en lo alto de la escalinata que daba acceso a Santa María, y desde allí mismo el Campeador arengó a sus soldados:

—¡Escuchadme, caballeros! Ha llegado el día que tanto esperábamos. El rey Yúsuf ha desplegado su poderoso ejército ante la ciudad para arrebatárnosla. Nuestras fuerzas apenas ascienden a cuatro mil hombres, pero en el corazón de cada uno de vosotros late la furia de mil moros y la ira despiadada del guerrero al que pretenden robarle su sustento. ¡Encomendaos pues a Dios y al apóstol Santiago y lanzaos a un ataque sin cuartel!

—¡Por el Cid y por Santiago! —exclamaron al unísono las huestes de don Rodrigo.

Y volviéndose hacia el obispo Jerónimo, el Campeador le rogó:

—Bendecid a nuestros hombres, y enfrentémonos después a nuestro trabajo cotidiano.

Tras aclararse la voz, el obispo levantó en el aire la cruz procesional de oro macizo y gritó con sonoro acento:

—¡Que Dios conceda su bendición y la gloria eterna a todos aquellos que mueran en este día! ¡Y que la guerra depare un saco lleno de oro marroquí a todos los que logren sobrevivir! ¡Yo estaré siempre a vuestro lado para animaros en la lucha y confortaros en el dolor!

El obispo dejó la cruz en los brazos extendidos de su monaguillo y se quitó la capa pluvial,* mostrando su cuerpo enfundado en una cota de malla que le cubría desde el cuello hasta los pies. Después, bajó las escaleras y montó en un fornido caballo de batalla. Tales eran el arrojo y la belicosidad de don Jerónimo que, si los guardianes no hubiesen abierto las puertas de entrada a la ciudad, el obispo habría cabalgado a través de ellas. Fue el primer hombre en presentarse en el campo de batalla y el primero en trabar combate singular con un moro adelantado al que abatió de una sola lanzada.

Azuzado por las palabras de don Rodrigo, el ejército del Cid salió en tromba y cayó como un torrente desbordado sobre las tropas moras. Los guerreros cristianos se multiplicaban, aniquilaban al enemigo con sus lanzas, lo herían mortalmente con las espadas. Varios escuadrones capitaneados por Álvar Fáñez y Álvar Álvarez efectuaron una maniobra envolvente, y los moros, acorralados como un rebaño de ovejas, caían a cientos o huían a la desbandada, presa del pánico. En medio de la batalla, el Cid alentaba

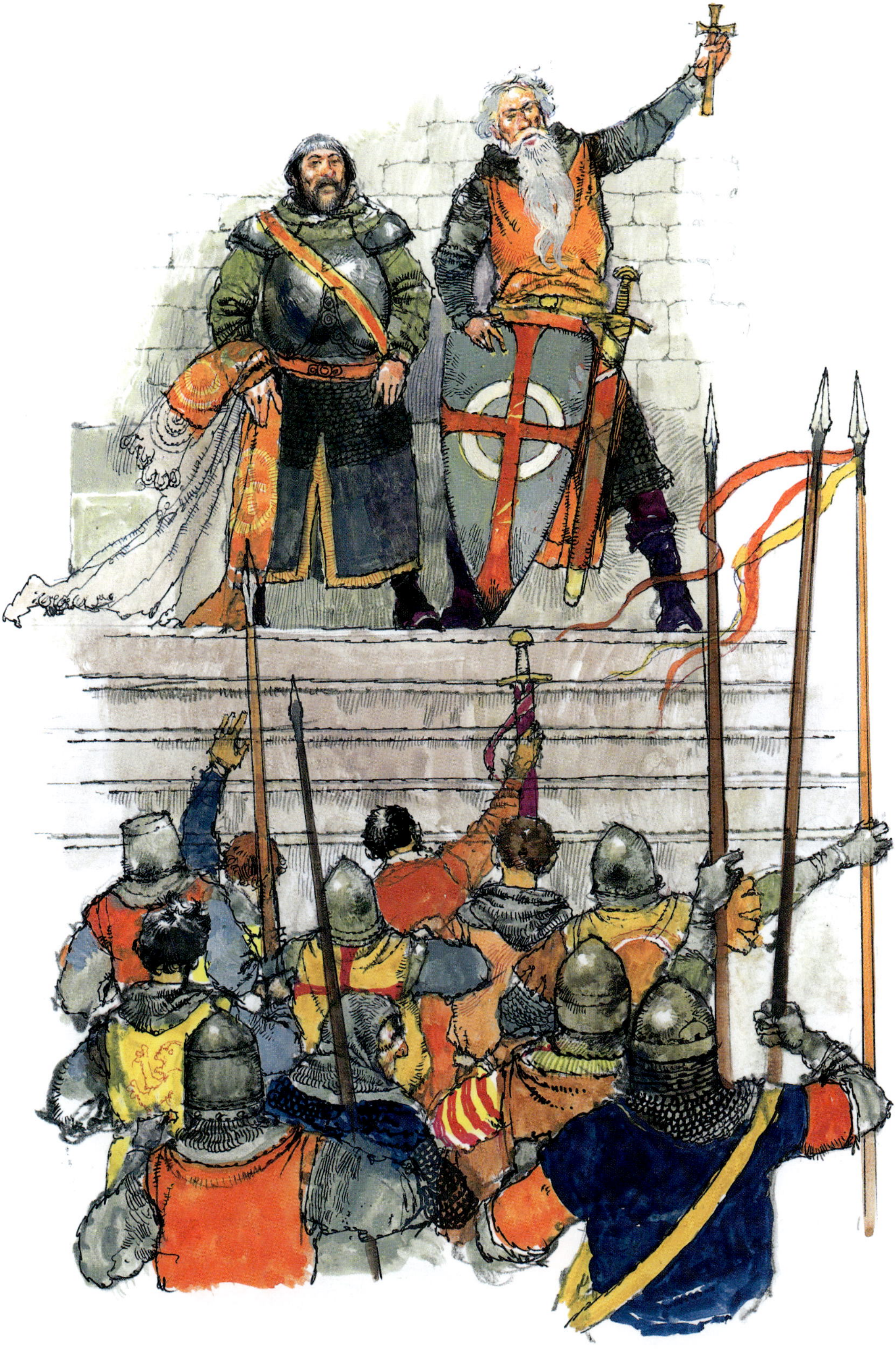

a sus soldados, rompía las líneas defensivas del enemigo y sembraba la muerte allí por donde pasaba. Desconcertado y colérico, el rey Yúsuf le salió al encuentro tan solo para recibir tres fuertes golpes que a punto estuvieron de derribarlo del caballo. Espantado por la fuerza y la imponente figura del Cid, el rey moro espoleó a su veloz corcel y no se detuvo ni volvió la vista atrás hasta que consiguió refugiarse en el castillo de Cullera.

Tal y como el Cid había anunciado, bastaron dos días de batalla para humillar a un ejército muy superior en número pero que carecía del arrojo, la experiencia y la motivación de los soldados cristianos, quienes luchaban en defensa de su casa, su familia y una tierra que había pertenecido a sus antepasados.

Tras aquella gesta memorable, el Cid hizo su entrada triunfal en Valencia montado en su caballo Babieca, con la cofia retirada y la espada en la mano. Al ver a las mujeres asomadas al balcón de palacio y exultantes de alegría, don Rodrigo se irguió sobre los estribos y exclamó:

—¡Lo prometido es deuda, señoras! Mientras vos guardabais la ciudad, esposa, yo he salido al campo de batalla y he aniquilado al enemigo. Contemplad mi espada sangrienta y mi caballo sudoroso: ¡así se gana el pan en estas tierras!

Mientras tanto, el lugarteniente* del Cid organizaba el recuento del riquísimo botín que el ejército moro había abandonado en su huida: lujosos vestidos, labradas tiendas y toda clase de armas y pertrechos de guerra se hallaban diseminados por todo el contorno. Tantas fueron las riquezas arrebatadas al enemigo que solo al Cid le correspondieron mil quinientos caballos.

—Tomad cuanto queráis de lo que a mí me corresponde —le dijo el Cid a Álvar Fáñez—, pues todo os lo merecéis. Mañana mismo, al romper el alba, quiero que vos y Pedro Bermúdez le llevéis al rey Alfonso doscientos caballos con sillas y espadas y esa hermosa tienda del rey de Marruecos. Decidle que le estoy profundamente agradecido por haber autorizado a mi familia a reunirse conmigo. Decidle, Álvaro, que sigo considerándome su vasallo y que jamás dejaré de servirle mientras en mi cuerpo aliente un soplo de vida.

—¡Jamás he tenido un vasallo como don Rodrigo! —exclamó el rey Alfonso, lleno de orgullo y satisfacción, mientras Álvar Fáñez y Pedro Bermúdez permanecían aún de hinojos*—. Expresadle mi agradecimiento por este generoso regalo y decidle que sus victorias y conquistas me complacen grandemente. ¡Ojalá llegue pronto el día en que pueda corresponderle por tantos servicios como presta a la Corona!

Las palabras del rey alegraron a muchos cortesanos pero fueron motivo de gran pesar y enojo para el conde García Ordóñez y sus parientes, que, apartándose a un rincón, comenzaron a murmurar, comidos por la negra envidia:

—¡Ese bellaco de Rodrigo aniquila ejércitos y vence a reyes como quien siega el trigo en el campo! El bastardo ha ganado ya demasiado en la estima del rey. Cuanto más crece su honra, mayor es nuestra ignominia.*

Como impulsados por un resorte, los infantes de Carrión se acercaron entonces al monarca y le rogaron que intercediera ante el Cid para que autorizase y bendijera el matrimonio que deseaban contraer con Elvira y Sol. No se les ocurría mejor modo de aumentar sus riquezas y de aliviar la comprometida situación en que quedaba su orgullosa familia tras los triunfos del Campeador.

Pero don Alfonso tuvo que meditar largamente su respuesta. Le había impuesto un gravísimo y severo castigo a su vasallo más fiel, y don Rodrigo, en respuesta a ese trato injusto, lo abrumaba con valiosos regalos y ampliaba las fronteras de la Cristiandad. ¿Cómo reaccionaría ahora el Cid si el monarca accedía a solicitar la mano de sus hijas para dos jóvenes de alta cuna, pero que se habían conjurado para enemistarlo con su rey? Mas, por otro lado, ¿cómo negarse a fraguar unas bodas que ennoblecerían a don Rodrigo y que contribuirían a reforzar los lazos entre sus más directos servidores? Merecía la pena intentarlo, así que don Alfonso mandó llamar a Álvar Fáñez y Pedro Bermúdez, y les dijo:

—Ha llegado la hora de la reconciliación con don Rodrigo. Decidle que lo perdono de todo corazón y que deseo reunirme con él cuando y donde él lo estime conveniente. Comunicadle asimismo que los infantes Diego y Fernando desean contraer matrimonio con sus hijas Elvira y Sol, y que nada me complacería tanto como que accediera a esta unión que yo bendigo.

En Valencia, el Cid recibió con júbilo el perdón real, pero se mostró reacio y suspicaz ante la proposición de matrimonio que don Alfonso auspiciaba. Los infantes pertenecían al escogido grupo de la aristocracia que rodeaba e influía al rey, pero, como muchos otros cortesanos, eran demasiado orgullosos y siempre habían tratado a don Rodrigo con desdén. La idea de que sus hijas se casaran con aquellos vástagos de la alta nobleza no acababa de agradarle. Pero si el rey deseaba aquella unión, don Rodrigo debía aceptarla, so pena de desairar a su señor. De manera que escribió una afectuosa carta de agradecimiento a don Alfonso y le propuso entrevistarse con él en un lugar junto al río Tajo.

Al cabo de tres semanas, la comitiva regia se puso en marcha para encontrarse con el Campeador. Fuertes mulas acarreaban abundantes víveres, y resistentes palafrenes y caballos veloces trasladaban a buen paso a altos dignatarios de la corte, abrigados con gruesos mantos bordados y suaves pieles. La abigarrada* escolta del rey, un selecto escuadrón de soldados leoneses, castellanos y gallegos, lucía escudos con blocas* de oro y plata y hacía ondear pendones multicolores en el extremo de sus lanzas. Pero ningún cortesano llevaba un acompañamiento más numeroso y lucido que los infantes de Carrión. Convencidos de que el parentesco con el Cid les depararía grandes riquezas, don Diego y don Fernando habían hecho grandes dispendios* y hasta se habían endeudado para alardear de su poder e impresionar a su futuro suegro. Ahora cabalgaban junto al soberano, y don Diego, inclinándose hacia él sobre su silla de montar, le dijo con jovialidad:

—¡Cuánto se alegrará el Cid al saberse perdonado, señor! Os ruego que la emoción del reencuentro no os haga olvidar nuestro humilde litigio* de amor.

El rey le repuso con una sonrisa franca:

—¿Cómo pretendéis que lo olvide, don Diego, si ése es uno de los motivos de mi entrevista con don Rodrigo?

La comitiva del rey llegó al lugar convenido, y, al día siguiente, hizo su aparición el Cid con su acompañamiento. Nada más divisar al Campeador, don Alfonso quiso salir a su encuentro para recibirlo con la dignidad que merecía. Don Rodrigo, sin embargo, se adelantó con sus servidores más fieles y, al acercarse al soberano, desmontó de Babieca, se arrodilló ante don Alfonso e inclinó la cabeza hasta tocar el suelo.

—Levantaos —dijo el rey, muy complacido pero algo abrumado por semejante muestra de acatamiento—. Besadme las manos y no los pies, don Rodrigo. Si me besáis los pies, no os devolveré mi afecto.

Postrado en el suelo y sin ni siquiera levantar la cabeza, don Rodrigo replicó con los ojos bañados en lágrimas:

—¡Ha de ser así, señor! Quiero besaros los pies como señal de sumisión y recuperar así vuestro antiguo afecto. ¡Que todos cuantos asisten a este encuentro oigan de vuestros labios que me habéis perdonado, señor!

—Vamos, don Rodrigo, levantaos —insistió don Alfonso—. He oído decir que sois dueño y señor de Valencia, así que tal vez deberíamos tratarnos de igual a igual.

—¡Jamás! —exclamó el Cid, humillando de nuevo su cabeza—. Cada palmo de tierra que he conquistado ha sido en vuestro nombre y en el nombre de Dios. Soy vuestro súbdito más leal y siempre lo seré.

—Está bien, si ése es vuestro deseo. Proclamo ante esta selecta concurrencia que estáis perdonado y que contáis con nuestra estima. A partir de hoy, disfrutaréis de un lugar de privilegio en la corte y entre los grandes de mi reino.

Con el corazón estallándole en el pecho, don Rodrigo besó las manos de su señor y luego se incorporó y le dio un tierno abrazo mientras le agradecía emocionado su perdón y su afecto.

Para celebrar el reencuentro, don Alfonso dio aquella noche un banquete en honor del Cid y conversó animadamente con él durante varias horas sobre sus victorias ante los moros. Mientras charlaban, el rey contemplaba con admiración la robusta figura del Campeador y la larga barba que don Rodrigo se había negado a recortarse hasta que no recuperara el aprecio de su señor. Al cabo, el soberano se animó a proponerle el matrimonio de sus hijas con los infantes de Carrión:

—Don Rodrigo, vuestras hijas son hermosas como dos gacelas. Castilla está ahora más oscura por la pérdida de tres luceros: vuestra excelente esposa y las bellas Elvira y Sol. De hecho, dos jóvenes quedaron tan desolados por su partida que vinieron a verme con lágrimas en los ojos y me rogaron que intercediera ante vos para que les concedáis a vuestras hijas en matrimonio. Son dos muchachos de nobilísima cuna que aportarán mucha honra a vuestra familia, y por eso me place autorizar estas bodas.

—Mis hijas son demasiado jóvenes para casarse —argumentó secamente el Cid.

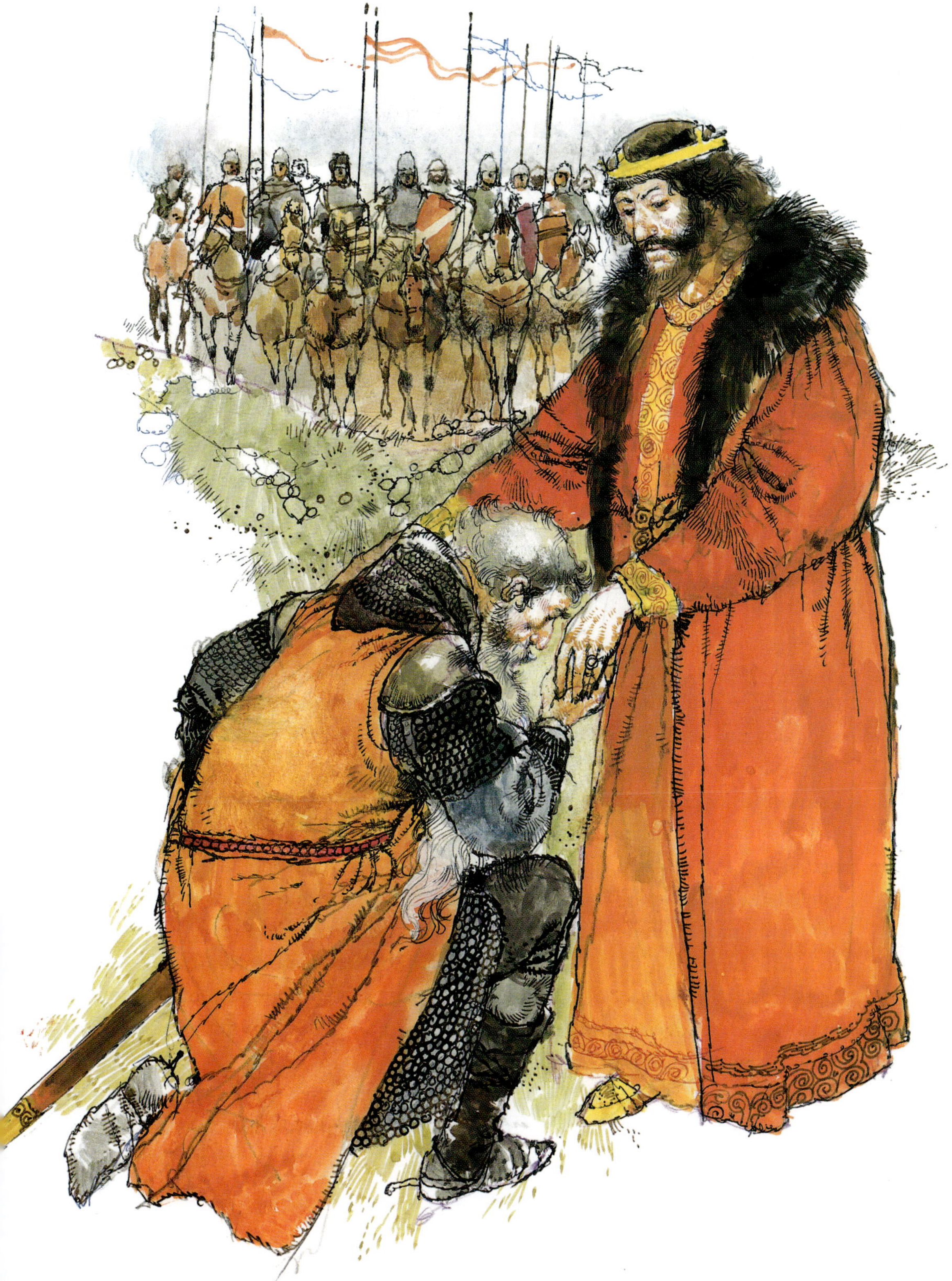

—¿Cómo? ¿Acaso rechazáis la ventajosa propuesta de matrimonio que os hago? —reaccionó algo alterado el rey, pensando que don Rodrigo adoptaba una actitud arrogante.

—No se trata de eso, señor. La nobleza y el rango de los infantes de Carrión los hacen merecedores no solo de mis hijas, sino de otras muchachas de mayor alcurnia; mas si fueran ellos quienes me solicitaran en matrimonio a Elvira y Sol, les negaría mi autorización, pues mis hijas no tienen edad de casarse. Sin embargo, puesto que tal ofrecimiento y semejante distinción provienen de vuestra majestad, los acepto con humildad y gratitud. Mis hijas y yo os pertenecemos y estamos a vuestra entera disposición. Casad a Elvira y Sol con quien os plazca, que yo no tendré más que palabras de agradecimiento para con vos. El honor que hacéis a mi familia es demasiado grande para un infanzón de Vivar.

—Mucho os agradezco, Cid —respondió el rey, más calmado—, que autoricéis el matrimonio de vuestras hijas con los infantes. Aquí os hago entrega de don Diego y don Fernando, quienes, a partir de ahora, serán vuestros hijos y os habrán de respetar como a un padre y servir como a un señor. Yo contribuiré a la boda con trescientos marcos de plata.

El Cid se arrodilló entonces ante el rey, le besó las manos y le dijo:

—Soy yo quien os está profundamente agradecido por vuestra infinita generosidad. Mas, puesto que sois vos quien habéis decidido casar a mis hijas, y no yo, nombrad a un representante de vuestra alteza a quien pueda entregar a Elvira y Sol.

—Que me place. Sea vuestro lugarteniente Álvar Fáñez, a quien tanto estimamos.

Y con estas palabras, el Cid se despidió del rey y partió hacia Valencia, acompañado por muchos caballeros principales de la corte que mostraron vivos deseos de asistir a las bodas. La comitiva del Campeador era ahora mucho más numerosa que la del propio monarca.

Receloso de un matrimonio que se le antojaba incierto, don Rodrigo les pidió a Pedro Bermúdez y Muño Gustioz que observaran atentamente la conducta de sus futuros yernos.

—Apenas los conozco —les confesó—, pero no me inspiran demasiada confianza. Su hermano mayor, Asur González, es largo de lengua y harto inútil para cualquier cosa que no sea hablar más de la cuenta. Espero que Diego y Fernando no se le parezcan.

Llegados a Valencia, el Cid les comunicó a su esposa y a sus hijas la buena nueva del matrimonio concertado por el rey, y de inmediato comenzaron los preparativos para las bodas. El palacio se adornó con alfombras moras, hermosos tapices, preciosas sedas y cortinajes púrpuras: el lujo y el refinamiento de una corte oriental recibió el día de su boda a los jóvenes de Carrión, cuyos suntuosos atavíos y vestiduras admiraron a los hombres del Cid. Álvar Fáñez procedió enseguida a entregar ceremoniosamente a Elvira y Sol a los infantes, y, acabadas las bodas civiles, don Diego y don Fernando besaron las manos al Cid y a su esposa, y todos juntos se encaminaron hacia la catedral.

El júbilo por las bodas traspasó los límites del palacio y se contagió a la calle, donde las damas recién casadas bailaban con sus maridos al son de una música alegre que un juglar hacía sonar en su destemplada flauta. El obispo don Jerónimo había abierto de par en par las pesadas puertas de la catedral de Santa María, y los padres de las novias encabezaban una procesión que fluía hacia la catedral. Mientras caminaban, doña Jimena tomó del brazo a su marido y se lo sacudió con ternura:

—¿En qué pensáis, mi querido esposo? ¿Cómo podéis recelar de unas bodas tan ventajosas para nuestras hijas?

—Lo siento —dijo don Rodrigo meneando la cabeza—. No sé qué locura se ha apoderado de mí. He sentido como si una mano me agarrara por la garganta para impedirme que diera mi consentimiento. Pero tenéis razón: no cabe imaginar unas bodas más honrosas.

Bajo el clamor de las campanas y el graznido de las gaviotas, Elvira y Sol se casaron con los infantes Diego y Fernando. A la salida de la iglesia, todos los invitados acudieron en tropel al arenal de Valencia, donde el Cid y sus vasallos celebraron unas vistosas justas* en las que la destreza del Campeador dejó maravillada a la concurrencia. De regreso a palacio, dieron comienzo los banquetes, la música y los bailes, que se prolongaron durante quince días, al cabo de los cuales los invitados castellanos partieron de Valencia cargados de los regalos con que el Cid les había obsequiado.

Elvira y Sol eran felices porque estaban enamoradas. Al tiempo que sus corazones, las dos jóvenes entregaron a sus esposos todas sus joyas, así como el dinero y todas las riquezas que habían recibido de su padre. A decir verdad, no había nada que ellas deseasen guardar para sí, por más que los infantes no se mostraron tan desprendidos con sus esposas. Durante dos años, sin embargo, Elvira y Sol fueron dichosas porque se sintieron amadas.

# Los héroes cobardes

Sin más ocupación que comer y beber regaladamente, ejercitarse con las armas y derribar tablados, la vida transcurrió plácida y sin sobresaltos para los infantes durante aquellos dos años. Pero algo vino a enconar* a don Diego y don Fernando con los hombres del Cid un día en que celebraban un banquete.

En uno de los patios del palacio, don Rodrigo guardaba un león enjaulado que el rey Tamín había abandonado en su huida precipitada la noche anterior a la rendición. Aquel día, la fragancia de las naranjas entraba por todas las ventanas y puertas del aireado palacio moro y una brisa llevaba el olor a carne asada y a verduras cocidas hasta el último rincón del alcázar.*

Estimulado por el aroma de tantas viandas, el animal empujó con una de sus patas la puerta de la jaula que alguien había olvidado cerrar, y empezó a vagar por todo el palacio, empujando cada puerta con el morro y escudriñando cada rincón, hasta que por fin llegó al salón de banquetes. La presencia del león en la sala provocó la alarma de los hombres del Cid, que, incorporándose en un instante, se envolvieron el brazo izquierdo con sus mantos y se apresuraron a rodear a su señor para protegerlo.

Don Fernando, en cambio, contempló los ojos amarillentos del león y corrió a ocultarse bajo el sillón del Cid. Pero, al ver acercarse al animal, se arrastró a gatas hasta un arcón cercano, lo abrió a toda prisa y, de un salto, se escondió en su interior mientras se encomendaba a Dios y al diablo.

El pánico de don Diego no fue menor, pues, tras subirse aterrorizado a la mesa y comprobar que ni aun allí estaba a salvo, corrió hacia un extremo del salón y trepó como un gato por una cortina hasta alcanzar una viga polvorienta mientras gritaba con pavor:

—¡Jamás volveré a ver Carrión!

Don Rodrigo, que en ese momento dormitaba, pues había tenido una jornada agotadora, despertó ante los gritos de los infantes y preguntó a su lugarteniente:

—¿Qué ocurre aquí, Álvaro? ¿Qué es todo este alboroto?

—¡Mi señor, alguien ha dejado la jaula del león abierta, y el animal se ha escapado y ha entrado en la sala!

Sin alterarse lo más mínimo ni tomar la menor precaución, el Cid se levantó de su asiento y se dirigió hacia el león. El animal, al ver acercarse la imponente figura del Campeador, inclinó la cabeza y se tendió en el suelo.

—Vamos, gatito, tranquilo —dijo con calma don Rodrigo mientras hundía sus manos en la melena del fiero animal. Después, acarició la espalda y el estómago del león, y la bestia se tumbó de espaldas y meneó sus patas delanteras en el aire; al fin, el león se dio media vuelta de nuevo y, para sobresalto de los vasallos del Cid, se encaramó como un perro cariñoso entre los brazos de don Rodrigo.

—Señoras —dijo el Cid sin apartar la vista del león—, os lo ruego, buscad un sitio seguro hasta que pueda desembarazarme de este amigo. Retiraos poco a poco y sin hacer ningún gesto brusco.

Las señoras obedecieron y salieron de la sala. Cuando el Cid logró que el león colocase sus cuatro patas en el suelo, lo agarró por la parte trasera de su melena, lo sacó del salón y fue a encerrarlo en su jaula.

La escena que acababan de presenciar dejó sin habla a los caballeros del Cid. Habían comprobado muchas veces el pánico desatado que su sola presencia provocaba entre las tropas moras, pero que el animal más fiero de la creación doblara su cerviz* al ver acercarse al Campeador era algo que tocaba ya en milagroso.

Tras reponerse del asombro, Álvar Fáñez se acercó al baúl, lo abrió y dijo:

—Ya podéis salir, digno caballero. Y vos, noble infante —añadió, dirigiéndose a don Diego—, bajad de ahí. Ha pasado el peligro.

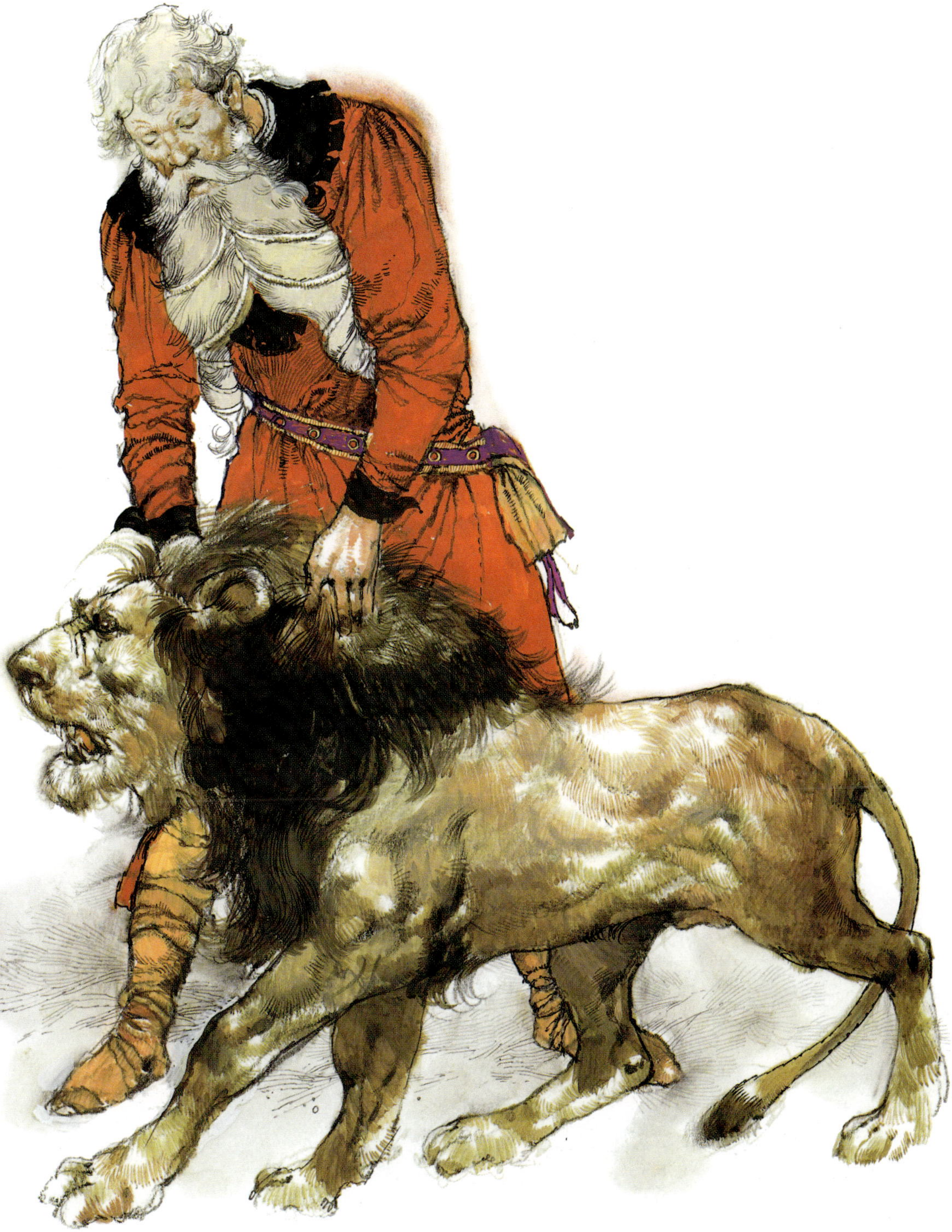

Don Diego descendió de la viga adonde había trepado y, al verlo todo cubierto de polvo y suciedad, don Jerónimo y otros caballeros comenzaron a reír estentóreamente.* Álvar Fáñez también se sintió tentado de reír, pero don Fernando, con la cara pálida y descompuesta, le recriminó con voz chillona al tiempo que abandonaba la sala acompañado por su hermano:

—¿Acaso vos hicisteis frente al león? Y vos, fraile, id con cuidado con lo que decís si no deseáis arrepentiros.

—¡Gallina insolente! —replicó Pedro Bermúdez, viéndolo salir.

Pero Álvar Fáñez cogió a Bermúdez por un hombro y lo detuvo.

—Dejadlo en paz —dijo—. Tiene razón: al fin y al cabo, tampoco nosotros nos enfrentamos al león. Seguid mi consejo: mejor será guardar silencio acerca de todo esto.

—¿Por qué? —exclamó el obispo—. Me agradaría ver una sonrisa en la cara siempre solemne del Cid. Esperad a que le cuente lo que ha ocurrido. Él no los ha visto…

Álvar Fáñez colocó un dedo sobre sus labios y dijo con suavidad:

—Don Rodrigo es capaz de pasar por alto que sus yernos sean una pareja de estúpidos y vanidosos caballeretes que no tienen dos dedos de frente, pero sería demasiado pedirle que acepte que ha casado a sus hijas con dos cobardes. Os aseguro que no le entrarían ganas de reírse si se enterase, más bien se le rompería el corazón.

En aquel instante, don Rodrigo entró en el salón:

—¿Está bien todo el mundo? ¿No hay nadie herido? Imagino que las damas se habrán asustado…

—Enseguida acudo a decirles que no ha pasado nada —dijo el obispo.

Los ojos del Cid brillaban de placer, después de tanta emoción:

—Pobre animal, estaba muy asustado. Es una pena que mis yernos no estuviesen aquí para verlo. ¡Qué magnífica oportunidad han perdido de mostrar su valentía! ¡Qué gran tributo de amor hubiera sido ofrecerles la captura del león a Sol y a Elvira!

Pedro Bermúdez y Álvar Fáñez miraron hacia otro lado, antes de que el Cid añadiese con entusiasmo:

—Pero no importa. Tendrán todas las oportunidades que deseen para poner a prueba su valor muy pronto. Don Jerónimo, os ruego que comuniquéis con delicadeza las noticias a las damas.

—¿Qué noticias?

—Las relativas al ejército del general marroquí Búcar —respondió don Rodrigo con satisfacción—. ¿No lo sabíais? Ha zarpado de Marruecos con su flota y desembarcará mañana en las playas de Valencia. Su ejército triplica las fuerzas de que disponía el rey Yúsuf. Ciento cincuenta mil hombres, quizá. Debemos dar gracias a Dios por el honor que nos hace al enviarnos esta prueba… ¿No os parece, señor obispo?

El obispo casi se quedó sin aliento al oír aquella terrible noticia, pero al fin reaccionó, y dijo con convicción:

—¡Naturalmente, señor!

Don Rodrigo salió con prisa. Tenía mucho trabajo por hacer si quería organizar bien la defensa.

—El Cid contra el general invicto de Marruecos —dijo Pedro Bermúdez con voz solemne—. Será la mayor de todas las batallas. ¿Ha dicho que nos esperan ciento cincuenta mil soldados?

—Cuanto más fuerte sea el enemigo mayor será la gloria —terció Álvar Fáñez; y, colocando una mano sobre el brazo de Pedro Bermúdez, añadió en un susurro—: Id en busca de los infantes y traédmelos. He de discutir con ellos ciertos detalles de la batalla, porque, de lo contrario, el corazón de don Rodrigo acabará quebrado en pedazos.

—Desengañaos, Álvaro —dijo Bermúdez con disgusto—. Esos dos no saldrán de su escondite hasta que todo se acabe.

—Oh, mi noble amigo, creedme —le replicó el lugarteniente de don Rodrigo con una sonrisa en los labios—. Si consigo salirme con la mía, los infantes acabarán esta batalla con mayor gloria que el mismo Cid.

—Sois un buen hombre, Álvar Fáñez.

—Cada cual debe obrar de acuerdo con sus aptitudes —respondió don Álvaro sin énfasis. Sus ojos estaban fijos en la barra torcida de la cortina y en el arcón que aún permanecía abierto.

—Desearía que me concedierais un favor, don Rodrigo —le dijo Álvar Fáñez al Cid, mientras los dos contemplaban desde el adarve* de la muralla el despliegue de las tiendas de campaña moras.

—Lo que queráis, viejo amigo —respondió el Cid.

—Confiadme a vuestros valientes yernos para que peleen a mi lado, y abriré una brecha en un flanco del ejército marroquí. La destreza de los infantes como jinetes y en el manejo de la lanza es de todos conocida, y ellos mismos acaban de comunicarme su deseo de combatir en la vanguardia de nuestro ejército.

—¿De veras? ¿Son buenos guerreros? ¡Por supuesto que deben luchar a vuestro lado! —exclamó don Rodrigo con gran alegría, pues había oído decir que sus yernos sentían gran añoranza por Carrión y se hallaban más dispuestos a regresar a su tierra que a enfrentarse con los infieles.

Álvar Fáñez se dirigió al palacio para buscar a don Fernando y a don Diego. Los tambores de guerra moros comenzaron a sonar con gran estruendo y provocaron el temor entre todos los cristianos que se habían unido recientemente a las fuerzas del Cid. Los infantes, encerrados en sus estancias, temblaban de miedo y maldecían el día en que decidieron contraer matrimonio con las hijas de don Rodrigo.

—¡Solo pensamos en las riquezas que atesoraríamos, pero no en que nos veríamos obligados a arriesgar la vida! —exclamó don Diego—. ¡No volveremos a ver Carrión!

—¡Malditos sean los moros y maldito este Cid vanidoso que solo encuentra distracción en la guerra! —dijo don Fernando.

Al oír las quejas de los infantes, Álvar Fáñez les conminó:

—Poneos las lorigas. Me ha tocado en suerte convertiros en héroes y no pienso fracasar en mi empeño, así que haced lo que os diga sin rechistar.

Álvar Fáñez asignó a los dos infantes los caballos más pesados y más altos de cruz* y añadió largas riendas a las bridas, con las que sujetó a los jinetes a sus monturas. Luego anudó los estribos a sus botas de tal modo que les impedía desmontar. Finalmente los sacó de la ciudad por la puerta este, flanqueados por Pedro Bermúdez y Martín Antolínez.

En el silencio que precedía a la batalla, la voz de los heraldos* del general Búcar se elevó como si rezaran una oración musulmana:

—Que baje al campo de batalla el hombre que se hace llamar «el Cid». Vosotros, los que le servís, entregádnoslo. Devolved Valencia a las manos de aquellos que la hicieron hermosa y a Alá, su protector. Rodrigo Díaz de Vivar, salva la vida de tus niños y tus mujeres. Sal y entrégate.

Don Rodrigo contestó personalmente, aun cuando no se molestó en levantar la voz:

—Yo no me he apropiado del nombre de «Cid»: ese título procede de labios musulmanes. Y nada me importa que mis conquistas las atribuyan a Rodrigo Díaz, al Cid o al Campeador, porque yo combato en nombre de Dios. Con todo, procuraré complaceros, pues a fe que hoy mismo me tendréis a vuestra disposición. Atrapadme si podéis.

El obispo Jerónimo, armado de pies a cabeza, se presentó entonces ante don Rodrigo y de nuevo le pidió combatir en la vanguardia del ataque:[37]

—He venido a Valencia para liberar a este mundo de la plaga de infieles que lo asola. Así es como pienso honrar a Dios y a mi orden monástica. Por eso os ruego que me autoricéis a encabezar la carga, pues de ese modo podré poner a prueba mis nuevas armas y dar rienda suelta a mis ansias de guerra. Si no me concedéis este honor, don Rodrigo, me veré obligado a pediros la venia* para regresar a Barcelona.

El Campeador se echó a reír y le dijo:

—Nada me complacería más que seáis vos el designado para las primeras heridas. ¡Vamos, don Jerónimo, ahí tenéis a los moros! ¡Adelantaos a probar vuestras armas, y dejadme ver cómo lucha un fraile ardoroso!

El obispo montó en su caballo y lo espoleó dando gritos de guerra. Al llegar cerca del campamento enemigo, le salieron al encuentro dos jinetes moros a los que alanceó y, después, echando mano a la espada, combatió con otros cinco infieles hasta que acabó con sus vidas. Al ver la ferocidad del obispo, decenas de soldados moros lo rodearon y empezaron a acosarlo hasta que de súbito se encontraron con la lanza del Campeador, quien, viniendo en ayuda del prelado,* arremetió contra ellos sin compasión.

Mientras tanto, Álvar Fáñez logró abrir una brecha entre las tropas moras arrastrando a los infantes tras de sí. Se enfrentó a quienes se les acercaban espada en mano, mientras Pedro Bermúdez y Martín Antolínez protegían la retaguardia y defendían a los cobardes infantes del acoso de

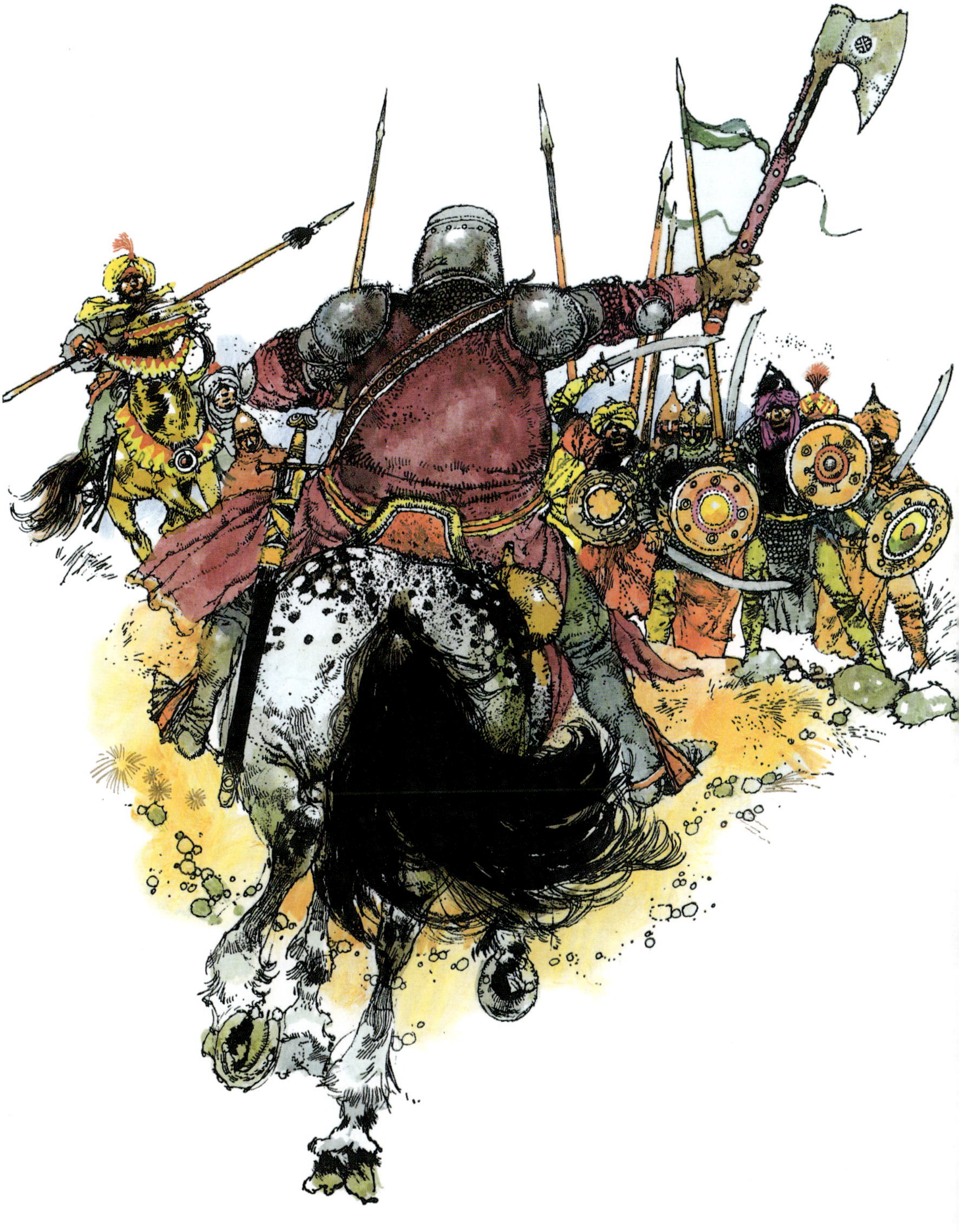

los moros. Una y otra vez, el reducido escuadrón cristiano barrió el campo como un peine arrastra los piojos de un mechón de cabellos. Pero, apenas habían limpiado el campo de enemigos, nuevas oleadas de soldados moros, huyendo de la primera línea de combate, se volvían contra los hombres de Álvar Fáñez con los cuerpos doblados sobre los cuellos de sus monturas y con la mirada extraviada por el pánico al Cid.

—¡Alá guía su brazo! —gritaban desaforadamente.

—¡No, es un demonio, y no Alá, quien guía su brazo!

—¡No hay modo de matarlo! ¡Vivirá eternamente!

Allí donde la lucha era más fragorosa, don Rodrigo luchaba a sangre y fuego montado en Babieca. En su mano lucía su hermosa espada de reflejos de plata, llamada Colada, con la que hacía volar las almas de sus adversarios como vuelan las granzas* en una era* de beldar.* Brazos con lorigas y cabezas con cascos se desprendían de los cuerpos y rodaban por el suelo. Caballos sin jinetes relinchaban y trotaban por todas partes. Los moros caían a cientos como el trigo bajo una guadaña. Algunos aferraban en vano sus espadas, otros acometían inútilmente con sus lanzas al Cid, otros saltaban aterrorizados de sus caballos al verlo venir; a todos acababa quitándoles la vida el Campeador, que avanzaba por sus filas como un tiburón corta el agua con sus aletas, con la mirada fija en la presa más apetecida.

El general Búcar, la presa codiciada, había emprendido la fuga, y el Cid lo perseguía con la espada en alto.

—¡Vuelve aquí, Búcar! ¿Acaso has venido desde tan lejos para rechazar ahora mi abrazo y mi amistad?

—¡Que Alá confunda tu amistad! Te veo espolear el caballo y llevas la espada en alto como para probarla en mi persona. Pero si mi montura no tropieza, no me atraparás.

Mas el veloz Babieca dio por fin alcance al fugitivo, y Búcar se vio obligado a luchar por su vida.

Los cuartos delanteros de los caballos y las rodillas de los jinetes se unieron: el muslo de uno fue a dar contra la cadera del otro. Y cuando el general sacó su espada, la famosa Tizona, de guarniciones doradas, don Rodrigo paró el golpe con Colada y ambos quedaron con las espadas cruzadas en alto. Las miradas del general marroquí y del caudillo castellano se cruzaron firmes, relampagueantes, bajo el borde brillante de sus yelmos. Pero con un movimiento rápido de su espada, el Cid desarmó a su adversario y le asestó un fortísimo golpe en la cabeza que partió su cuerpo en dos hasta la cintura.

Al ver morir a su general, las tropas moras se dieron a la fuga.

El Cid, con Tizona en una mano y Colada en la otra, volvió a la tienda real, donde Babieca recuperó el aliento mientras los generales del ejército cristiano se congregaban con una expresión de júbilo en sus rostros. Escondido tras una hilera de naranjos, Álvar Fáñez liberó los estribos de los infantes de sus botas. Después, puso su propia espada ensangrentada en la mano de don Fernando y su lanza quebrada en la de don Diego. Los tres llegaron juntos pero con retraso al lugar del encuentro.

—¡Me alegro en el alma de que no hayáis recibido ni un rasguño! —exclamó don Rodrigo mirando a sus yernos.

Los infantes parecían cansados hasta la extenuación, de modo que Álvar Fáñez habló por ellos.

—Mi querido señor —dijo—, no tengo palabras para describir la batalla que han librado vuestros dos hijos. Mirad: la espada del noble Diego está enrojecida hasta la empuñadura, y la lanza del valiente Fernando está quebrada y se ha teñido con sangre musulmana. Cada vez que intentaba enzarzarme en singular combate con un enemigo, los infantes se me anticipaban. Pedro Bermúdez puede atestiguarlo: él nos ha visto en el campo de batalla. El amigo Martín nunca conseguirá referir en sus canciones cuánta honra han proporcionado hoy estos dos jóvenes a su aguerrido suegro.

—¿Es verdad lo que dicen? —preguntó el Cid, conmovido, mientras estrechaba las cabezas de los muchachos contra su hombro—. Sois mi orgullo y mi alegría, hijos míos. He de confesar que he sido injusto con vosotros, pues os había tomado por dos jóvenes mimados por cuyas venas corría agua en vez de sangre. Pero lo que habéis hecho hoy os honra y me llena de satisfacción. Merecéis mucho más de cuanto pueda daros. Os he entregado ya lo más precioso que tengo en este mundo, mis hijas Sol y Elvira. Sin embargo, pedidme cuanto deseéis del botín de esta victoria, que será vuestro. ¡Doy gracias a Dios por tantos bienes como me proporciona! Me quitaron las tierras y me alejaron de mi familia, pero hoy soy rico y poderoso, he recuperado el honor y tengo por yernos a los infantes de Carrión. ¡Todos me temen y, ahora que cuento con la inapreciable ayuda de mis yernos, someteré a parias al reino de Marruecos!

Al oír aquellas palabras, don Fernando y don Diego parecieron recuperarse y se agitaron con alegría en sus sillas de montar.

—¡Gracias a Dios que hemos podido salir con bien de esta feroz batalla! —exclamó don Fernando—. Hemos luchado con denuedo* y sin descanso, y a punto hemos estado de matar al general Búcar, pero el cobarde salió huyendo al vernos llegar a mi hermano y a mí.

Los hombres del Cid escucharon incrédulos las palabras del infante e hicieron verdaderos esfuerzos por contener la risa. En cambio, Álvar Fáñez y Pedro Bermúdez les dirigieron una severa mirada de desaprobación a los yernos del Cid.

—¿Habéis oído, don Jerónimo? —dijo don Rodrigo—. Diego y Fernando se han comportado como héroes en la batalla. Debéis escribirle a vuestro antiguo señor, el conde Ramón, para contarle que el Cid ha sido superado en mucho por dos insignes caballeros: sus propios hijos. ¿Habéis oído las gloriosas palabras de Álvar Fáñez?

El obispo estaba sudoroso y exhausto.

—Sí, las he oído. De lo contrario, habría creído que tales héroes y hazañas eran la invención de un mentiroso o de un cuentista.

Álvar Fáñez se dio cuenta de que el obispo había adivinado la verdad y le dio un codazo para que no se fuera de la lengua.

—Sin embargo —añadió el obispo—, me consta que Álvar Fáñez es un caballero honrado y por eso creo a pies juntillas en todo lo que dice. No me cabe duda de que es un buen hombre —concluyó mientras lo bendecía haciendo un leve gesto en el aire.

El Cid se quitó su cota de malla y dejó al descubierto su cofia de lino, que cayó arrugada sobre sus hombros. Después, echando la cabeza hacia atrás, se echó a reír de pura alegría.

—Sí, ciertamente —repitió don Jerónimo—, Álvar Fáñez es un gran hombre.

# La afrenta de Corpes

—Héroes, ¿eh? —dijo don Fernando—. ¿Y tú piensas que se lo han creído? ¿No te has fijado en las risas mal disimuladas de los malcalzados que sirven al Cid? ¿Y qué decir de las ironías que se ha gastado el fraile? Eso, por no entrar en la mirada de odio que nos dirigió ese villano de Álvar Fáñez mientras yo relataba nuestras acciones de guerra. Tengo que acabar con él, aunque sea la última cosa que haga en mi vida. ¡Ese labriego intentó que nos matasen a los dos al atarnos las botas a los estribos!

—¡Deja ya de lamentarte! —le espetó su hermano mientras pelaba una naranja—. Todo ha acabado bien, ¿no? Nos ha correspondido un riquísimo botín y, aunque viviéramos dos vidas, no tendríamos tiempo de gastarnos el dinero que llena nuestras arcas.

—Por lo que a mí concierne, puedes quedarte con todo —refunfuñó don Fernando—. Odio este lugar. Hay leones vagando por todos sitios, los más vulgares soldados se sientan a cenar a nuestro lado, doña Jimena no para de rezar en todo el día, y no hay un solo lugar donde pueda comprarme un jubón* decente. Ese Fáñez estará riéndose de nosotros, a escondidas. Lo está haciendo desde el incidente del león. Aquí hay moros que surgen en el lugar más impensado, moros que escalan las paredes, incluso moros que luchan en el propio ejército del bastardo. No es un lugar donde se pueda vivir en paz. Aún no sé cómo dejé que me metieras en este lío. Odio Valencia.

—¡Deja ya de refunfuñar! —exclamó don Diego—. ¿Quién nos obliga a quedarnos?

—¿Qué?

—Soy yo quien pregunta ahora. ¿Qué podemos pedir hoy por hoy que nuestro bastardo padre sea capaz de negarnos? Nada. Por lo tanto, vamos a

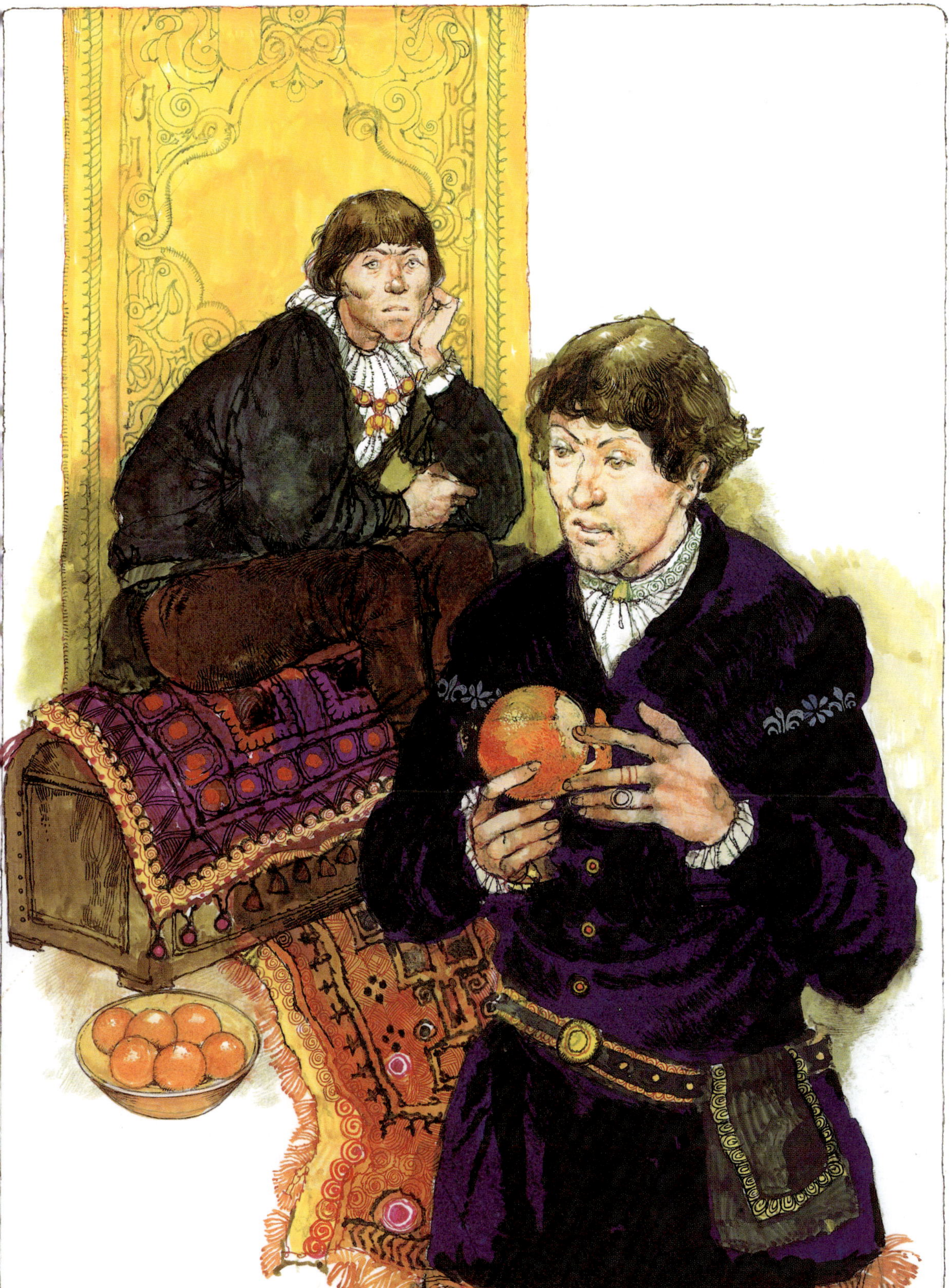

pedirle que nos autorice a regresar con nuestras esposas a Carrión. Le diremos que deseamos mostrarles nuestras posesiones, y, de camino, les daremos el trato que se merecen. ¡Así no se irán de la lengua por lo del león! ¡Se van a enterar todos de quiénes son los infantes de Carrión!

—¡Bien dicho! —exclamó don Fernando—. Nos han casado con unas barraganas* y nuestra alcurnia* exige un destino más alto: deberíamos desposarnos con las hijas de un rey o de un emperador.

—¿Queréis marcharos? —preguntó don Rodrigo con su voz rotunda y sonora.

—¿Os vais? —dijo doña Jimena aferrándose a su devocionario.

—Así es —afirmó don Fernando—. Deseamos mostrarles a nuestras esposas las villas de las que ahora son dueñas y que heredarán nuestros hijos. Además, tres cabezas no pueden llevar a la vez una misma corona, y esta ciudad es la corona y la gloria del Campeador. Ya es hora de que mi hermano y yo obtengamos nuestros propios triunfos, para fundar nuevas estirpes con la misma sangre del Cid, de modo que nuestra triple fama sea capaz algún día de sostener las tres esquinas del firmamento.

—Ya entiendo —respondió don Rodrigo, que no deseaba ofender a los infantes por nada del mundo—. Pero, ¿tan pronto…? He estado separado de las pequeñas Sol y Elvira durante tanto tiempo…

Los infantes no respondieron.

—Perdonadme, Fernando —prosiguió el Cid—: no tengo derecho a interferir en vuestro camino. Si en verdad creéis que debéis marcharos, hacedlo cuando queráis. Toda mi alegría consistirá en saber que mis hijas han encontrado dos buenos esposos que cuidarán de ellas y de los que se sentirán orgullosas. Pero sabed, hijos, que al llevaros a Elvira y a Sol me arrancáis las telas del corazón.

—Mi querido padre —dijo Fernando—, también a nosotros se nos parte el corazón al tener que dejaros. Pero hemos de afrontar nuestro destino.

—Lo comprendo. Llevad con vosotros la parte del botín que os correspondió tras la derrota de Búcar. Pero quiero aumentar vuestras riquezas ampliando la dote de mis hijas con tres mil marcos, corceles de guerra, veloces palafrenes y varios arcones con magníficos vestidos. A vosotros personalmente deseo regalaros mi posesión más preciada: las espadas Colada y Tizona, que gané en buena lid.

Y acto seguido, don Rodrigo y doña Jimena se echaron en brazos de sus hijas y, con los ojos bañados en lágrimas, prometieron que les escribirían a menudo. Elvira y Sol, sin dejar de llorar, les expresaron su deseo de cumplir en todo su voluntad.

Al día siguiente, los infantes ordenaron cargar todas sus riquezas en cuatro carromatos y, apenas despuntó el alba, partieron de Valencia con una escolta de soldados. El Cid los acompañó durante un buen trecho hasta que el mal agüero de una corneja que echó a volar por su izquierda lo hizo detenerse y pensar que algún infortunio se avecinaba.[38] Así que mandó llamar a su sobrino Félez Muñoz y al obispo don Jerónimo, que comandaban la escolta de sus hijas, y los instruyó:

—Dirigíos a Carrión por Molina y saludad de parte mía al moro Abengalbón. Rogadle que acoja con afecto a mis yernos y que les dé protección hasta Medina, que yo sabré pagarle generosamente sus muchos favores. En cuanto mis hijas estén a salvo en Carrión, regresad a Valencia e informadme de todo cuanto hayáis visto.

Y una vez dichas estas palabras, el Cid abrazó tiernamente a sus hijas y se separó de ellas con el dolor con que se arranca una uña de la carne.

Cuando la comitiva llegó a Molina, el moro Abengalbón salió a recibir a los infantes y a sus esposas con gran alborozo y, a la caída de la tarde, los invitó a un espléndido banquete y los colmó de regalos. Apenas hubo amanecido, Abengalbón organizó un escuadrón de doscientos soldados y emprendió viaje a Carrión para dar escolta a la familia del Cid. Pero, como la avaricia y la maldad de los infantes no conocía límites, en lugar de agradecer la generosidad y el afecto del moro, don Diego y don Fernando planearon asesinarlo durante el viaje y apoderarse de sus riquezas. Por fortuna, un moro ladino* pudo oírlos tramar tan perversos designios, y por la noche corrió a informar a su señor. Rojo de ira, Abengalbón mandó a sus vasallos que se armaran y, en actitud amenazadora, se presentó ante los dos hermanos y les increpó:

—Decidme, infantes, ¿qué mal os he hecho o en qué os he agraviado? ¿No os he agasajado y colmado de regalos? ¿Y me pagáis urdiendo mi muerte? ¡Voto a Dios que si no fuera por el respeto y la veneración que me merece el Cid, ahora mismo os despellejaría vivos, os rebanaría el pescuezo y colgaría vuestras cabezas de sendas picas! ¡Sois la peor calaña de cobardes y alevosos traidores que ha pisado jamás la tierra! ¿Cómo pudo el Cid consentir que os casarais con sus tiernas hijas? ¡Quiera Dios que no tenga que arrepentirse de este malhadado* matrimonio!

Y haciendo alarde de sus armas, el destacamento de Abengalbón volvió grupas, abandonó a los infantes y regresó a Molina aquella misma noche.

Al día siguiente, la familia del Cid puso rumbo a Carrión bajo la custodia del escuadrón comandado por el obispo don Jerónimo y Félez Muñoz. De camino, don Jerónimo iba reflexionando: «¿Qué desconfiadas sospechas inducirían al Cid a ordenarnos a Félez y a mí que acompañáramos a sus jóvenes yernos? Es verdad que los infantes son cobardes en las batallas, pero hay cosas mucho peores que la cobardía. Por otro lado, no hay duda de que Sol y Elvira están por completo enamoradas de sus maridos. Además, quizá los infantes no fueron educados con la suficiente rigidez para ser soldados y, en ese caso, poca culpa tendrían de su falta de valor. Y, si encuentran algún lugar tranquilo donde vivir y cumplir con sus deberes para con Dios y sus esposas, ¿qué mal hay en ello?».

El obispo volvió entonces la vista atrás y, al no ver el destacamento de Abengalbón, le preguntó extrañado a don Diego:

—¿Qué ha sido de nuestro buen amigo Abengalbón? ¿No convinimos en que se reuniría con nosotros al cabo de una legua?

—Eso no es asunto tuyo —le espetó el infante.

Don Fernando dirigió una mirada de reprobación a su hermano.

—Quizá ha cambiado de opinión, señor —le respondió al obispo.

—Pero resulta muy extraño que el leal Abengalbón falte a su palabra, ¿no os parece?

—Yo no creo en la palabra de un moro, ¿y vos? —rugió don Diego.

—Nosotros, señor obispo —dijo don Fernando con una sonrisa apaciguadora—, abominamos de la compañía de los infieles, y si el Cid obrara con mayor cordura, despacharía a tanto moro como tiene entre sus filas.

—Se trata —objetó don Jerónimo— de gentes que han abrazado su causa; en cuanto a Abengalbón, es un buen amigo que ha mostrado su lealtad al Cid en muchas ocasiones. No entiendo el porqué de vuestros recelos.

—No tenéis nada que entender —replicó bruscamente don Diego—. Y de ahora en adelante, os rogaría que no os metieseis en asuntos que no son de vuestra incumbencia.

Los caballos y los carros siguieron avanzando con vaivenes y crujidos por accidentados caminos; atravesaron la sierra de Miedes y los montes Claros y, dejando a un lado San Esteban, penetraron en el robledo de Corpes, un tupido bosque plagado de peligros y de animales fieros. Continuaron cabalgando un buen trecho por sinuosos y abruptos senderos hasta que dieron con un lugar ameno junto a una fuente clara, donde los infantes ordenaron montar las tiendas de campaña.

El fuego del campamento era apenas un vago resplandor entre los árboles. Las estrellas, por encima de las ramas más altas, eran con mucho más brillantes, pero apenas iluminaban la noche.

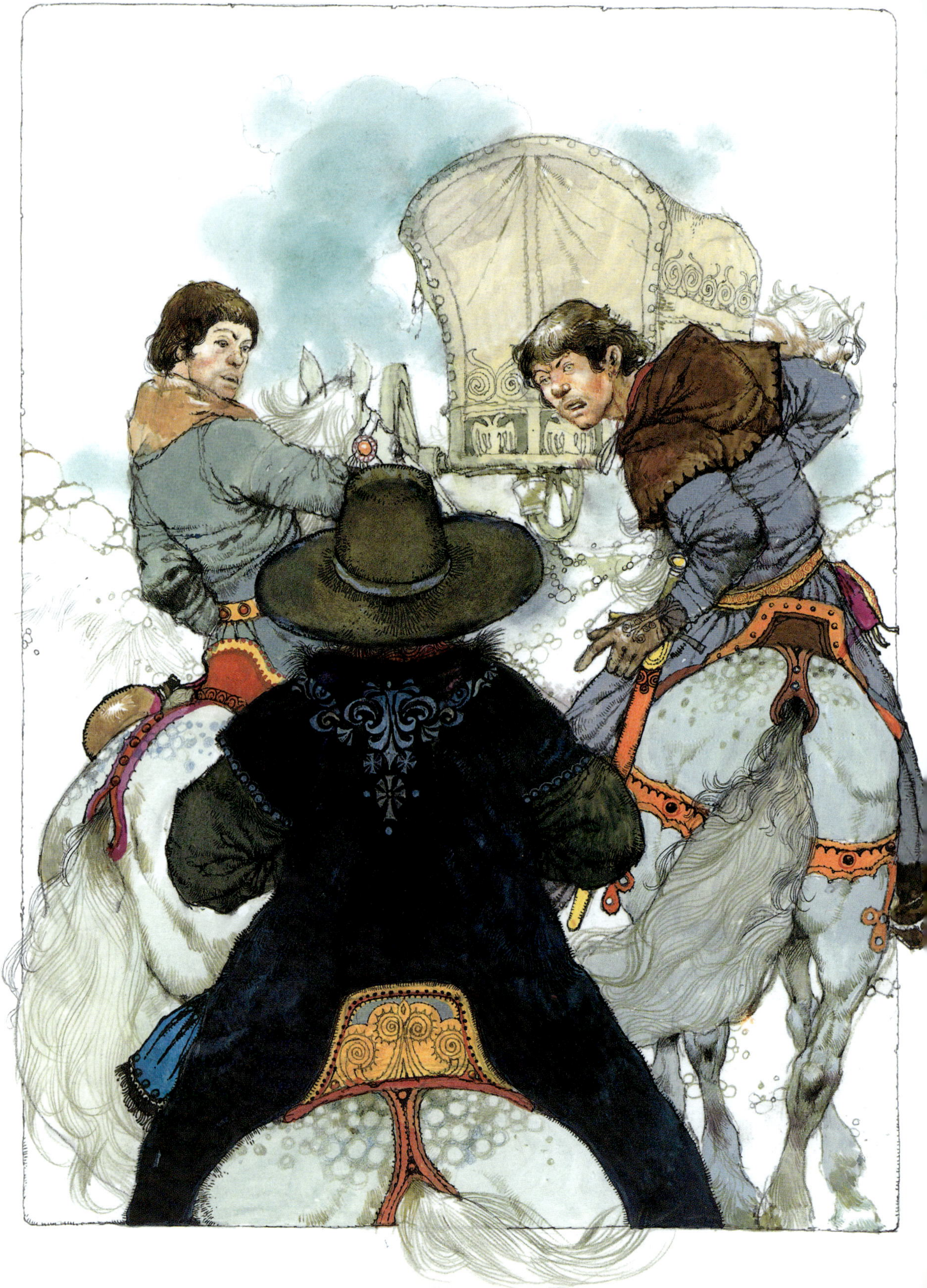

—Tengo miedo de los lobos y las fieras salvajes —dijo Sol, apretándose contra su esposo.

—Nada debes temer si yo estoy a tu lado —replicó don Diego, y, tomando a su esposa del brazo, la llevó a su tienda y pasó con ella una larga noche de amor.

No había amanecido aún cuando los infantes ordenaron a sus vasallos levantar el campamento y adelantarse por el camino.

—Este rincón del bosque es tan ameno —arguyó don Diego— que hemos decidido dar un paseo con Elvira y Sol antes de reemprender la marcha.

—Todos podemos esperar —objetó Félez Muñoz—. ¿Qué necesidad hay de que nos adelantemos? Pensad que aún no ha amanecido y que este bosque está lleno de peligros.

—¡Es una orden! —replicó don Diego tajantemente.

En cuanto los soldados desaparecieron de la vista, don Fernando tomó la barbilla de Elvira con la mano izquierda, levantó el puño derecho y lo estrelló contra el óvalo blanco del rostro de su esposa. Después, los dos hermanos apoyaron a las muchachas contra sendos árboles, las despojaron de sus abrigos de pieles, sus mantos y sus vestidos de terciopelo y las dejaron en camisas.

—¿Qué he hecho para que me trates así, amor mío? —exclamó Elvira entre sollozos y quejidos.

—Vamos a castigaros por las humillaciones a que nos sometieron a Diego y a mí en Valencia.

—¡Matadnos si queréis, pero no nos maltratéis, os lo ruego! —exclamó Sol—. ¡Si nos golpeáis os envileceréis vosotros mismos y seréis llevados a Cortes por vuestra acción!

Pero de nada sirvieron las palabras de súplica de las hermanas. Con las agudas espuelas puestas, los infantes empezaron a patear a sus esposas sin compasión. Luego, se quitaron los cinturones y las azotaron con tanta crueldad que la sangre les salpicaba los rostros. Los despiadados hermanos competían por ver quién daba los golpes y latigazos más fuertes hasta que, agotados por el esfuerzo y viendo que sus esposas habían perdido el conocimiento, limpiaron de sangre sus cinturones y se los volvieron a poner.

—¡Por fin hemos lavado la deshonra del episodio del león! —exclamó don Diego.

—La baja estirpe de estas dos barraganas se me había pegado al cuerpo como el estiércol a los zapatos —contestó don Fernando—. Todavía siento escalofríos al recordar cómo nos ha deshonrado ese maldito labriego al casarnos con sus hijas.

Y, dando por muertas a Elvira y Sol, montaron en sus caballos y abandonaron el lugar.

El sol no había aparecido aún por el horizonte. Aulló un lobo, y Félez Muñoz sintió un escalofrío en la espalda. Estaba indeciso. Acababa de darle la vuelta a su caballo, pero volvió de nuevo su grupa en la misma dirección que los demás jinetes. Al cabo, tiró de las riendas. Parecía como si una mano invisible lo hubiera agarrado por el hombro para que diera media vuelta. Se acercó a don Jerónimo, le confesó sus temores y el prelado y el sobrino del Cid decidieron detenerse y ocultarse entre la arboleda hasta que llegaran las hijas del Campeador. Pero, apenas transcurrida media hora, vieron pasar a los infantes sin sus esposas.

Con gran alarma, el obispo y Félez Muñoz clavaron las espuelas en los ijares* de sus caballos y regresaron por el tortuoso sendero del bosque. Sus cabezas y sus hombros topaban con las ramas más bajas de los árboles, y las verdascas* se les clavaban en la espalda. De repente, algo les indujo a detenerse y escuchar: oyeron el aullido de un lobo, oyeron el jadeo de sus caballos, oyeron el silbido del viento entre las ramas, oyeron por fin el chisporroteo de un fuego moribundo. Siguieron el olor del humo y se encontraron con los rescoldos de la hoguera del campamento abandonado. En uno de los bordes del calvero* distinguieron al fin el rostro de Elvira, tan ovalado y pálido como los níscalos brotados entre los árboles, y poco más allá el de Sol.

—¡Primas, primas! —gritó Félez Muñoz con el corazón destrozado al tiempo que descabalgaba—. ¿Pero qué os han hecho esos malvados?

El obispo se apresuró a bajar del caballo y envolvió a Elvira con su capa y a Sol con la de Félez Muñoz. Después, aventó el fuego para calentar y reanimar a las hijas del Cid.

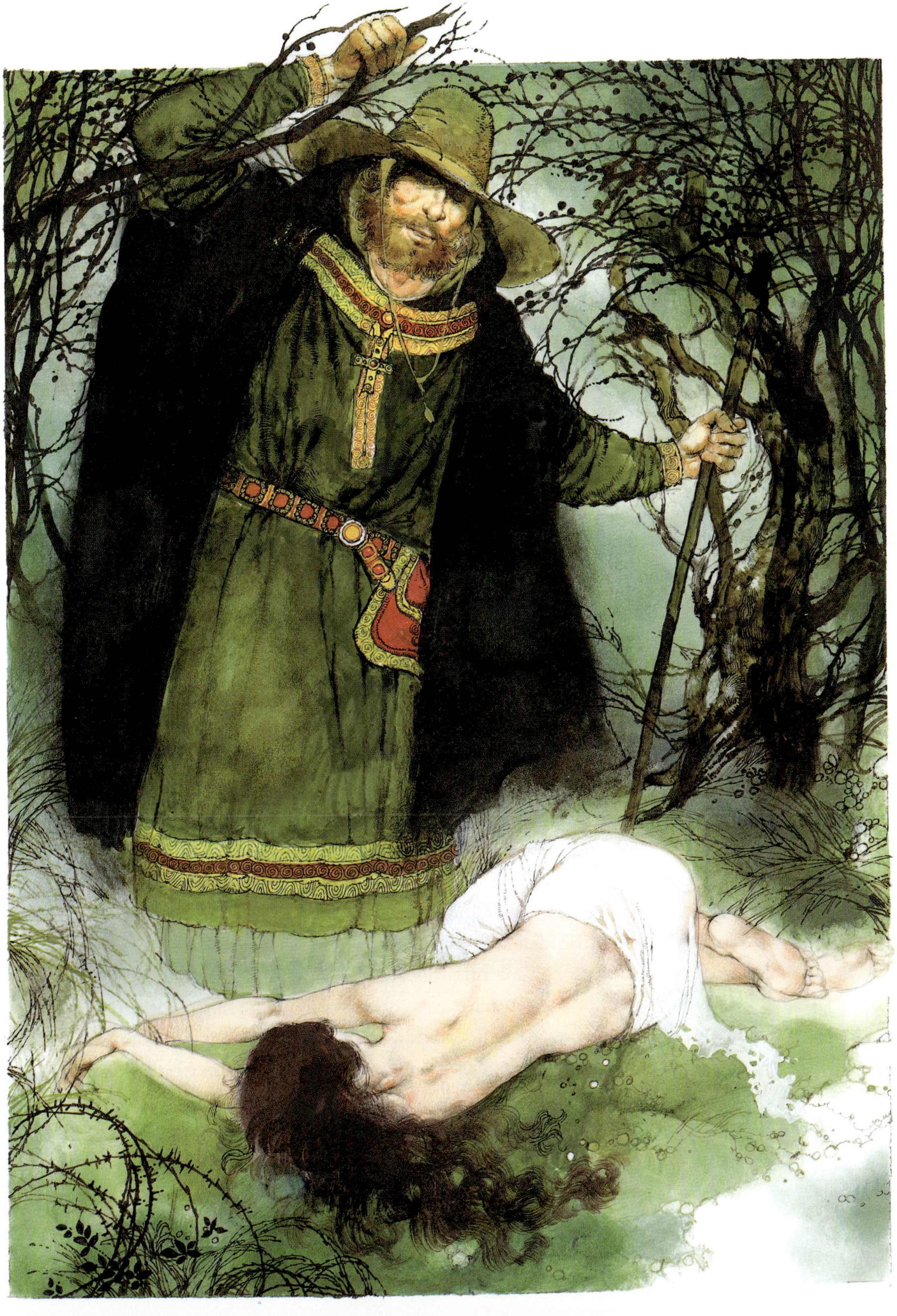

—¡Vamos, muchachas, volved a la vida y despertad, antes de que esos crueles infantes nos echen en falta y nos persigan para matarnos! —exclamó el obispo.

Los ojos de Elvira miraban al vacío de manera inexpresiva, mientras yacía junto al fuego. Solo la ternura y los cuidados de su primo Félez obraron el milagro de su recuperación.

—Agua…, dadme un poco de agua… —gimió Sol.

Y Félez corrió a llevarles agua a sus primas con su sombrero. Tanto las reanimó y las confortó que al final volvieron a la vida.

Con las primeras luces, el prelado y Félez Muñoz sentaron a las dos hermanas sobre sus respectivos caballos y las condujeron con suma delicadeza hasta más allá del bosque para dirigirse a Valencia. Durante todo el día, ni Elvira ni Sol pronunciaron una sola palabra, a pesar de que tanto el obispo como Félez Muñoz tomaban de vez en cuando en sus manos las caras entumecidas de las jóvenes para darles palabras de ánimo.

—Pronto estaréis en casa —les decían—, al lado de vuestros padres.

Fue entonces cuando Elvira extendió una mano y replicó a través de sus labios hinchados:

—No nos habéis hecho ningún bien. Deberíais habernos dejado a merced de los lobos. Estamos deshonradas para siempre. ¡Qué vergüenza!

Y un estremecimiento corrió entre los árboles como un presagio de lluvia.

—¡Qué deshonra! —bramó el Cid cuando bajó de los caballos a sus hijas en el patio del palacio de Valencia—. No padezcáis, hijas mías, que muy pronto sanaréis de vuestras heridas, y yo os concertaré un matrimonio con príncipes. ¡Me vengaré de esos villanos que nos han traído esta deshonra!

—Yo he sido el culpable de la deshonra, don Rodrigo —exclamó Álvar Fáñez—. Os hice creer que los infantes eran héroes y hombres cabales. ¡Mentí! ¡Solo pretendía haceros feliz! ¡Os mentí para que no sufrierais por la verdad! Yo sabía que eran unos cobardes redomados, y ahora vuestras hijas, a las que quiero como a ángeles del cielo, han pagado el precio de mi necedad.

Álvar Fáñez se sintió mejor tras haber confesado su parte de culpa, pero don Rodrigo no prestó atención a sus palabras. Tomó a sus hijas en brazos y las llevó a la cama, y después entró en su habitación y cerró la puerta, dejando afuera a Álvar Fáñez, al obispo don Jerónimo y a la propia doña Jimena.

—¡Qué deshonra! —murmuraron los vasallos del Cid cuando entraron en Castilla al frente de los carromatos cargados de tesoros de los infantes—. Hemos dejado de servir al Campeador para seguir los pasos de dos perros asesinos. ¡Que la vergüenza caiga sobre nuestras madres por habernos parido para caer en tal deshonor!

Pero don Diego y don Fernando estaban ya a la vista de su casa, y su sangre azul pareció que corría con más fuerza por sus venas ante la idea de regresar a sus tierras de Carrión dos veces más ricos que cuando las habían dejado, y libres por fin, a su entender, de cualquier rastro de deshonra.

# La venganza del Cid

—¡Señor, el Cid ha sido avistado a una legua de aquí! —exclamó uno de los centinelas, irrumpiendo en el salón del trono.

—¡Y viene con una tropa de hombres fuertemente armados! —añadió otro soldado.

—¡Por fin! —exclamó don Alfonso con alivio—. ¡Vayamos a recibirlo!

Y al instante dio órdenes para que formaran varios escuadrones, y salió al encuentro del Campeador.

El rey cabalgaba con sentimientos encontrados de disgusto y alegría. Informado del ultraje perpetrado a las hijas del Cid, había decidido convocar cortes extraordinarias en la ciudad de Toledo para reparar el honor del Campeador, pese a los muchos inconvenientes que opusieron los de Carrión. Las cortes debían celebrarse al cabo de siete semanas, pero don Rodrigo llegaba con cinco días de retraso y rodeado de mucha gente armada. ¿Desconfiaba el Cid de que don Alfonso fuera a hacer justicia? Con semejante despliegue de fuerzas, ¿pretendía amedrentar* a los infantes de Carrión? ¿O quizá al rey mismo? El soberano salió de dudas cuando vio que el Cid se acercaba y se tendía en el suelo en señal de acatamiento:

—¡Por san Isidoro, levantaos y dadme un abrazo, don Rodrigo! —exclamó el rey—. ¡No podéis imaginaros cuánto me pesa vuestra desgracia!

El Cid se incorporó, besó la mano del rey y dijo:

—Os agradezco profundamente vuestra decisión de convocar cortes. Y agradezco asimismo la presencia de tantos nobles como se han dignado asistir a ellas. Mi esposa y mis hijas, señor, se ponen en vuestras manos para que seáis valedores de su causa.

—A fe que será así, don Rodrigo.

El rey regresó entonces a Toledo, pero el Cid optó por alojarse en el castillo de San Servando, extramuros de la ciudad, para aguardar allí al resto de su tropa.

Al día siguiente, los cien vasallos más notables del Campeador, temiendo alguna traición de los infantes, vistieron sus lorigas, se colgaron las espadas al cinto y se cubrieron con mantos y pieles para no delatar que iban armados. Rodeado de esta formidable mesnada y acompañado por su familia, el Cid entró en Toledo y se presentó ante el rey en la sala de audiencias.

Su imponente figura impresionó a los nobles allí reunidos. Don Rodrigo calzaba unas botas negras de cuero repujado. Su blanca camisola, cuyo inmaculado lienzo asomaba por los puños, se ceñía con broches de oro y estaba cubierta por un rico brial* con bordados de plata. Un lorigón* de escamas de oro le protegía su amplio pecho, y su cintura aparecía ceñida por un cinturón de cuero repujado de medio palmo de anchura. Su barba blanca, que le llegaba casi hasta la cintura, estaba dividida en dos partes trenzadas con un cordón blanco. Y allí donde debía haber colgado su espada con guarnición de plata, Colada, se distinguía tan solo una vaina vacía de cuero rojo marroquí que llegaba hasta el suelo.

Al verlo entrar, el rey se puso en pie e invitó al Cid a sentarse junto a él.

—Os ruego que ocupéis de nuevo vuestro trono real —replicó el Campeador— y que me permitáis quedarme junto a los míos.

—Que me place —respondió el rey; y añadió—: ¡Escuchadme todos! He convocado estas cortes para ofrecerle una justa reparación a mi amado don Rodrigo, que ha sido vilmente deshonrado. Nombro árbitro de este pleito a los condes don Enrique y don Ramón, pues ellos no pertenecen a ninguno de los bandos contendientes. Y juro por san Isidoro que quien promueva algún altercado en estas cortes será expulsado de mi reino.

En aquel momento los dos infantes entraron en la sala. Las dos grandes espadas que llevaban al cinto, Tizona y Colada, dificultaban sus movimientos. Sus ojos parecían a punto de escapar de sus órbitas y sus mejillas estaban enrojecidas. Sin dirigirles una sola mirada, el Cid tomó la palabra:

—Os agradezco de todo corazón vuestras palabras, señor. Nadie ignora que los infantes abandonaron a mis hijas, sus esposas, en el robledo de

Corpes. Pero fuisteis vos, señor, quien las casasteis, y el afrentado es por ello vuestra majestad, no yo. Sé que conocéis todos los detalles de la gran batalla que libramos en Valencia contra el rey Búcar. En ella participaron los infantes y, según me dijeron, combatieron con valor. Por ese motivo, en cuanto Diego y Fernando me manifestaron su deseo de regresar a la corte, me apresuré a regalarles mis espadas Tizona y Colada, que gané en buena lid, para que os sirviesen a vos, y no para traicionarme. Pero los infantes maltrataron y abandonaron a mis hijas, de manera que han dejado de ser mis yernos. Exijo, por tanto, que esas espadas me sean restituidas.

Don Fernando y don Diego se cruzaron unas palabras y al instante sacaron las espadas de sus vainas.

—No hay inconveniente alguno —dijo don Fernando.

—Si tanto añora sus espadas y ésa es toda su demanda, con gusto se las devolveremos —declaró don Diego.

Sin embargo, los infantes no se atrevían a acercarse al Campeador para entregarle las brillantes espadas, cuyos espléndidos reflejos maravillaron a la corte. Por su parte, ni don Rodrigo ni los suyos se acercaron a tomarlas. El ambiente era extremadamente tenso, hasta que el rey se volvió a su canciller y le susurró algo al oído. Entonces éste descendió las gradas del trono y, acercándose a Diego y a Fernando, les cogió las espadas y se las entregó a don Rodrigo. El Cid Campeador las contempló un momento con un brillo en la mirada que les erizó la piel a los infantes.

—Tomad, Martín —dijo el Cid volviéndose hacia Martín Antolínez—; Colada estará desde ahora en buenas manos. Y Tizona en las vuestras, Pedro —y le entregó la espada a Pedro Bermúdez.

Un rumor de comentarios se extendió entre los cortesanos, y los infantes aprovecharon la ocasión para dirigirse con sigilo hacia la puerta. En ese instante el Cid exclamó:

—¡Un momento, señores, aún no hemos terminado!

Los infantes se miraron extrañados. Pensaban que con la devolución de las espadas había concluido el pleito. Sin embargo, don Rodrigo se dirigió al rey y añadió:

—Cuando los nobles infantes abandonaron Valencia no solo les regalé mis espadas, sino también tres mil marcos en oro y plata, para que cuidaran bien de mis hijas. Pero ya hemos visto que no era ésa su intención. Y ese dinero es necesario para contribuir a la buena causa de la defensa de la ciudad castellana de Valencia. Por eso exijo su devolución.

Grande fue el alboroto que entonces se organizó entre el bando de los de Carrión.

—¡Ése no era el trato! —exclamó don Diego—. Entendimos que con la devolución de las espadas quedaba satisfecha su demanda. ¡No tiene derecho a reclamar nada más!

—Pero yo le otorgo ese derecho —sentenció el rey.

—El Cid nos exige demasiado, señor —replicó don Fernando—. Hemos gastado ya una buena parte de los tres mil marcos, pero, puesto que vuestra majestad ordena que le sean restituidos, estamos dispuestos a pedir un préstamo, o bien a pagarle en tierras o en especie.

Como el Campeador consintió, en aquel mismo acto los infantes comenzaron a hacerle entrega de caballos, palafrenes, mulas y espadas, al tiempo que firmaban el traspaso de algunos títulos de propiedad. Cuando los de Carrión creían ya concluido el pleito, el Cid se levantó de su asiento y dijo:

—Los nobles infantes se llevaron mucho más que mis espadas y mis tres mil marcos. También se llevaron consigo a mis hijas, sus mujeres.

Como las campánulas rojas que de pronto yerguen sus cabezas para permitir a los cálidos vientos que se lleven su semilla, el Cid pareció crecer en estatura. Su voz cobró una resonancia metálica y se hizo cada vez más rápida y alta.

—Se llevaron a doña Sol y doña Elvira y, a mitad de camino, en un bosque plagado de bestias salvajes, las desnudaron y las golpearon con cintos y las patearon con sus toscas botas y con sus agudas espuelas hasta darlas por muertas. Por eso busco su sangre en el campo del honor y no me iré de aquí con una gota menos de la que busco. Mis hijas tienen cicatrices en el cuerpo y en el corazón. Mi señor don Alfonso, rey de Castilla y de León, pongo mi demanda a vuestros pies.

—¡Recibieron el trato que merecían! —exclamó una voz.

Era el conde García Ordóñez. Avanzó desde el fondo de la sala con una vestimenta púrpura y negra.

—Mis sobrinos me han hablado acerca de esas novias suyas, majestad, y me pregunto por qué consentiríais tales matrimonios. Debía haberme dado cuenta de que la semilla de las ortigas solo puede engendrar malas hierbas. Señores, no os dejéis engañar por esas dos mujeres de la estirpe de Jezabel[39] ni por su padre, que desciende de un vulgar labriego. Devolvedlas al lugar de donde vienen: a sus amantes morunos, a sus oraciones paganas y a las magias que practican en sus camas de encaje y seda roja. Cuando mis pobres sobrinos descubrieron la verdadera naturaleza de sus esposas, comprendieron que habían sido engañados y cabalgaron hasta mi casa con lágrimas en los ojos y unas pocas y misérrimas baratijas. Dejaron a sus esposas para no verse manchados por los pecados de esas mujeres libertinas. ¡Fue una demostración de honorabilidad! Mi prestigio familiar se ha acrecentado con su actitud. ¡Solo pudieron dominar a aquellas diablesas por la fuerza, y por eso usaron sus espuelas para devolverlas al infierno del que sin duda proceden!

Sol ahogó un grito y se desmayó. Elvira se estremeció y la vista se le nubló bajo su velo.

Un griterío bullicioso inundó la sala. Los infantes se colocaron con ademán bravucón junto a su tío. El Cid se vio rodeado como una gran torre por todos sus partidarios. Arreciaron los gritos de «¡Infamia, infamia!». Cuando se arrodilló en silencio junto a su hija Sol, don Rodrigo ni siquiera oyó las numerosas voces que gritaban a su favor:

—¡Caiga la ignominia sobre la casa de Carrión, que solo ha engendrado ladrones y salteadores de caminos! ¡Que la vergüenza caiga sobre vos, García Ordóñez, por defender a ese infame linaje!

—¡Conde, sois tan cobarde, mentiroso y deslenguado como vuestros despreciables sobrinos! —exclamó Pedro Bermúdez—. ¡Los infantes son la vergüenza de la aristocracia castellana!

—¡Deberíais haberlos visto en la batalla contra Búcar! —terció Martín Antolínez—: ¡muertos de miedo, huían como liebres! ¡De no haber sido por nuestra protección ya no sonaría su nombre sobre la faz de la tierra!

—¿Y qué decir de su heroísmo el día del león? —intervino Muño Gustioz—. ¡A maravilla tuvimos sus metamorfosis, pues el uno echó a volar como un pájaro y el otro desapareció bajo tierra como un topo!

En ese instante doña Jimena se levantó de su asiento y se retiró el velo del rostro. Su cara pálida y su mirada dolorida impresionaron a todos, y el silencio volvió a la sala.

—¡Escuchadme, señores! —exclamó—. Mi padre, el conde de Asturias, le denegó mi mano a don Rodrigo Díaz cuando mi amado esposo me pidió en matrimonio. Al igual que el conde Ordóñez, mi padre despreciaba su cuna y denigraba a su familia por más que considerase a Rodrigo como el mejor soldado de sus tropas. Al final ambos lucharon, y mi padre cayó muerto.[40]

Al oír aquellas palabras, Sol volvió en sí e irguió su espalda para escuchar con atención: aquélla era una historia que nunca había oído. Doña Jimena prosiguió:

—Durante tres días me rasgué las vestiduras, me postré a los pies del anciano rey, cubrí sus plantas con mi pelo y derramé mil lágrimas sobre su rostro. Exclamé: «¡Rodrigo debe pagar por la muerte de mi padre! ¡Rodrigo Díaz debe morir!». Pero el rey se mantuvo firme: «En un desafío por honor», me advirtió, «Dios sostiene la espada del vencedor». Y cuando miré el rostro del hombre que había matado a mi padre, me convencí de que el rey había dicho la verdad. El honor resplandecía en la hoja de su espada.

Ahora los nombres de mi esposo y de mis hijas se encuentran mancillados* y es preciso lavarlos con sangre.

Un silencio sepulcral se adueñó de la sala. Parecía como si el rey y toda la corte se hubiesen quedado petrificados. Entonces el Cid se levantó, sosteniendo a Sol en sus brazos, mientras Elvira se apoyaba en su costado. Avanzó un paso y los nobles que los rodeaban abrieron el corro, de modo que don Rodrigo y sus hijas quedaron frente a frente con los de Carrión. La voz del Cid se alzó de pronto, profunda y solemne como el tañido de una campana:

—Decid, ¿qué mal os hice, infantes de Carrión? Si en algo os ofendí, aquí os repararé el daño a juicio de la corte. ¿Por qué teníais que arrancarme las telas del corazón? Si ya no queríais a mis hijas, perros traidores, ¿por qué las apartasteis de su familia y las sacasteis de sus posesiones? ¡Por cuanto les hicisteis menos valéis! Así lo habréis de reconocer cuando os venza en el campo del honor. ¡Por eso os reto como a alevosos* e infames![41]

La habitación se estremecía en silencio. En ese momento entró en la sala de audiencias el hermano mayor de los infantes, Asur González, con andares de borracho y arrastrando su manto de armiño. El conde Ordóñez le hizo un gesto para que se reuniera con sus hermanos, se acercó al rey y le susurró al oído:

—¡Pensad en el gran deshonor que supondría para los infantes luchar contra un campesino bastardo!

Los labios de don Alfonso se movieron como para responderle cuando de repente se oyó el sonido metálico de una trompeta. Con el susurro apagado de una tienda de campaña al caer, todos los que se hallaban en la sala forzaron una reverencia o se hincaron sobre sus rodillas. Los príncipes de Navarra y Aragón acababan de entrar en la sala, sin ninguna ceremonia ni alarde alguno de grandeza.

—Tenéis que perdonarme, primo —le dijo al rey el joven heredero de Navarra—. Mi hermano y yo nos hemos atrevido a observar vuestro proceder desde la galería de los músicos. A los dos nos agradaría que se concediesen el deseo de la dama y la demanda del caballero.

—Pero, ¡altezas!, ¿y el deshonor? —clamó el conde Ordóñez—. ¡Los infantes perderían su dignidad si cruzasen sus espadas con ese arrogante y advenedizo labriego!

El príncipe de Aragón sonrió al tiempo que inclinaba su cabeza con cortesía:

—He oído decir que el rey de Marruecos no consideró un deshonor cruzar su espada con ése a quien llamáis «labriego». Y, además —añadió con una sonrisa—, son vuestros sobrinos quienes no dan la talla para batirse con el Cid.

—¡Así es, en efecto! —exclamó don Alfonso poniéndose en pie—. Y no tendrán nada que alegar sobre la desigualdad de cuna de los combatientes. ¡Escuchadme, nobles de mi corte! Nos, Alfonso, rey de Castilla y de León por la gracia de Dios, ordenamos que de hoy en tres semanas, en tierras de Carrión, tengan lugar las lides\* entre Martín Antolínez, Pedro Bermúdez y Muño Gustioz, por la parte del Cid, y los infantes Diego y Fernando y el conde García Ordóñez, por la parte de Carrión. El que no acuda dentro del plazo, que pierda la razón, sea dado por vencido y se le tenga por traidor.

En cada uno de los dos extremos de la palestra\* el viento percutía la lona de las tiendas y la hacía sonar como un tambor. El lujoso pabellón\* que compartían los infantes se abombaba con perfiles de manos y codos porque los dos hermanos no paraban de discutir mientras se vestían la loriga. Estaban aterrorizados ante la perspectiva de tener que luchar contra Colada y Tizona, las imbatibles espadas del Cid.

—¿Por qué tuvimos que devolvérselas a ese hijo de pazpuerca? —le reprochó don Diego a su hermano—. ¡Te advertí que no lo hiciéramos! ¡Ahora habremos de pagar las consecuencias!

—¡Los dos pensamos que con eso acabaría la demanda! —respondió don Fernando.

—Vamos, dejad ya esta inútil discusión —terció el conde García Ordóñez—. Pediremos al rey que los vasallos del Cid no puedan utilizar esas temibles espadas.

Pero don Alfonso se negó a aceptar su reclamación, y los infantes empezaron a arrepentirse de todo lo que habían hecho.

Mientras tanto, don Rodrigo supervisaba a sus tres caballeros, que se preparaban para el combate.

—Martín, Pedro y Muño, inseparables compañeros y leales servidores: manteneos firmes en el campo, como hombres míos que sois.

—¿Por qué lo decís, señor? —respondió Martín Antolínez—. Hemos aceptado este deber y cumpliremos nuestra misión; podréis oír que hemos muerto, pero no que nos han vencido.

Se alegró con esto el Cid Campeador, pues bien sabía que sus caballeros eran dignos de toda su confianza.

Había llegado el momento de salir a la palestra. Don Martín, don Pedro y don Muño prepararon sus fuertes y veloces caballos, les santiguaron las sillas y cabalgaron con vigor. Sostenían fuertes escudos y afianzaban en el estribo lanzas de aceradas puntas y vistosos pendones. Así salieron al palenque delimitado por mojones,* con armaduras resplandecientes, erguidos sobre sus sillas, dispuestos a acometer con fuerza a sus respectivos contrincantes.

Por detrás de la tienda de los infantes asomaban sus numerosos parientes y todos los partidarios del conde García Ordóñez. Formaban un grupo multicolor que se pavoneaba* en sus ricos trajes de brocado.

Entonces sonó una trompeta y el rey ocupó su lugar en la tribuna, flanqueado por los jueces que había nombrado para velar por la limpieza del combate. En el silencio que se extendió por la explanada, sus palabras sonaron imponentes:

—¡Oídme bien todos! En esta lid se va a dirimir quién tiene de su parte la honra y la razón, si vosotros, infantes de Carrión, o vos, Cid Campeador. Que cada uno defienda su derecho, pero nadie pretenda actuar con malas mañas o injusticia, pues no conseguirá su propósito y en todo mi reino no tendrá satisfacción.

A continuación los jueces, adelantándose, proclamaron las normas del combate:

—¡Que todos los espectadores se aparten al menos a seis astas de lanza de la palestra! ¡El combatiente que se rinda o el que salga del espacio marcado con los mojones se considerará vencido y perderá la razón! ¡Puede comenzar la lid!

Hubo un intenso rumor de cascos. Los caballeros del Cid sujetaron firmemente sus escudos, bajaron las lanzas haciendo flamear los pendones, se inclinaron sobre las sillas y, espoleando firmemente, cargaron al mismo tiempo hacia sus contrincantes. El suelo retumbaba al galope de los caballos y la polvareda apenas dejaba a los espectadores distinguir a los combatientes. Muño Gustioz y García Ordóñez no tardaron en encontrarse. La lanza del conde levantó tres capas de cuero del escudo de don Muño antes de quebrarse con un chasquido, dejando caer una rociada de astillas sobre las crines de los caballos. La de Muño Gustioz, en cambio, chocó con tanta fuerza contra el escudo de su adversario que lo arrancó de su montura con silla y todo, lo arrojó de cabeza al suelo y lo dejó sin sentido. Una exclamación de dolor recorrió las gradas cuando los partidarios de los de Carrión vieron tendido e inerte al conde y lo creyeron herido de muerte. Don Muño se acercó entonces a su contrincante y, cuando estaba a punto de hincarle su sangrienta lanza en el pecho, se oyó un grito desesperado:

—¡No lo matéis, por Dios! —clamó un pariente de los de Carrión—. ¡El conde Ordóñez se da por vencido!

Mientras tanto, Pedro Bermúdez y don Fernando habían cruzado también sus lanzas. El infante le traspasó el escudo al vasallo del Cid, pero le dio en vacío, sin acertarle en el cuerpo, y el asta se le rompió en dos partes. Don Pedro se mantuvo firme y apenas se ladeó; en cambio, su lanza le rompió al infante los refuerzos metálicos del escudo, se lo atravesó de parte a parte y le dio un tremendo golpe en el pecho. Tal fue la violencia del embate que, aunque la loriga no se rompió del todo porque disponía de una triple malla, la lanza le penetró un palmo en el cuerpo junto con una de las mallas, el belmez\* y la camisa. Don Pedro arrojó entonces la lanza, echó mano a la espada y golpeó con ella a don Fernando, quien había empezado ya a vomitar sangre. Pero al ver que Bermúdez iba a descargar la espada Tizona de nuevo sobre él, el malherido infante gritó sobrecogido por el pánico:

—¡Protección!

El rey, sin embargo, volvió la cabeza sin atender a su súplica.

Don Pedro volvió a blandir Tizona con ambas manos y, cuando parecía a punto de partirle a don Fernando la cabeza en dos, el infante exclamó:

—¡Me doy por vencido! ¡No me golpeéis!

—¡Vuelve a tu casa, perro faldero! —clamó don Pedro—, y que Dios no te dé hijos que te ayuden a sobrellevar tu vergüenza.

Mejor parecía irle a don Diego. Un primer golpe de su lanza había rozado a Martín Antolínez, quien, inclinándose a un lado, logró esquivar la punta del arma, si bien no pudo evitar que le destrozara la parte superior del escudo y que le desgarrara la cota de malla que le cubría el hombro. Con una agilidad asombrosa, don Martín apartó la lanza del infante y sacó de su vaina a Colada, cuya guarnición de plata brilló a la luz del sol. De un tajo, le arrancó al infante el yelmo de la cabeza, rasgándole el almófar* y la cofia,* y le rapó una buena parte de su cabello. Don Diego, aterrado, se

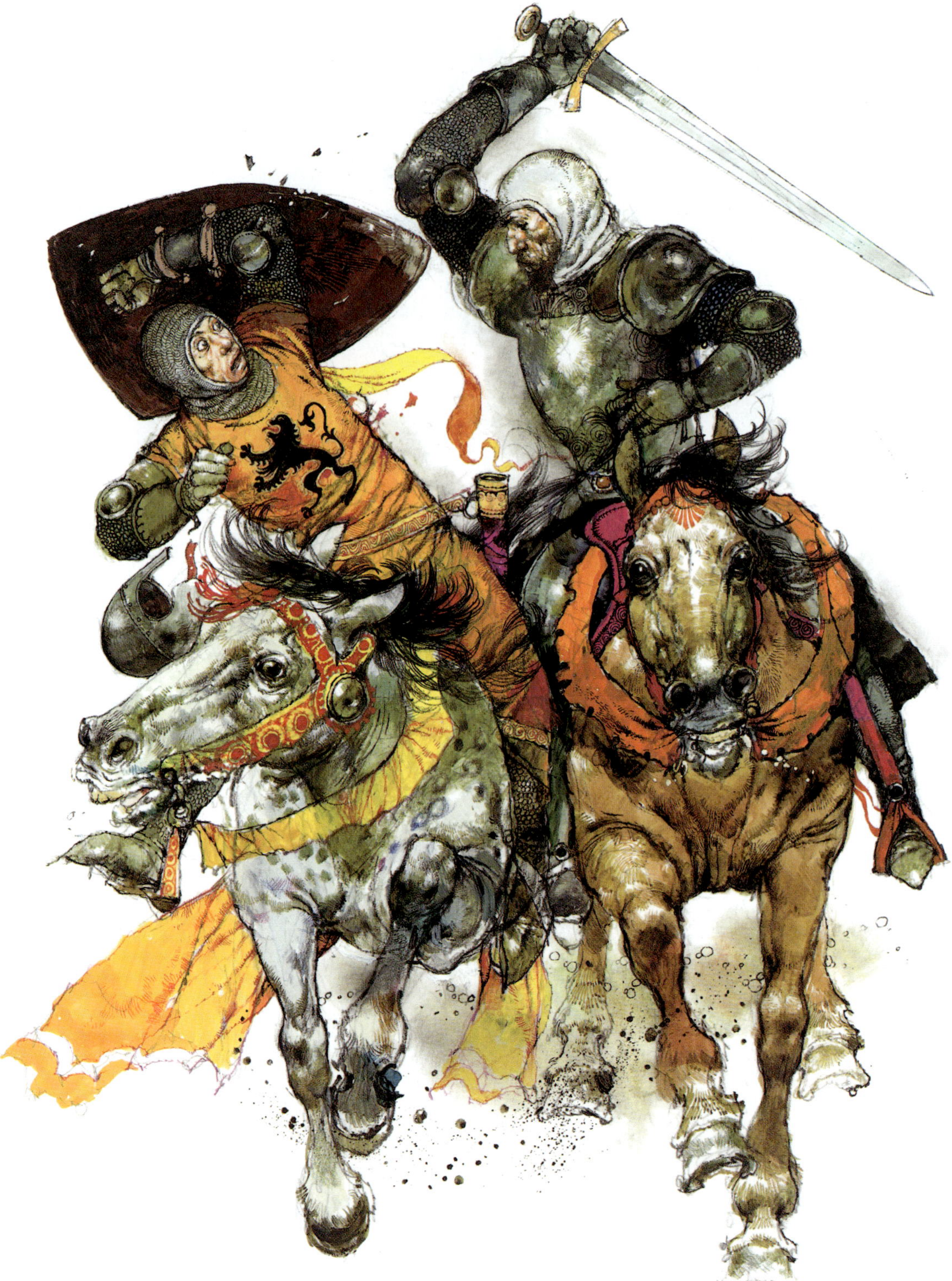

llevó la mano a la cabeza y, volviendo grupas, corrió despavorido con la espada en la mano. Mientras huía de Colada, gritaba desesperado:

—¡Ayúdame, Dios del cielo, líbrame de esa espada!

Don Martín maniobró para ponerse frente a su rival, pues jamás había atacado a nadie por la espalda, y levantó su arma. Colada estaba en alto y su hoja iba a caer sobre el infante.

—¡Os lo suplico, os lo suplico! —fue todo lo que Diego pudo decir.

—¡Por fin voy a lavar la vergüenza de mis primas! —rugió don Martín—. ¡Ahora sabréis qué precio hay que pagar por llamar bastardo a mi señor!

La hoja de la espada cayó plana sobre la cabeza del infante, sin herirlo, pero con tal fuerza que éste se estremeció de pies a cabeza y cayó del caballo, fuera del palenque.

—Ahora vuelve a las faldas de tu nodriza, muchacho —dijo don Martín—, y pídele que te enseñe buenas maneras.

El sol alcanzaba su apogeo y tan solo los hombres del Cid quedaban en pie dentro de la palestra. Su señor les sonreía satisfecho. Él y sus hijas habían recuperado su honor.

Los oficiales del rey habían proclamado en alta voz su sentencia. El conde Ordóñez y sus sobrinos habían sido declarados infames y deshonrados. Don Rodrigo quedaba limpio de toda vergüenza y deshonor.

Cuando concluyó la solemne ceremonia, don Alfonso descendió de su trono y se dirigió al Cid:

—Don Rodrigo, la justicia de vuestra causa está probada, tal y como supuse desde el principio. ¡Sois el más noble hijo de Castilla! ¡Que todos mis vasallos sepan que mi admiración por el Cid no conoce límites!

El Campeador quiso arrodillarse ante su señor en señal de respeto y agradecimiento, pero el rey no se lo consintió. Lo detuvo a mitad del movimiento y, atrayéndolo hacia sí, lo abrazó estrechamente. Atrás quedaban los recelos y los resquemores. El buen vasallo había encontrado en don Alfonso un buen señor.

—Majestad —dijo don Rodrigo con voz emocionada—, bien sabéis que soy vuestro más leal vasallo y que nunca me he considerado más que uno de vuestros capitanes. Por eso, debo ahora pediros licencia para regresar a Valencia, pues los moros acechan y por nada del mundo me perdonaría privaros de esta brillante perla de vuestra corona.

Los príncipes de Navarra y de Aragón descendieron del sitial que ocupaban y cada uno de ellos ofreció un brazo a doña Jimena. Todo el mundo esperaba que se despidieran con un saludo real, pero lo que hicieron fue arrodillarse ante el caballero victorioso.

—Estos jóvenes caballeros no han estado desocupados desde que intercedieron por vos ante el rey —dijo doña Jimena—. No han dejado de mirar a vuestras hijas ni un momento.

—Y aunque siempre iban cubiertas con sus velos, señor, hemos podido advertir en ellas una belleza de espíritu que exige algo más que admiración —declaró el príncipe de Navarra.

—Son como árboles heridos por un rayo, que crecen más verdes y lozanos la siguiente primavera —añadió el de Aragón.

—Creo que lo que pretenden los príncipes —intervino doña Jimena con una sonrisa— es pedir a nuestras hijas en matrimonio, esposo mío, y convertirlas con el tiempo en reinas.

Don Rodrigo meneó la cabeza con lentitud y los rostros de los príncipes se turbaron tan cómicamente que el de Vivar estuvo a punto de echarse a reír con ganas, como no lo había hecho en muchos meses.

—Alzaos, altezas reales. Me honráis más de lo que merezco, pero en estos momentos ni su padre ni el rey pueden dictar el destino de Sol y Elvira. Esta vez han de ser ellas mismas quienes decidan si desean teneros o no por esposos. Un hombre puede poner cerco a una mujer, pero solo ella está facultada para abrirle las puertas de su corazón y permitir que su enamorado entre a conquistarlo.

Dichas estas palabras, el Cid abrazó a los dos príncipes y marchó hacia sus aposentos, llevando de la mano a doña Jimena de Asturias.

# Atentado en la boda

Don Rodrigo abrigaba la intención de salir de inmediato hacia Valencia, pero como sus hijas habían aceptado a sus nuevos pretendientes, las bodas con los príncipes de Navarra y Aragón en la catedral de Burgos aplazaron su regreso un mes entero.[42] Tenía que partir el pan en el banquete de bodas y brindar con buen vino por la felicidad de Sol y Elvira.

Durante el baile que siguió a la ceremonia, una luna llena, envuelta en un intenso halo, se levantó sobre los campos de trigo, y la silueta monumental del castillo se recortó en la noche como una oscura sombra que horadaba los cielos. Las antorchas temblequeaban en los puntos más elevados de las fortificaciones y se confundían con el rutilar de las estrellas. La luz de la luna dibujaba las siluetas de los que bailaban en las grandes tiendas instaladas en la pradera. Una de esas sombras era la de don Rodrigo, alta y estrecha de cintura, fácilmente reconocible por su abundante melena y su larga barba. Se hallaba ajeno al baile. Aunque de vez en cuando bebía un sorbo de vino, tenía sus pensamientos fijos en Valencia. Sabía que los moros no tardarían en intentar resarcirse de su derrota.

Fuera, en la oscuridad de la noche, el conde Ordóñez se veía privado de asistir al baile y beber vino. Su prestigio familiar se había desmoronado, sus banderas estaban hechas jirones, su apellido mancillado sin posibilidad de redención y todas sus propiedades expropiadas por el rey. Las únicas posesiones que le quedaban eran la vergüenza y la infamia. Sus amigos evitaban su compañía y sus servidores le habían cerrado las puertas de su casa en sus mismas narices. Muño Gustioz, el vulgar vasallo de un «bastardo», ni siquiera le había honrado con el filo tajante de su espada. Para un caballero no había derrota más severa que la clemencia ni peor insulto que el oprobio\* de ser perdonado.

Los gusanos que habitaban bajo tierra no se movían con más sigilo que el conde Ordóñez. Llevaba un puñal en la mano, desprovista de anillos para que su puño no reflejara el resplandor de la luna, y había oscurecido con brea\* la hoja del arma para que pasase desapercibida. Por eso las manos del conde se volvieron negras cuando levantó el cuchillo con los puños entrelazados como un monje en pleno rezo. La lona de la tienda rozaba la espalda del hombre que estaba en su interior. No lo cubría armadura alguna ni la malla de acero de una loriga. Solo la lona de la tienda y la seda de su brial protegían la espalda del Campeador.

El conde asestó el golpe con los ojos encendidos por la rabia. Después, retiró la mano con premura: a través de la lona, sus dedos habían notado el estremecimiento del cuerpo de un hombre.

—¿Ya está? —preguntó el jinete que lo esperaba entre los árboles, sosteniendo las riendas del veloz caballo del conde.

—Es propio de un cobarde apuñalar a un hombre por la espalda —admitió Ordóñez con un murmullo vacilante.

—Pero, ¿lo habéis hecho, *sidi* Ordóñez?

—Hecho está.

Un resplandor de dientes blancos disiparon la oscuridad del rostro del moro.

—Muy bien —dijo—. Habéis cumplido los designios de Alá. El ladrón de Valencia ha muerto. Y el deshonor ha hecho presa en las manos de un cobarde perro cristiano.

—¿Padre? ¿Estáis bien, padre? —exclamó Sol que, tras abandonar el baile, había ido a reunirse con don Rodrigo.

El caballero seguía de pie, con el cuerpo muy erguido y la espalda contra la lona de la tienda, pero la copa colgaba de su mano sin fuerza y el vino goteaba sobre la hierba. El rostro del Cid estaba mortalmente pálido y tenía una expresión ensimismada.

—Sí, sí —dijo—. ¿Puedo pedir vuestra ayuda, hija mía? Desenvainad mi espada, por favor.

Estaba intentando sacar a Colada de su vaina, utilizando una sola mano. Sol la sacó con rapidez y se la ofreció por la empuñadura.

—No, en mi mano izquierda, pequeña; ponla en mi mano izquierda.

La música cesó. El baile quedó interrumpido. Un centenar de rostros se volvió hacia el Cid. Su mano rodeó por completo la empuñadura de la gran espada; se giró; dirigió su arma hacia la lona de la tienda, a su espalda, y la rasgó como si fuese la piel de un tambor. Y, al igual que en el interior de un tambor, no había nada detrás, salvo aire y oscuridad.

Por un instante, los invitados pensaron que don Rodrigo había sorprendido a un intruso, pues la lona de la tienda estaba manchada de sangre.

—¡Un espía! —gritaron—. ¡El Cid ha matado a un espía!

Pero entonces distinguieron el pequeño puñal clavado en su espalda y el desgarrado trozo de la tienda flameando al viento. El aire de la noche pareció penetrar en el breve recinto cada vez más frío, como el agua en una nave perforada que comienza a hundirse.

—¡Id a buscar una litera\* para mi esposo! —exclamó doña Jimena entre una confusión de voces—. ¡Id a buscar una litera y a un cirujano!

Poco después encontraron al conde Ordóñez. Yacía en un bosque cercano, entre los árboles. Su garganta había sido seccionada de un tajo limpio, ejecutado con una daga mora.

—No es nada —dijo el cirujano del rey—. Se trata de un simple arañazo. No debéis preocuparos.

El rostro del cirujano estaba surcado por mil arrugas, como si hubiese pasado demasiado tiempo en la dañina atmósfera de su gabinete con humeantes mezclas de olores: sudor, linimentos, incienso quemado… Procedió a guardar sus instrumentos con mango de hueso en sus ordenados estuches, y se detuvo un instante para acariciarlos con orgullo.

—Bastarán unas semanas de descanso y curas con ungüento de aceite rosado de arrayán,* manzanilla, cera y bol arménico* para que recuperéis por completo la salud. Según me han dicho, el propio rey está oyendo una misa por vos en este preciso instante. Debéis de ser un gran hombre, señor.

—Tengo que salir enseguida hacia Valencia —dijo don Rodrigo febrilmente—. Los moros están preparándose, o tal vez hayan zarpado ya. No podemos perder una ciudad por la que se ha derramado tanta sangre.

Doña Jimena se llevó su pañuelo a la boca.

—No podéis viajar a Valencia, amor mío. El buen doctor dice que debes descansar. Decídselo vos, señor, decidle que no puede viajar.

—Desde luego, no es lo más conveniente —dijo el cirujano—. Si se tratara de un corto viaje..., pero Valencia está muy lejos. La herida no es grave, pero la hoja del cuchillo no estaba limpia. Con reposo y cuidados, se curará sin demasiados problemas. Pero de no ser así...

Hizo un vago gesto cargado de pesimismo, que convirtió la sonrisa nerviosa de sus labios en una especie de mueca trágica.

Al pie de la escalinata, el cirujano se encontró con don Alfonso, que regresaba de la capilla real.

—¿Han sido atendidas nuestras oraciones? —preguntó el rey.

El cirujano rió nerviosamente.

—La herida no es demasiado grave, pero don Rodrigo se empeña en partir hacia Valencia. En ese caso, las cosas podrían complicarse.

El rey se apartó con gesto sombrío.

—¡Siempre tan obstinado! —dijo don Alfonso entre dientes mientras el cirujano se alejaba.

Con agónica lentitud, la comitiva del Cid emprendió viaje hacia Valencia. En la litera de don Rodrigo se colocaron cuatro jergones de pluma. Los baches de los caminos fueron rellenados y las piedras eliminadas para evitarle sacudidas a su cuerpo. Noche y día, sus oficiales se turnaban para hacerle compañía y cambiar opiniones con él. Después de dejar Castilla, el Campeador se negó en redondo a dormir.

—Adelantaos, Álvar Fáñez —ordenaba—. Almacenad provisiones para el sitio. Comunicad a la guarnición que Yúsuf va a asediarnos.

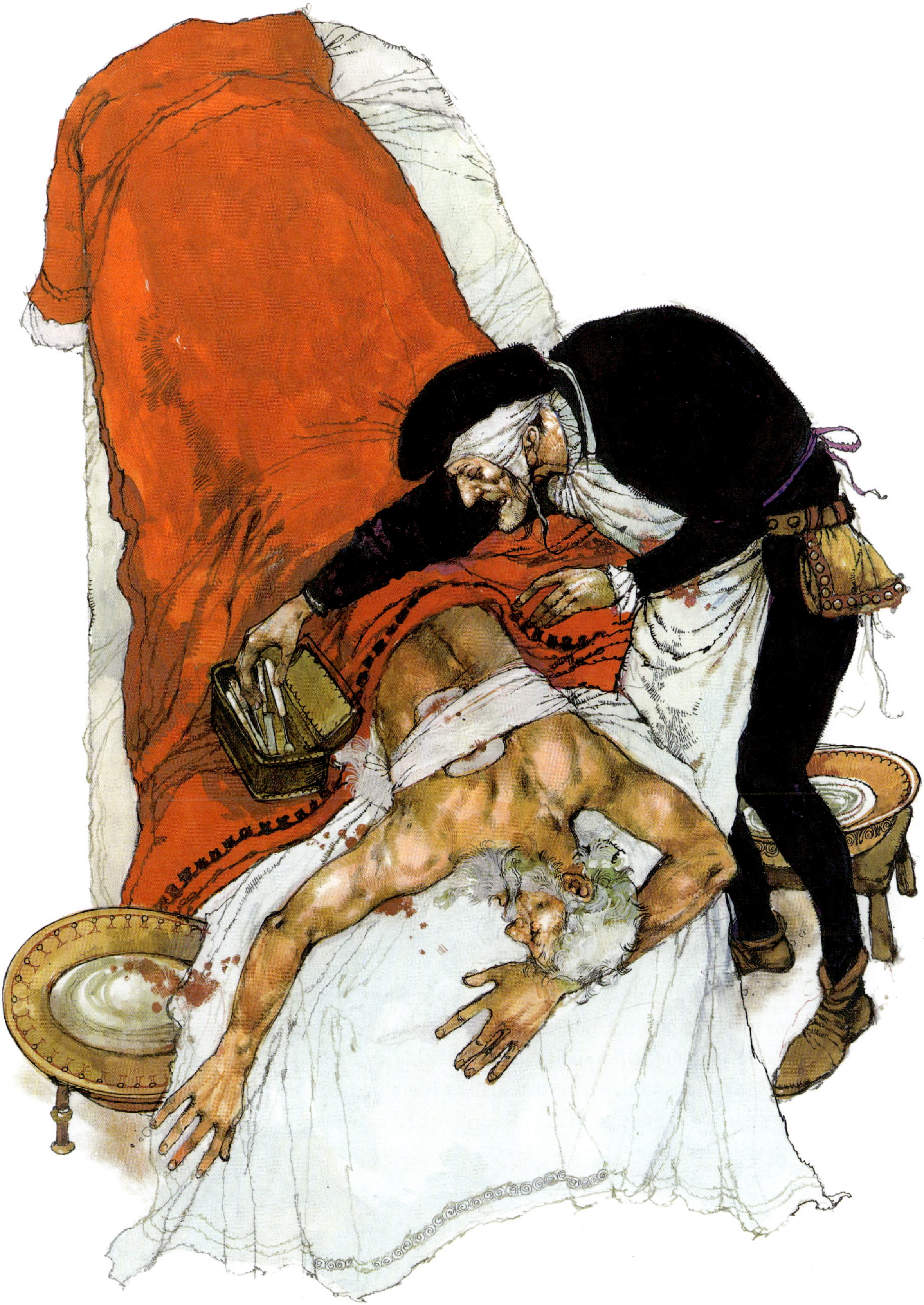

—Será mejor que vuestros hombres lo oigan de vuestros propios labios, señor —respondía su lugarteniente—, porque así advertirán que vuestras heridas carecen de importancia. Dejad que permanezca con vos.

—No, adelantaos, Álvaro. Las noticias de mi herida deben de haber llegado ya a Marruecos. Mejor es que en Valencia estén todos algo inquietos a que el rey Yúsuf los sorprenda durmiendo plácidamente.

El Cid estaba en lo cierto. Del mismo modo que el viento sacude la arena de las ropas de un beduino, así la llamada del rey Yúsuf estremeció a todos los soldados en cada pliegue de su desértico reino. Valencia tenía que ser reconquistada y ahora nada impediría al ejército moro ejecutar tal hazaña.

La noticia de la grave herida del Cid casi entristeció al rey marroquí: había jurado enfrentarse una vez más con aquel hombre en el campo de batalla para demostrarle cuál era la voluntad de Alá. Pero recompensó al mensajero que le llevó la noticia, feliz de que tal vileza no hubiera sido ejecutada por una mano musulmana. Yúsuf no guardó en secreto la fecha de la partida de su flota. Le constaba que tal noticia iba a causar mayor pavor en la guarnición de Valencia que la más profunda herida de espada.

Las nuevas que siguieron eran que el Cid aún no había muerto. El rey Yúsuf embarcó en sus naves al tiempo que gritaba:

—¡Desplegad todas las velas, marineros, que el viento es favorable! ¡No permitáis que ese ladrón infiel llamado Cid encuentre su lecho de muerte en la ciudad de Alá!

Pero al cabo de unas horas el viento amainó y las velas quedaron abatidas. Los moros prorrumpieron en maldiciones y cogieron los remos.

—Los caminos de Alá son inescrutables* —dijo el rey, enfurruñado con el cielo.

Aunque con lentitud y precaución al principio, la comitiva fue avanzando con mayor rapidez a medida que se acercaba a Valencia. Pese a las quejas de doña Jimena, la inquietud del Cid había acabado por contagiarse a todos y hasta los mulos que sostenían la litera parecían acelerar el paso. Por ello, aunque la herida de don Rodrigo parecía mejorar, no acababa de cerrarse del todo.

Al cabo, las murallas de Valencia aparecieron en el horizonte a guisa de saludo. Los minaretes parecían inclinarse hacia la comitiva para hacerle una reverencia a su señor. De lejos, la ciudad parecía triste, ensombrecida por una nube tan negra como el ala del ángel de la muerte. Pero conforme se aproximaban, la ciudad se fue iluminando para celebrar la vuelta a casa de su salvador. A lo largo de las calles, todas las gentes clamaban y vitoreaban el regreso del Cid a su hogar. Los hombres y las mujeres de Valencia alargaban la mano para tocar la litera en que lo trasladaban y después regresaban a sus casas, y, considerándose a salvo, dormían plácidamente, aunque supiesen que una poderosa flota almorávide se acercaba desde alta mar.

—El Cid conseguirá hacer huir a los moros —decían.

Apenas se hubo recuperado levemente de las grandes fatigas del viaje, don Rodrigo, aunque se resentía de la herida, se reunió con sus capitanes para preparar la defensa de la ciudad, haciendo caso omiso de los ruegos de doña Jimena. Los vigías les habían alertado de que una interminable hilera de puntos blancos había surgido en el horizonte. Era la flota del rey Yúsuf que acudía contra Valencia.

Reunido con sus oficiales en torno a una mesa cubierta de pergaminos garrapateados con cuentas e inventarios, el Campeador comenzó a hacer balance:

—Tenemos alimentos para seis meses, sin sacrificio alguno —dijo con voz cansada, pero firme—. Aun así, será mejor reunir grano, embutidos y pescado en salazón para resistir un año entero. Don Muño, vos os encargaréis de esa misión. Tenemos agua abundante en los aljibes.* No obstante, abriremos nuevos pozos. Que Martín Antolínez se ocupe de ello. Hundiremos en la bocana* del puerto todos los barcos que podamos y tenderemos una gruesa cadena de lado a lado, con el objeto de bloquearlo. Don Pedro, esa será vuestra misión. Y por fin, mandaremos solicitudes de ayuda al conde de Barcelona y a mis dos yernos, los príncipes de Navarra y de Aragón. Don Álvaro, vos coordinaréis todas estas acciones.

Los capitanes del Cid se dispersaron para cumplir con sus obligaciones. Pero, antes de salir, Álvar Fáñez le dijo:

—No debéis preocuparos por nada; dejadlo todo en nuestras manos. Valencia puede esperar a que os repongáis. Curaos y recobrad vuestras fuerzas: eso es todo lo que necesitáis ahora.

Don Rodrigo asintió con una sonrisa. Pero, en cuanto sus caballeros lo dejaron solo, apuró la copa de vino caliente con canela que tenía delante y, tras exhalar un suspiro, salió cojeando de la sala. ¡Tenía que reconocer todas las murallas de Valencia, inspeccionar el arsenal, pasar revista a las tropas e infundirles moral para el combate! Eran tareas que prefería hacer en persona. Y la última de ellas solo podía lograrse con su presencia.

La línea de puntos blancos se había convertido ya en una impresionante flota de más de tres mil velas, dispuesta a arrojar sobre las playas de Valencia a miles de guerreros moros. Las lonas de las naves tenían resplandores fantasmales bajo la luz de la luna, que bañaba las fortificaciones de la ciudad con su luz lechosa. Parecía un palacio de mármol asediado por miles de espectros.

Después de varios días de fatigas sin cuento, Álvar Fáñez regresaba a Valencia tras haber agrupado los refuerzos llegados de los reinos cristianos en Morella, la inexpugnable plaza fuerte que defendía el norte del señorío del Cid. Regresaba satisfecho. Todos los planes del Campeador se habían llevado a cabo y Fáñez traía ahora a jóvenes y valientes soldados dispuestos a defender la ciudad hasta la muerte. Solo una cosa le preocupaba, y era el enconamiento* que la herida del Cid había sufrido, debido al continuo ajetreo de aquellos duros días. Sin embargo, al llegar a Valencia todo parecía tranquilo. Incluso había cierto aire festivo en el ambiente, aumentado por el balsámico olor de azahar que los naranjos en flor expandían por toda la huerta valenciana.

Cuando llegó al palacio, el lugarteniente se encontró con los otros capitanes del Campeador y con el obispo don Jerónimo. Conversaban tranquilamente, de sobremesa después de la cena. Don Rodrigo, le dijeron, se había retirado temprano a descansar, pues al día siguiente los moros desembarcarían y era preciso acopiar fuerzas para hacerles frente. Don Álvaro aceptó una copa de vino y les informó de las tropas que traía consigo. El ambiente era de calma y satisfacción.

—Subiré un momento —dijo Álvar Fáñez— a comunicar las nuevas a don Rodrigo.

—Te acompañamos a darle las buenas noches.

Entraron en silencio para no turbar a su señor. Parecía que estaba profundamente dormido, pero aun así se arrodillaron en señal de respeto. Nadie se atrevió a mirar el rostro de don Rodrigo, por temor a encontrar en él señales de sufrimiento.

Álvar Fáñez se disponía a repetir todo lo que ya había dicho acerca de las medidas tomadas para afrontar el sitio cuando doña Jimena le tocó un hombro y dijo:

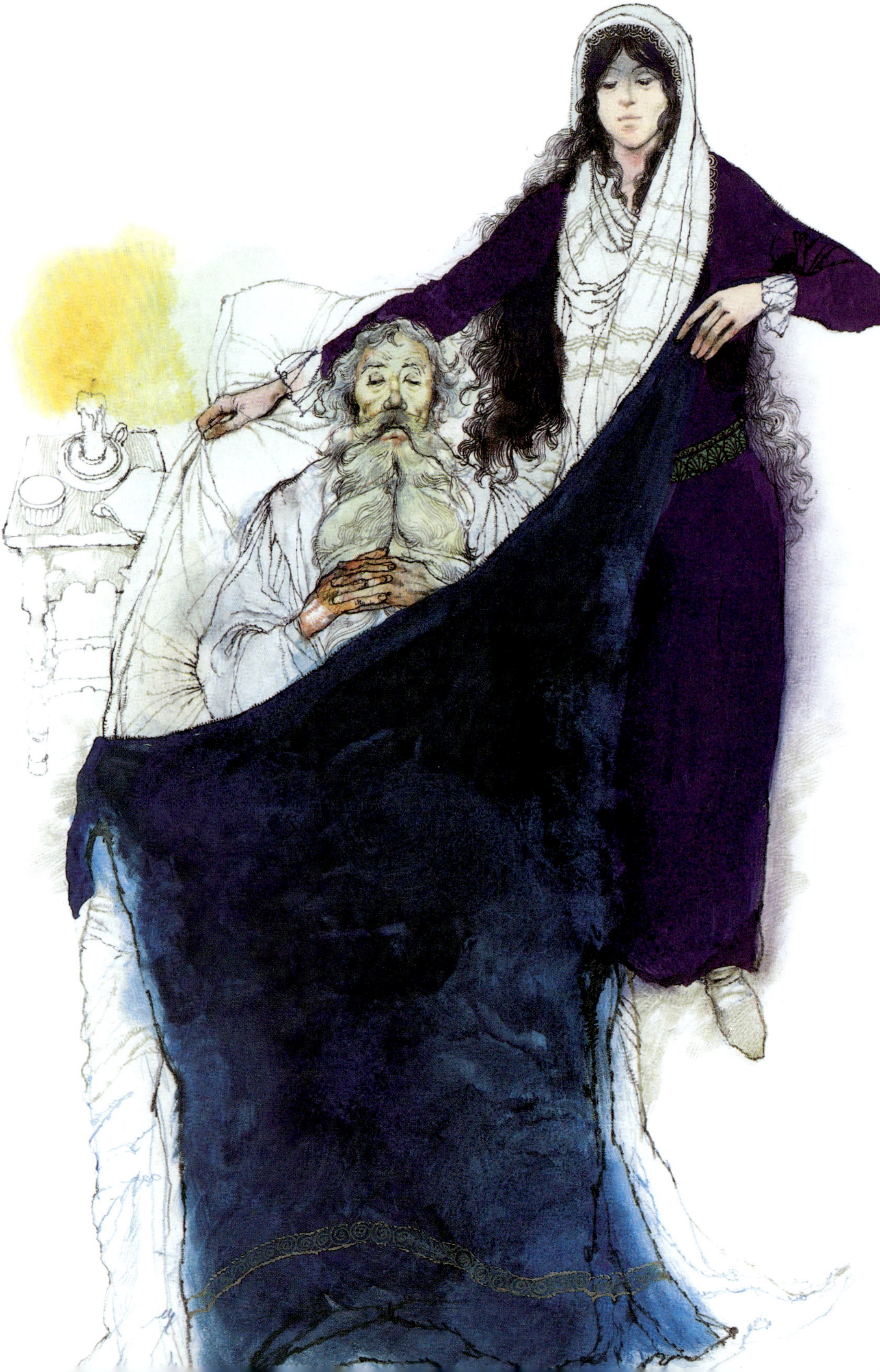

—Habéis actuado muy bien, don Álvaro. Habéis hecho todo lo que estaba en vuestra mano. Ahora, idos y descansad. Os prometo que mi esposo no alberga preocupaciones de ningún género. Pero os agradecería a todos, caballeros, que esta noche rezarais por él, antes de iros a dormir.

—¡Naturalmente! ¡Una oración para rogar por su rápido restablecimiento! —aventuró Álvar Fáñez con entusiasmo.

—No, no, caballeros: una oración por su alma.

Doña Jimena se acercó al lecho y retiró la sábana que cubría la cara del Campeador. Su cofia de lino aparecía tan arrugada como si acabara de quitarse la cota de malla, y su cabello grisáceo y su barba se esparcían sobre sus hombros y sobre su pecho como la semilla del algodón que se ensancha al madurar. Doña Jimena puso una de sus manos sobre la mejilla de su marido, y luego se levantó el velo para poder ver mejor su rostro:

—El Cid ha regresado a Valencia, caballeros —dijo—, pero mi amado esposo está en un lugar todavía mejor: en compañía de los ángeles, ha puesto sitio al trono de Dios. Don Rodrigo Díaz de Vivar ha muerto hace una hora.

# A caballo hasta el fin del mundo

—¿Que nuestro señor ha muerto? —exclamaban las gentes al conocer el fatal desenlace de don Rodrigo.
—¡El señor de Vivar ha muerto!
—¡El Campeador ha muerto!
—¡El Cid ha muerto!

Un grito de dolor atravesó Valencia, sofocó la garganta de sus habitantes, acalló el rumor de las fuentes y estremeció los altos minaretes. Sobre las murallas de la ciudad, los centinelas izaron grandes banderas negras que, en la noche, flamearon invisibles como las alas del ángel de la muerte, mientras las campanas de la catedral de Santa María parecían tañer con un son mortecino: «¡El Cid ha muerto!».

Ciento cincuenta mil guerreros moros que habían acampado en la huerta madrugaron al amanecer para contemplar el magnífico perfil de la hermosa ciudad al retirarse las sombras de la noche. Cuando distinguieron las negras enseñas, un sordo murmullo se extendió por toda la llanura hasta convertirse en un eco festivo y en una unánime expresión de alegría. Los moros bailaban descalzos sobre el rocío y batían los gastados pellejos de sus tambores mientras cantaban: «¡El Cid ha muerto! ¡El Cid ha muerto!».

Espías y aterrorizados desertores emergían de los pies de las murallas de la ciudad y confirmaban sus mejores esperanzas: el Cid estaba muerto, el Cid había muerto.

Doña Jimena veía a los guerreros moros bailar desde su ventana. Ante aquel frenético ir y venir de la danza, Valencia aparecía tan frágil como un castillo de arena socavado por el cercano mar: un certero empujón y caería en su totalidad, y los hombres y las mujeres del Cid serían arrastrados por una marea de sangre.

—Doy gracias a Dios por tener a nuestras hijas felices y a salvo —dijo doña Jimena junto a la cama de su esposo; pero no hubo respuesta—. Nos encontramos perdidas sin ti, querido mío. Sin tu protección, ¿qué puede salvarnos ya?

La brisa levantó la cortina que velaba la ventana y un rayo de luz hirió la cota de malla de don Rodrigo, extendida sobre una silla, arrancándole vivos destellos. Doña Jimena volvió la vista hacia aquel brillo. Allí estaba la loriga que su marido había vestido en tantos combates victoriosos, que había lucido orgulloso cuando salió a recibirla a su llegada a Valencia blandiendo el bohordo* a lomos de Babieca. Ya nunca se la vestiría, ya nunca cubriría los recios miembros de su esposo…

Al cabo de un rato, doña Jimena solicitó a un centinela que avisara al obispo don Jerónimo para que fuese a verla. El prelado entró en la habitación cubierto con su sobrepelliz* y su capa pluvial y acompañado por un pequeño monaguillo, que hacía oscilar un incensario con una cadena. Sólo pensaba en el modo de consolar a doña Jimena. Al abrir la puerta de la habitación, el monaguillo lanzó un grito, dejó caer el incensario y salió corriendo de allí. Don Jerónimo lo llamó con aspereza y el monaguillo, aunque amedrentado, regresó al cuarto. Allí, frente a él, se hallaba la imponente figura del Cid, sentado en una silla y vestido con su loriga. Inclinada bajo el brazo derecho del guerrero se encontraba su esposa, despeinada y empapada de sudor, con su largo cabello suelto y enmarañado.

—Es demasiado pesado para mí —se lamentó jadeando.

El obispo dejó su salterio* y acudió a ayudar a doña Jimena. Colocó el otro brazo del Cid alrededor de su cuello y dijo:

—¿Qué locura es ésta, señora? ¡Por más que lo intentemos, no podemos devolverle la vida! ¿Acaso el dolor os impide comprenderlo?

—No es tiempo de lamentaciones, señor obispo —musitó Jimena, con el rostro deformado por el esfuerzo—. Me queda el resto de mi vida para hacerlo. Ayudadme a llevarlo escaleras abajo. Cuantos menos nos vean, mejor.

Era una especie de pesadilla llevar aquel peso muerto y frío por las escaleras de caracol. Los pies sin vida de don Rodrigo se arrastraban por los peldaños de piedra dando golpes a cada paso. Por fortuna, había una cabria* encima de la puerta trasera; de otro modo, habría sido imposible subir al Campeador encima de su caballo. Babieca abrió los ojos con asombro, mordisqueó el bocado y abrió sus ollares* al notar el extraño olor del jinete, cuyos pies no se movían en los estribos y cuyos muslos permanecían rígidos en la silla.

Doña Jimena y el obispo no necesitaron apoyo alguno para mantener recta la espalda de don Rodrigo, pues la muerte deja rígidos los cuerpos y confiere a los cadáveres un porte altivo. Introdujeron el cuento de la lanza del Cid entre el pie y el estribo, para que se mantuviese sujeta, y aferraron su mano al asta por el lugar más alto posible para que el brazo derecho del jinete quedara estirado por completo. Después pasaron una soga por el vientre del caballo para atar los dos pies del Cid a los estribos, ligaron sus pantorrillas a la silla de montar y amarraron entre sí el cinto, la grupera* y el arzón. Y para evitar que la cabeza de don Rodrigo cayese hacia delante, enlazaron a la espalda el ventalle del almófar, dejando al descubierto su impresionante barba. Por fin, doña Jimena y el obispo se retiraron unos pasos, sudorosos y en extremo cansados.

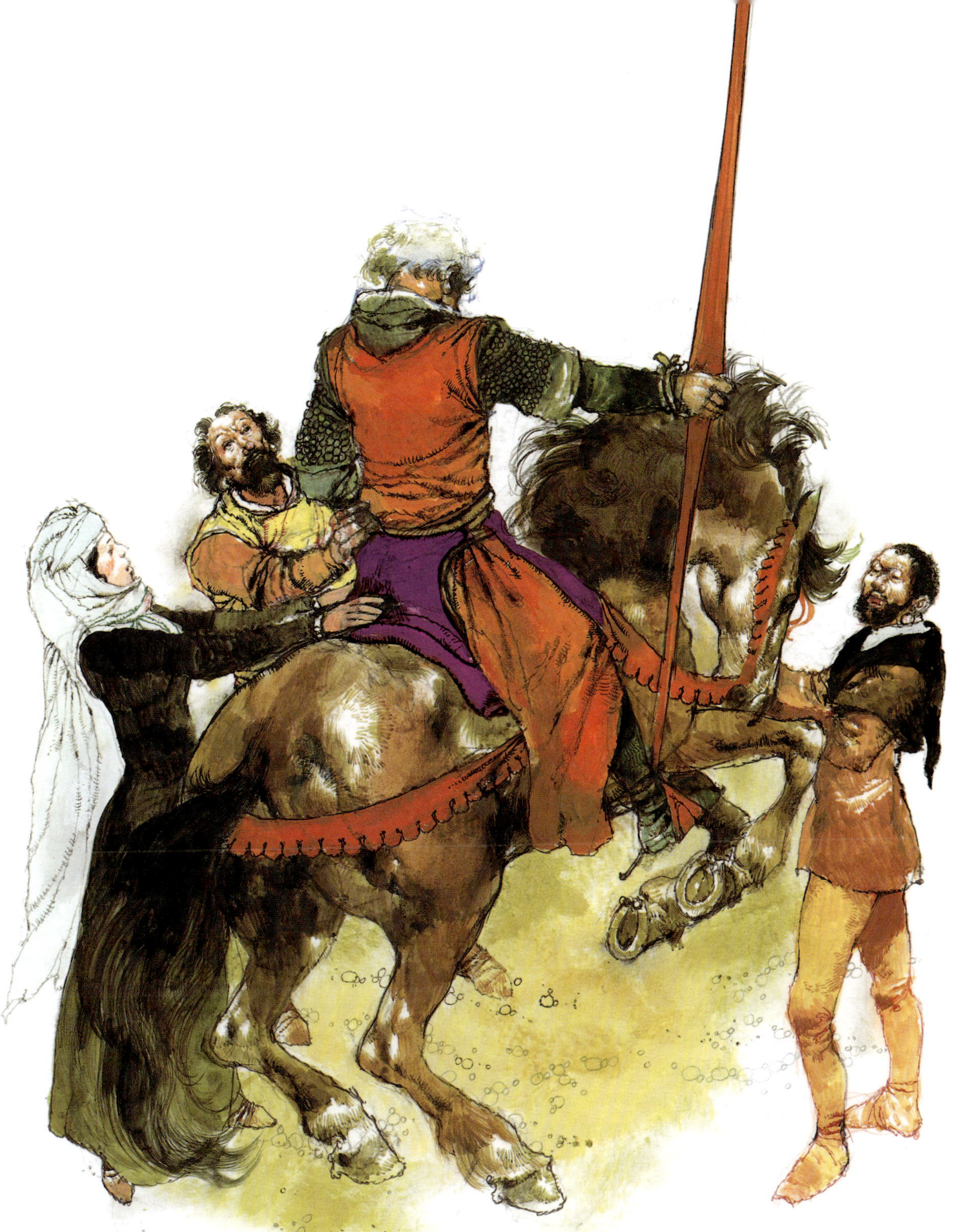

—Abridle los ojos —dijo doña Jimena con frialdad.

Su rostro estaba aún más pálido que el del jinete.

—¡Señora, por amor de Dios! —replicó el obispo—. ¡El último servicio que un hombre solicita es que aquellos que le aman cierren sus ojos al morir! ¿Deseáis acaso que vuestro esposo cabalgue hacia la eternidad con los ojos abiertos de par en par?

—¡Abrid sus ojos! —gritó de nuevo doña Jimena, cuyo rostro estaba más pálido que el del jinete.

La ciudad comenzó a bullir. Tristes y sin esperanzas, los habitantes de Valencia se levantaron antes del amanecer, como si no quisieran perder el poco tiempo que les quedaba dedicándolo al sueño. Uno por uno, los leales caballeros del Cid acudieron al palacio y se reunieron en la sala de audiencias, con la intención de darle el pésame a su viuda y hacer todo lo posible por consolarla.

—Entonces, ¿efectuamos una carga de caballería? —preguntó Pedro Bermúdez con cara de haber dormido poco.

—Es mejor lanzarnos ahora sobre las espadas de los moros que morirnos de hambre dentro de uno o dos años —opinó Álvar Fáñez.

—Es preferible entrar en el cielo justo después que el Cid —dijo Martín Antolínez.

—Primero, voy a presentar mis respetos a doña Jimena y al cadáver del Campeador, y después me lanzaré contra los moros y moriré luchando en nombre de Valencia y del Cid —rugió Muño Gustioz.

Pero, cuando los hombres del Campeador entraron en la estancia en la que había convalecido don Rodrigo, Álvar Fáñez gritó:

—¡Ha desaparecido! ¡No está en su cama! ¡Su loriga ha desaparecido, y su esposa tampoco está!

Los hombres del Cid salieron corriendo de palacio, montaron sus caballos y cabalgaron de un lugar a otro como alma que lleva el diablo. Al final, todos coincidieron en las puertas de la ciudad. Álvar Fáñez no pudo impedir exclamar a gritos:

—Don Rodrigo, señor, ¿dónde estáis?

Entonces las celosías se retiraron y las puertas se abrieron y toda la ciudad se desperezó. Cuando los jinetes distinguieron a doña Jimena, al obispo y a otra figura montada con la mano derecha aferrada a su lanza, todos experimentaron una esperanza súbita y confiaron en la posibilidad de un milagro. Los guerreros abandonaron su miedo y su sentido común, dejaron de creer en la muerte y encaminaron sus caballos hacia las puertas de la ciudad con el mismo brío de quien avanza hacia el umbral del Paraíso.

Las pesadas puertas estaban firmemente atrancadas, pero una poterna* abierta a la sombra de una torre podía abrirse con facilidad. Las costillas de Babieca casi tocaban las paredes del estrecho pasillo y el remate dorado del yelmo del Cid arañó la clave* de la pequeña bóveda. Al oír el sonido de las herraduras tras él, Babieca se animó y atravesó la puerta a buen paso. Los capitanes de don Rodrigo lo siguieron, agachándose en sus sillas para evitar golpearse con el arco. Babieca sintió la inminencia de la batalla y, estirando el cuello, emprendió una carga desesperada y brutal.

Cuando los moros quisieron darse cuenta, la incursión ya les había invadido el campamento, una furiosa galopada* a la luz del sol naciente. Al salir de sus tiendas, veían a contraluz la silueta de los jinetes que se acercaban. Al frente, distinguieron la figura del guerrero que comandaba la incursión. Portaba una larga lanza en la mano derecha y una pesada espada colgada de la cintura. Su pálida cota brillaba al sol como la piel de una serpiente y su cabellera y su barba ondeaban al viento y se encendían como una corona alrededor de su cabeza. Cuando el jinete estaba a punto de llegar hasta ellos, los guerreros moros descubrieron sus escuálidas facciones, su cráneo trasijado,* sus dientes apretados, sus ojos castaños con reflejos de miel abiertos con desmesura y los pálidos nudillos de la mano que sostenía la lanza. La visión les heló la sangre.

—¡El Cid! —gritaron—. ¡El Cid está vivo!

Babieca pisoteó con sus cascos los pies de los guerreros moros y pareció decirles: «¡El espíritu del Cid sigue vivo!». Paralizados por el miedo, los moros se encomendaban a Alá y gritaban:

—¡El espíritu del Cid sigue vivo!

Cuando Babieca los derribaba al suelo, ninguno de ellos trataba de huir ni desenvainaba su espada: aquellos guerreros estaban tan paralizados por el terror que se limitaban a postrarse de rodillas y a rezar por sus almas. Los oficiales cristianos los segaban como malas hierbas, los machacaban como glebas,* les daban muerte sin ninguna piedad. Aunque Álvar Fáñez y Pedro Bermúdez, Martín Antolínez y Muño Gustioz fueron cayendo de uno en uno por obra de las espadas o las lanzas, las flechas o las dagas, ningún moro se atrevió a mirar la cara de los jinetes que ostentaban el mando. Se limitaban a cubrir sus rostros con sus capas y a lamentarse:

—¡El espíritu del Cid ha venido a por nosotros!

Los guerreros de la retaguardia arrojaron al suelo sus alfanjes,* montaron a toda prisa en sus caballos y emprendieron un galope velocísimo. Los jinetes abandonaron sus cascos junto a los árboles y no se detuvieron ni siquiera al llegar al mar. Siguieron cabalgando hacia delante, entre salpicaduras de espuma, con sus caballos relinchando de miedo. Algunos fueron detenidos por sus caudillos, pero no por ello cesó la deserción. ¿Cómo iba a importarles a aquellos guerreros la violencia de sus superiores cuando los amenazaba un espíritu sobrenatural?

—¿No os dais cuenta? —gritaban a sus oficiales—. El espíritu del Cid ha venido a buscarnos. Él nos dará muerte y nos enviará al infierno.

Aterrados, también los caudillos moros emprendieron la huida. El rey Yúsuf se encontraba todavía tendido en su tienda, cuya lona estaba decorada desde su borde inferior a la corona con inscripciones arábigas: «Gloria a Alá, el Grande, el Victorioso». A la pálida luz de la mañana, las sombras de aquellos bordados cayeron sobre él como lagartos reptando sobre su cabeza. El rey experimentó un escalofrío sin saber por qué. Fue entonces cuando oyó el griterío. Tomó su espada, salió de la tienda y pidió su caballo. De repente vio al jinete, vio su mano alzada, vio su espada sin desenvainar, vio sus ojos castaños con reflejos de miel, porque su tienda estaba cruzada en el camino de Babieca.

—Alá es el Dios de los vivos y los muertos. Tú no eres ningún espíritu.

Se dirigió a aquellas pálidas, contraídas facciones y, levantando su espada por encima del hombro, a guisa de jabalina, la lanzó directamente hacia el corazón del Cid. La hoja penetró en el pecho del caballero a pesar de la loriga, rompió sus carnes y sus costillas, se alojó en su frío y adormecido corazón, y salió luego por la espalda. Babieca no aminoró el paso, pero el cuerpo del Cid no se movió de su silla. Ni siquiera se produjo un parpadeo en sus inmóviles ojos castaños mientras seguía avanzando hacia el rey mu-

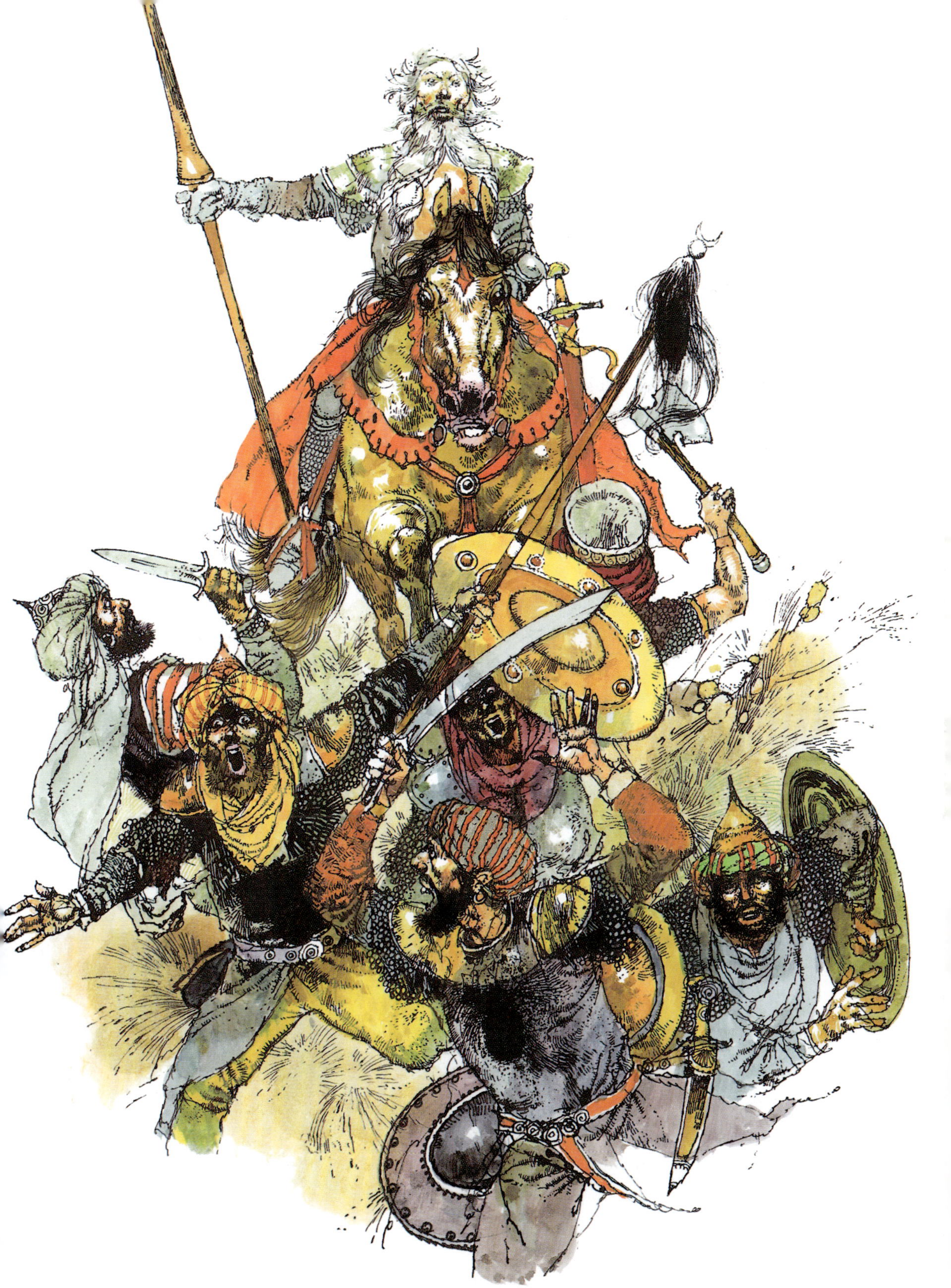

sulmán. Y la tercera espada que recibió en su corazón podía rivalizar en belleza con sus dos grandes aceros, llamados Colada y Tizona.

Tras el paso devastador de aquel jinete solitario, Yúsuf quedó tumbado sobre la hierba. El rey agonizaba bajo la lona de su tienda, en la que se leían las oraciones, y murmuró:

—Ya voy, Cid, voy a luchar contigo por toda la eternidad, siempre a la mayor gloria de Alá.

El mar parecía bullir por las frenéticas brazadas de los guerreros musulmanes. Los barcos anclados lejos de la costa zozobraban* bajo la carga de fugitivos que intentaban subir a bordo. Las piedras de Valencia lo observaban todo con impávido* silencio, y los naranjos gruñían al impulso de una naciente ventolina.

Muy lejos del caótico terror de la bahía, un jinete solitario proseguía su inexorable camino. Hundido en la arena hasta los corvejones,* Babieca desafiaba los dedos de la rompiente que acariciaban sus pezuñas. El sol se levantaba cada vez más alto y lo chamuscaba todo bajo la capa de bruma blancuzca producida por el calor. Pero el caballo y el jinete se iban perdiendo en la luz vacilante: las huellas de sus cascos se extinguían entre las ávidas olas del mar.

Aunque doña Jimena envió hombres de confianza a buscar por las lejanas costas y por los bosques del interior, nunca se encontró huella alguna de aquel hombre llamado el Cid.[43] Ninguna tumba acogió su cuerpo; ningún lugar del camposanto pudo reunir a su alrededor a aquellos que tanto lloraron su muerte. Sin embargo, la tierra no logró borrar las facciones de su rostro ni el tiempo ha conseguido apagar el recuerdo de aquel guerrero invencible.

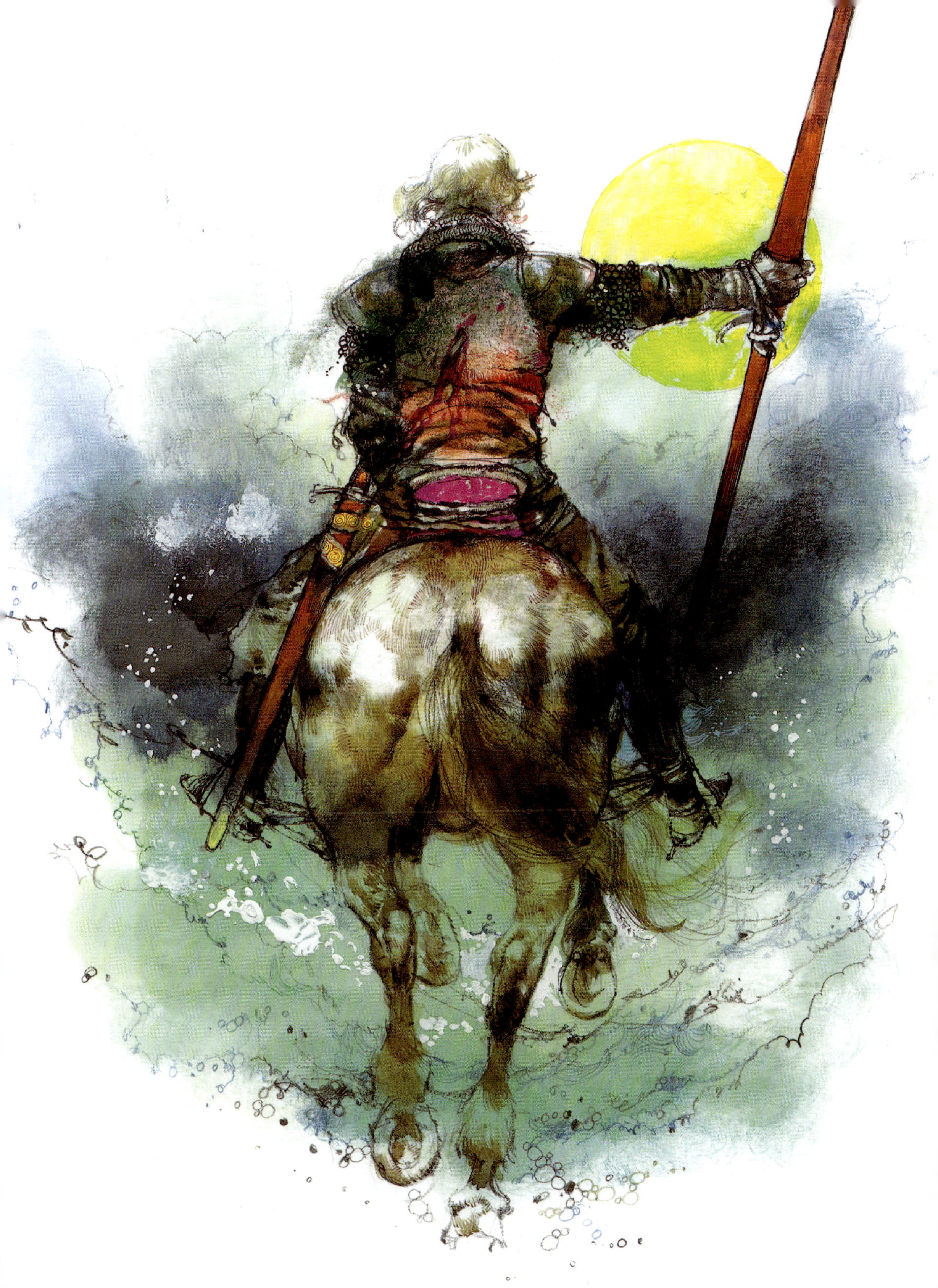

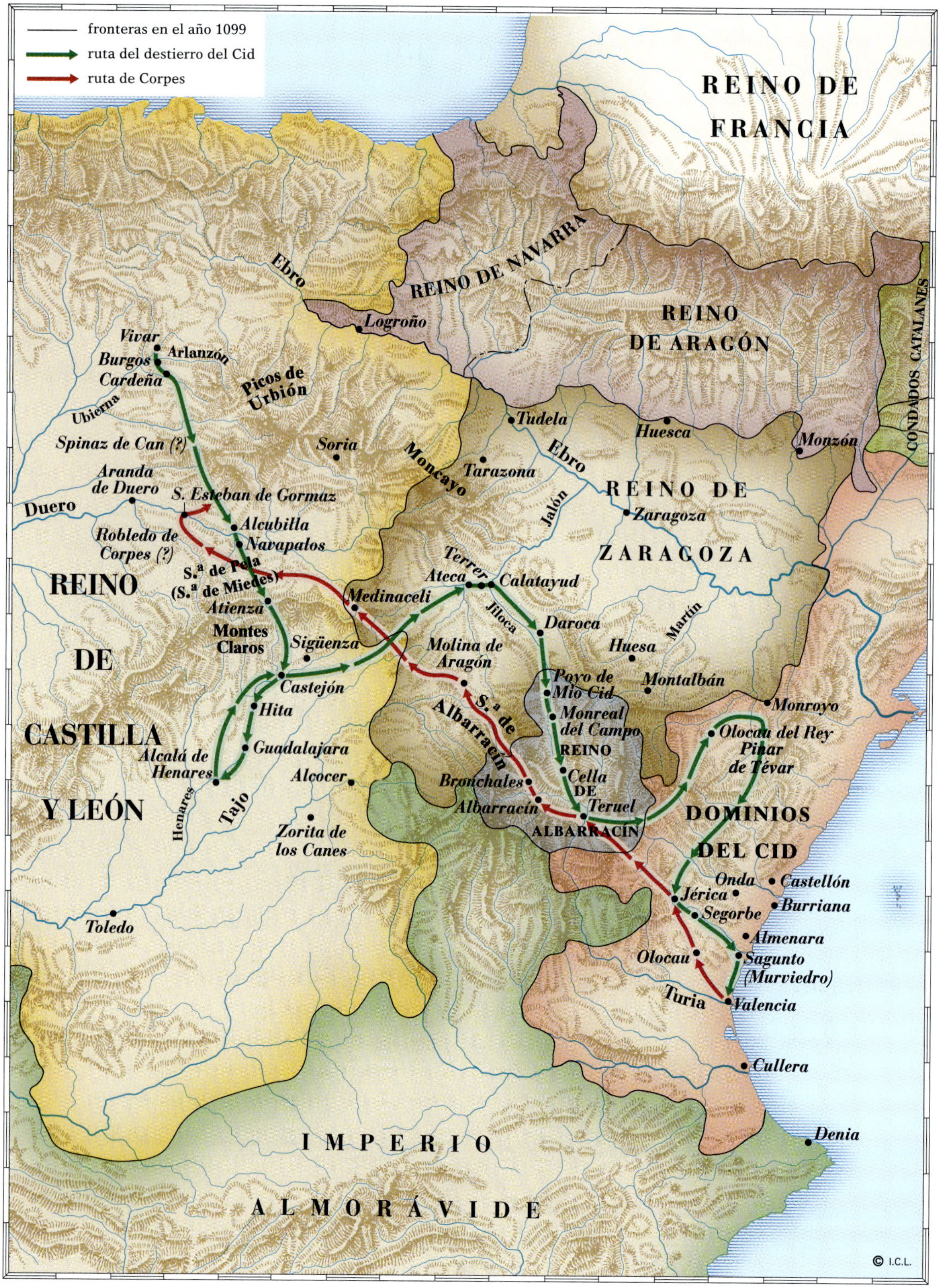
fronteras en el año 1099
ruta del destierro del Cid
ruta de Corpes
REINO DE FRANCIA
REINO DE NAVARRA
REINO DE ARAGÓN
CONDADOS CATALANES
REINO DE ZARAGOZA
REINO DE CASTILLA Y LEÓN
REINO DE ALBARRACÍN
DOMINIOS DEL CID
IMPERIO ALMORÁVIDE
Ebro
Logroño
Vivar
Burgos
Arlanzón
Cardeña
Ubierna
Picos de Urbión
Spinaz de Can (?)
Soria
Moncayo
Tudela
Tarazona
Huesca
Monzón
Aranda de Duero
Duero
S. Esteban de Gormaz
Alcubilla
Navapalos
Robledo de Corpes (?)
S.ª de Pela (S.ª de Miedes)
Atienza
Montes Claros
Sigüenza
Medinaceli
Ateca
Terrer
Calatayud
Jalón
Zaragoza
Jiloca
Daroca
Martín
Huesa
Molina de Aragón
Castejón
Hita
Guadalajara
Alcalá de Henares
Henares
Tajo
Alcocer
Zorita de los Canes
Toledo
S.ª de Albarracín
Poyo de Mío Cid
Monreal del Campo
Montalbán
Monroyo
Cella
Bronchales
Albarracín
Teruel
Olocau del Rey
Pinar de Tévar
Onda
Castellón
Jérica
Burriana
Segorbe
Almenara
Olocau
Sagunto (Murviedro)
Turia
Valencia
Cullera
Denia
© I.C.L.

# VOCABULARIO

**abigarrada:** multicolor.

**acémila:** mula de carga.

**adarve:** camino situado detrás del parapeto y en lo alto de una fortificación.

**advenedizo:** se aplica a una persona que ocupa un lugar que no le corresponde.

**alcurnia:** abolengo, circunstancia de tener ascendencia noble.

**alborga:** calzado rústico parecido a la alpargata, hecho de soga o esparto.

**alevoso:** en la Edad Media, era el que cometía traición, entendida como la acción innoble que consiste en causar daño a un amigo o a quien confía en uno.

**alfanje:** sable corto usado por los musulmanes, de hoja ancha y curva, con filo solo por un lado.

**alféizar:** repisa que forma el muro en la parte inferior de una ventana.

**alforjas:** banda de tela fuerte que forma dos bolsas y se pone sobre las caballerías para transportar cosas.

**algarada:** 'vocería grande de un tropel de gente' y, también, 'correría de una tropa a caballo'.

**aljibe:** cisterna, depósito de agua donde se recoge la de lluvia.

**almofalla:** en la Edad Media, el ejército moro, en especial cuando estaba acampado.

**almófar:** capucha de cota de malla que normalmente constituía la parte superior de la loriga y quedaba bajo el casco, protegiendo la cabeza.

**amedrentar:** asustar.

**andalusí:** habitante de Alandalús (la parte musulmana de la Península Ibérica).

**arrayán:** arbusto de hojas pequeñas y fruto en pequeñas bayas de color negro azulado, de las que se extrae el aceite de arrayán.

**arredrarse:** asustarse, intimidarse.

**arsenal:** depósito o almacén general de armas y otros efectos de guerra.

**arzón:** pieza de madera que la silla de montar lleva en la parte anterior y posterior.

**asta:** vara de la lanza, que en la época del Cid solía ser de madera de fresno y medía de tres a cuatro metros de largo.

**atezadas:** morenas y lustrosas.

**atónito:** estupefacto, pasmado.

**baldón:** deshonra o vergüenza.

**barahúnda:** desorden acompañado de ruido y confusión grandes.

**barragana:** mujer legítima, pero de distinta condición social que su marido.

**basquiña:** especie de falda que las mujeres se ponían sobre las enaguas y otra ropa interior para salir a la calle.

**beldar:** aventar el grano con el *bieldo* (una

especie de rastrillo), para separar del grano la paja.
**beligerante:** belicosa, muy agresiva.
**belmez:** túnica acolchada.
**bloca:** ombligo o centro del escudo.
**blocado:** protegido por la *bloca*.
**bocado:** parte del freno que entra en la boca de la caballería.
**bocana:** paso estrecho de mar que sirve de entrada a una bahía o puerto.
**bohordo:** lanza corta arrojadiza cuya punta era un cilindro lleno de arena o yeso, que se usaba en los juegos y fiestas de caballería, y que servía para arrojarla contra una armazón de tablas.
**bol arménico:** arcilla rojiza procedente de Armenia que se usaba en medicina.
**brea:** alquitrán, sustancia viscosa de color muy oscuro.
**brial:** especie de túnica, normalmente de seda, que se llevaba sobre la camisa. El masculino no solía llegar hasta los pies, tenía la falda hendida, para poder cabalgar, y se ceñía a la cintura; el femenino tenía una larga falda que arrastraba por el suelo, se ceñía al busto y modelaba todo el torso, hasta las caderas.
**brida:** conjunto del freno de la caballería, el correaje que lo sujeta a la cabeza y las riendas.
**brocado:** tela de seda entretejida con oro o plata, de modo que el metal forme en la cara superior flores u otros dibujos.
**cabria:** especie de grúa, máquina de madera para levantar pesos mediante una polea por la que pasa un cable y un torno giratorio para accionarla.
**calina:** neblina.
**calvero:** claro o zona sin árboles en un bosque.
**caterva:** en sentido despectivo, 'muchedumbre'.

**celosía:** enrejado de listones que se pone en las ventanas para ver desde el interior sin ser visto.
**cerviz (doblar la):** humillarse, someterse.
**chambelán:** camarlengo, persona noble que acompaña al rey.
**clave:** piedra con que se cierra por la parte superior un arco.
**cofia:** especie de capucha de tela acolchada que se empleaba para proteger la cabeza del roce del *almófar* o parte superior de la *cota de malla*.
**colindante:** contiguo.
**copiosa:** muy abundante.
**corcel:** caballo robusto, de gran alzada, que servía para las batallas y los torneos.
**corvejón:** articulación de las patas posteriores de los cuadrúpedos.
**cota de malla:** loriga, especie de túnica o camisón de mallas metálicas entretejidas, que cubría desde el cuello hasta las rodillas e incluía elementos para proteger la cabeza y los brazos.
**cronista:** historiador.
**cruz:** en las caballerías, parte más alta del lomo.
**cuento del asta:** extremo de la vara de una lanza que se opone al de la punta o hierro.
**denuedo:** valor y brío en la lucha.
**despavorido:** lleno de miedo o terror.
**destazar:** despedazar, especialmente las reses destinadas a carne.
**destripaterrones:** designación despectiva del jornalero u obrero agrícola que no tiene para vivir más que su jornal.
**dispendio:** gasto innecesario, derroche.
**edicto:** orden dictada por un rey.
**enconamiento:** infección.
**enconar:** hacer que en un enfrentamiento los contendientes se exciten con odio.

**enseña:** bandera o estandarte.

**era:** lugar formado por terreno firme, a veces enlosado, donde se trillan y avientan las mieses.

**escarnecer:** ofender y burlarse de una persona.

**escarnio:** burla muy humillante.

**escoplo:** barra de unos 25 cm, con boca en bisel y mango de madera, que se usa a golpe de mazo.

**espadaña:** campanario formado por un muro, generalmente prolongación de la fachada del edificio, con uno o más huecos en que van colocadas las campanas.

**estentóreamente:** se aplica a la voz o el grito emitidos muy fuertemente.

**estopilla:** tela blanca y muy fina de lino o algodón.

**estrella:** círculo rodeado de puntas que forma el extremo de la espuela.

**exultación:** muestras de alegría con mucha excitación.

**faltriquera:** bolsa que se llevaba atada con unas cintas a la cintura y que hacía las veces de bolsillo.

**famélico:** hambriento.

**farfullar:** balbucir.

**flamear:** ondear, al moverse en el aire o al moverlos el aire mismo, banderas, velas y similares.

**forajido:** malhechor que anda fuera de poblado y huyendo de la justicia.

**frugalmente:** (comer y beber) con sobriedad y moderación.

**fuste:** asta, vara de la lanza.

**gallardete:** bandera estrecha y alargada de forma triangular.

**galopada:** carrera a galope.

**gañán:** mozo de labranza, hombre que sirve como criado en una hacienda, para distintos trabajos.

**gélida:** helada, muy fría.

**gleba:** terrón, especie de pelota de tierra, que se levanta con el arado.

**granzas:** restos que quedan del trigo o de otras semillas después de aventarlas y cribarlas.

**grupera:** correa con un ojal por donde pasa la cola de la caballería, que sirve para evitar que la montura se corra hacia delante.

**guarnición:** pieza que llevan las espadas para proteger la mano y que en la Edad Media tenía forma de travesaño horizontal.

**hedor:** pestilencia, mal olor.

**heraldo:** oficial que tenía a su cargo anunciar algún suceso importante.

**hilaridad:** risa ruidosa y sostenida de un grupo de gente.

**hinojos (de):** rodillas (de).

**hito en hito (de):** fijamente.

**ignominia:** deshonor, deshonra.

**ijares:** los dos espacios situados entre las falsas costillas y los huesos de la cadera de los animales.

**impávido:** impasible, imperturbable.

**impedimenta:** carga o bagaje de un ejército.

**impoluta:** completamente limpia.

**inescrutable:** que no se puede saber ni averiguar.

**infante:** en la Edad Media este término designaba a los jóvenes de las grandes familias nobles, y no sólo a los hijos de los reyes, como sucede desde el siglo XIII hasta la actualidad.

**ínfulas:** orgullo o presunción.

**intramuros:** dentro de los muros de una ciudad.

**jubón:** prenda de vestir antigua, con o sin mangas, que cubría hasta la cintura.

**jumento:** asno.

**justa:** torneo, ejercicio en que los caballeros exhibían su destreza en el uso de las armas.

**labriego:** campesino.

**ladino:** se aplicaba en la Edad Media al moro que sabía hablar el lenguaje romance.

**lid:** en la Edad Media, combate judicial que servía para probar si tenía razón el que retaba o el retado.

**liendre:** huevecillo de piojo.

**litera:** especie de caja de coche provista de dos varas a los lados para ser llevada por dos hombres o, a veces, dos caballerías, colocados uno delante y otro detrás.

**litigio:** disputa.

**loriga:** cota de malla, especie de túnica o camisón de mallas metálicas entretejidas, que cubría desde el cuello hasta las rodillas e incluía elementos para proteger la cabeza y los brazos.

**lorigón:** loriga corta, que llegaba hasta las rodillas y con medias mangas, hecha de cuero con láminas de metal formando escamas.

**lugarteniente:** persona que sustituye a otra de rango superior en ciertos casos; el lugarteniente del Cid es Álvar Fáñez.

**maitines:** primero de los rezos u *horas canónicas*, que se reza al amanecer.

**malhadado:** desgraciado, desventurado.

**malla:** cada uno de los pequeños anillos o eslabones de hierro enlazados entre sí de que se hacían las cotas y otras armaduras defensivas.

**mancillado:** deshonrado.

**mayestático (plural):** uso del plural en vez del singular con el que marcan su dignidad y autoridad los soberanos y los papas: «Nos, el rey».

**mesar:** tirar (y arrancar) de los cabellos o de la barba.

**mesnada:** conjunto de gente armada que estaba al servicio de un rey o señor.

**mezquita aljama:** mezquita mayor, el templo musulmán más importante de una localidad.

**minarete:** torre de mezquita.

**mojón:** poste o señal que se pone en un terreno para señalar sus límites.

**nasal:** pieza metálica vertical que partía del borde del yelmo o casco y descendía sobre la nariz, para protegerla.

**nervudo:** 'muy fuerte'; también, 'persona a la que se le marcan los tendones y las venas y arterias'.

**ollar:** orificio de la nariz de las caballerías.

**oprobio:** deshonra, deshonor.

**orondo:** hinchado, hueco; ufano.

**pabellón:** tienda de campaña cónica, sostenida por un grueso palo central y sujeta al suelo todo alrededor por estacas y cuerdas.

**palafrén:** caballo rápido y ligero que en la Edad Media se usaba para viajes o paseos.

**palenque:** terreno cercado con estacas para la celebración de lides y torneos caballerescos.

**palestra:** lugar donde se celebraban combates o torneos.

**pazpuerca:** mujer sucia y grosera.

**pavonearse:** presumir.

**pendón:** bandera de forma triangular, más ancha y corta que el gallardete, que se llevaba al extremo de la lanza, bajo el hierro.

**perrezno:** perro pequeño o cachorro de perro.

**pestilente:** que huele muy mal.

**piafar:** dar patadas o rascar el suelo con las manos el caballo cuando está inquieto.

**pluvial (capa):** la capa que se ponen los prelados o los sacerdotes que dicen la misa mayor o celebran otros actos solemnes asistidos por otros.

**postrer:** último.

**poterna:** en las fortificaciones, puerta menor que cualquiera de las principales, y mayor que un portillo.

**predio:** finca rústica.

**prelado:** alta dignidad eclesiástica, como obispo o abad.

**rebato:** grito o señal de alarma, aviso para acudir en defensa de algo o alguien.

**represar:** detener un curso de agua.

**repujado:** se dice del cuero en el que se han hecho dibujos en relieve mediante un martillo.

**ricohombre, ricahembra:** en la Edad Media, persona de la alta nobleza.

**rodaja:** estrella de la espuela.

**ruano:** el caballo o yegua de pelo mezclado de blanco, gris y rojo.

**rubicundo:** se aplica a las personas que tienen la cara de color rojo encendido.

**salterio:** libro del Antiguo Testamento que solo contiene los salmos.

**sobrepelliz:** vestidura de tela blanca fina, de mangas anchas, que se ponen sobre la sotana los que celebran o ayudan en las funciones de iglesia.

**solariega (casa):** casa a la que está unida una familia, que ha vivido en ella durante varias generaciones, y en especial la casa más antigua de una familia noble.

**soldada:** sueldo que percibe cada cierto periodo un soldado o marinero.

**taifa:** véase nota 24.

**trasijado:** enjuto, muy delgado.

**tremedal:** terreno pantanoso, propiamente el que está hecho de turba y cubierto de césped.

**ultrajante:** insultante.

**vasallo:** persona sujeta a un señor por un vínculo de dependencia y lealtad, y en especial el súbdito de un soberano.

**venia:** permiso.

**ventalle:** pieza móvil del *almófar* o capucha de la cota de mallas, cosida al lado izquierdo, que se cruzaba sobre el rostro y se enlazaba al derecho, protegiendo la mitad inferior de la cara.

**verdasca:** rama delgada y verde.

**visir:** ministro de un soberano musulmán.

**vituallas:** víveres.

**yelmo:** casco de la armadura, que en la época del Cid era cónico o semiesférico, hecho de acero y guarnecido en la base de un aro metálico (a veces adornado con piedras preciosas) del que arrancaba el nasal, pieza metálica que protegía la nariz, dejando el resto de la cara al descubierto.

**zozobrar:** peligrar la embarcación, con riesgo de naufragar.

# NOTAS

**1** En 1079 (seguramente) Rodrigo Díaz fue enviado por Alfonso VI como embajador al rey Almutamid de Sevilla, a fin de recaudar las parias que éste le debía. Tales parias constituían un tributo que los reyes andalusíes pagaban a ciertos reyes o señores cristianos a fin de contar con su protección contra cualquier agresión, externa o interna. Al mismo tiempo, el rey castellano mandó otra legación con los mismos fines al rey Abdalá de Granada, la cual iba encabezada por varios magnates de su corte, en especial García Ordóñez. Estando el Campeador en Sevilla, llegaron noticias de que el rey de Granada, ayudado por las tropas cristianas, preparaba un ataque contra la taifa sevillana. Desde la corte sevillana se intentó evitar el ataque mediante una carta en la que se aludía a la común protección del rey Alfonso sobre ambos reinos, pero en Granada se burlaron de tal argumento y se comenzó el avance sobre Sevilla, llegando hasta el castillo de Cabra, en la actual provincia de Córdoba. Enterado Rodrigo, lanzó un rápido contraataque, derrotó totalmente al ejército granadino y capturó a García Ordóñez y a otros caballeros castellanos, a los que liberó al cabo de tres días. A continuación, Almutamid entregó a Rodrigo las parias debidas y valiosos regalos para Alfonso VI y firmó con él un tratado de paz. Después el Campeador regresó a Castilla lleno de honor, si bien los cortesanos, molestos por la derrota en Cabra de uno de los suyos, empezaron a murmurar contra él, para indisponerlo con el rey castellano. Esta es la versión de la *Historia Roderici* (una biografía del Campeador escrita en latín a finales del siglo XII), a la que el *Cantar de mio Cid* añade que los cortesanos acusaban falsamente a Rodrigo de haberse quedado con parte del dinero recaudado en Sevilla.

**2** *Ruy* es la forma acortada de Rodrigo, la que se empleaba delante del apellido. En la Edad Media éste variaba de padres a hijos y constaba de dos partes; la primera, el patronímico, era un derivado del nombre del padre (en este caso, *Díaz*, 'hijo de Diego'); la segunda, el toponímico, indicaba el lugar de procedencia de la persona o el de su señorío (en el caso del Cid, *de Vivar*).

**3** El anciano rey al que se refiere don Rodrigo Díaz es Fernando I de Castilla (1035-1065), al que efectivamente había servido el padre del Cid, Diego Laínez (o Flaínez), el cual (según la tradición) era un infanzón o noble de pequeña categoría, pero no un campesino, como lo describe el conde García Ordóñez. En realidad, y según las investigaciones más recientes, era el segundón de una importante familia leonesa, los Flaínez, y su padre, Flaín Muñoz, había sido conde de León a finales del siglo X. La familia había caído en desgracia por haberse rebelado contra Fernando I, de modo que, aunque Diego Laínez se destacó en las guerras entre Castilla y Navarra, no perteneció a la corte.

4  Las fuentes más antiguas nada dicen sobre la supuesta bastardía del Cid, elemento que se incorpora a su leyenda a finales del siglo XIII o principios del XIV. En esa época se aplica al Cid el viejo motivo literario que hace de los bastardos héroes preferidos de la epopeya (recuérdese que muchos de los héroes griegos eran hijos ilegítimos de los dioses del Olimpo). Según la versión más antigua, documentada en la *Crónica de los reyes de Castilla*, Rodrigo habría sido hijo de Diego Laínez y de una campesina, que en versiones posteriores del tema es sustituida por una molinera. Ya en los romances posteriores, el Cid es el menor de tres hermanos, los dos mayores eran legítimos «y aquél que bastardo era / era el buen Cid castellano».

5  *Mesar las barbas* no era un mero insulto, sino una gravísima y terrible afrenta, semejante a la castración. Al no haber buscado reparación (por ejemplo, mediante un reto), el que la había sufrido quedaba infamado, como sucede con el conde García Ordóñez.

6  La corte real y, en general, todo lugar en que se hallaba el rey, era territorio inmune, es decir, que allí estaban prohibidos toda clase de enfrentamientos, tanto físicos como verbales. Al mesar las barbas del conde Ordóñez y provocar la afrenta comentada en la nota anterior, don Rodrigo rompe la *paz del rey* o inmunidad de la corte, lo que provoca la cólera del monarca. Ésta, en la Edad Media, era mucho más que un simple enfado, por fuerte que fuese, y se convertía legalmente en la *ira regia*, que ocasionaba el destierro del vasallo que la había provocado.

7  Rodrigo Díaz recibió en vida el sobrenombre de *Campeador*, es decir, 'el que vence en el campo de batalla', probablemente en la época de la guerra entre Sancho II de Castilla y su hermano Alfonso VI de León (1068-1072). Él mismo firmaba sus documentos como «Rodrigo el Campeador», y, según los historiadores árabes coetáneos, era así como lo conocía todo el mundo. Inicialmente no iba asociado al título árabe de «Cid» (sobre el cual véase la nota 19), pero a finales del siglo XII ambas denominaciones se unieron en la forma «el Cid Campeador».

8  Al provocar la *ira regia*, se rompe el vínculo que une al vasallo con su señor y aquél ha de salir de las tierras de éste. Rodrigo, por lo tanto, debe partir al destierro. Según la legislación medieval, el desterrado no perdía normalmente sus posesiones (salvo que hubiese cometido el delito de traición, por el cual se le confiscaban) y tenía derecho a salir del reino acompañado de sus propios hombres, los caballeros y soldados de infantería que componían su *mesnada* o tropa personal. Para ello con-

taba usualmente con un plazo de treinta días, prorrogables en algunos casos por otros nueve u once. Frente a estas disposiciones, la versión del *Cantar de mio Cid* muestra un tratamiento excepcionalmente riguroso por parte del monarca, lo que tiene como principal objeto aumentar las dificultades iniciales del Cid al comienzo de sus aventuras en el destierro.

9  San Pedro de Cardeña es un monasterio benedictino situado a ocho kilómetros al sudeste de Burgos, donde fue enterrado Rodrigo Díaz en 1102. Este monasterio desempeñó un importante papel en la difusión de la historia y las leyendas sobre el Cid.

10  Al igual que en el caso de Ruy y Rodrigo, visto en la nota 2, Álvaro es la forma plena del nombre, acortado en Álvar ante el apellido Fáñez.

11  Aunque determinados fueros municipales prohibían acoger o alimentar a los criminales condenados, esta pena estaba especialmente prohibida por la legislación del siglo XIII en el caso de los desterrados por la *ira regia*. No sabemos, por tanto, si la prohibición de hospedar al exiliado que refiere el *Cantar de mio Cid* responde a una práctica más antigua, no documentada en los textos legales, o si se trata más bien de una exageración que pretende acentuar la severidad del monarca al expulsar a Rodrigo de su reino. En cuanto a las penas previstas contra quienes desobedezcan la orden real, parecen una mezcla de las realmente previstas para el caso con la llamada *cláusula de execración*, un apartado de los documentos medievales en los que se deseaban enormes desgracias a quienes fuesen contra lo contenido en el documento, pero sin efectividad penal. En definitiva, una nueva muestra de la dureza con que el rey trata al Campeador, según el antiguo cantar.

12  El voto que hace el Cid responde a una vieja práctica, documentada desde la Antigüedad hasta el siglo XVII: la de dejarse crecer la barba en señal de luto o de un gran pesar. En especial, hay otros casos literarios de héroes que juran no cortarse la barba hasta conseguir lo que se proponen. Por ejemplo, en el *Libro de Apolonio* (del siglo XIII), el protagonista hace un voto de este tipo «hasta que a su hija la viese bien casada». En el caso del Campeador, el juramento responde a tres motivos: primero, porque se considera injustamente tratado por el rey; segundo, porque, no obstante, mantiene su lealtad hacia el monarca, y tercero, porque logrará por su propio esfuerzo superar el estado de abatimiento en que se halla. Es esta última causa la que lleva al Cid a seguir con su larga barba (convertida ya en símbolo de su enorme prestigio) incluso después de reconciliarse con el rey Alfonso.

13  *Rachel* no es el nombre femenino Raquel, sino uno masculino, documentado también como *Ragel*, llevado por el célebre traductor de la Biblia Moshé Arragel. Este dato y el de que Vidas parezca traducir el nombre hebreo *Hayyim* sugieren que los dos usureros eran judíos, como entonces acostumbraba a suceder. El *Cantar de mio Cid* nada dice al respecto, pero las crónicas posteriores sí los identifican como tales. En todo caso, en el *Cantar* no importa tanto que sean judíos como que se trate de prestamistas, dado que en una sociedad campesina y guerrera como la de la

Castilla medieval se tenía muy mala opinión de quienes ganaban dinero sin obtenerlo directamente con su propio esfuerzo (fuese en el campo de batalla o en el de labranza). Téngase en cuenta, además, que Rachel y Vidas pretenden aprovecharse de la mala situación por la que pasa el Cid. El humorismo del episodio dependía menos del posible antisemitismo de la anécdota que de retomar el viejo motivo cómico del burlador burlado.

**14** El *marco* no era una moneda real en circulación, sino una moneda de cuenta, es decir, usada sólo en contabilidad, para unificar el valor de distintas monedas concretas. En particular, el marco equivalía a 230 gramos de plata, de modo que los seiscientos que le entregan Rachel y Vidas al Cid valdrían lo que unos 140 kilos de plata (o su mismo valor en monedas de oro).

**15** *Alandalús* (posiblemente una deformación del griego *Atlantis*, 'Atlántida') es el nombre árabe de la península Ibérica y en particular de la parte dominada por los musulmanes. La forma aquí adoptada prescinde del guión entre el artículo y el nombre (que no existe en la grafía árabe ni se produce en los cientos de arabismos que incorporan el artículo, por ejemplo, *alcohol*, *alférez*, *almohada*) y responde a la acentuación aguda que recibía en árabe andalusí (como muestra el arabismo *andaluz*), en lugar de la acentuación oriental presente en la grafía Al-Ándalus. Desde el punto de vista de los reinos cristianos, Alandalús existía como fruto de la usurpación de los territorios hispánicos por parte de los árabes en 711, de modo que se consideraban legitimados para arrebatarles dichos territorios siempre que pudieran, independientemente de que le diesen un significado religioso a dicha acción, que muy a menudo careció de sentido de cruzada. En definitiva, fueron los intereses políticos y el equilibrio de fuerzas en cada momento los que explican los avances, estancamientos y retrocesos del desigual proceso conocido como Reconquista.

**16** Los *almorávides* eran miembros de una tribu guerrera del Atlas (región montañosa de Marruecos), la cual fundó un amplio imperio en el occidente de África y llegó a dominar todo Alandalús desde 1093 a 1148. El nombre procede del árabe *almurábit*, 'el soldado acuartelado en una *rábida*', es decir, una especie de fortaleza-convento (en árabe andalusí, *rábita*) donde se acantonaban las tropas musulmanas dedicadas a la piedad y a la guerra santa. Frente a los árabes andalusíes, los almorávides (como después los almohades) se caracterizaban por su gran celo religioso y su menor afición a las tradiciones literarias árabes, en particular la poesía, que a menudo cantaba temas contrarios a las creencias islámicas, como el vino o el amor a los efebos, y que además estaba en árabe clásico, por lo que era mal comprendida por los príncipes almorávides, cuya lengua materna era el bereber.

**17** En la Edad Media se llamaba Sierra de Miedes a la que se extiende entre las actuales provincias de Soria y Guadalajara (hoy en día la Sierra de Pela). Al sur de la misma se extiende, en dirección sudoeste, el valle por el que discurre el río Henares, cerca del cual se asienta la localidad de Castejón, hoy Castejón de Henares, en la provincia de Guadalajara.

18 En la Edad Media, el botín obtenido del enemigo era uno de los principales alicientes de la guerra y en los siglos XII y XIII constituía una de las fuentes habituales de enriquecimiento para los habitantes de las localidades fronterizas, cuyos concejos (el antepasado de los actuales ayuntamientos) organizaban frecuentes incursiones de rapiña contra los territorios andalusíes más próximos (lo que también sucedía en sentido contrario). Desde finales del siglo XII, el botín obtenido se ponía en común y se repartía según las estrictas disposiciones de los fueros de extremadura (es decir, las leyes vigentes en los territorios de frontera), según los cuales un quinto del botín se enviaba al rey, entre un sexto y un décimo se reservaba al caudillo de la expedición y además se indemnizaban las heridas o daños recibidos por los combatientes. Lo restante se repartía entre todos ellos, a razón de dos partes para cada caballero y una para cada peón o soldado de infantería.

19 En el *Cantar de mio Cid* el héroe, aunque posee amigos musulmanes como Abengalbón, no lleva entre sus tropas soldados musulmanes. En cambio, el Campeador histórico no solo los tuvo sino que además comandó el ejército musulmán del reino de Zaragoza. Algunos autores han supuesto que fueron sus propios guerreros moros los que le dieron el tratamiento honorífico de *sidi* (en árabe dialectal, 'mi señor'), origen de *mio Cid*, aunque es más probable que éste se le otorgase tras la conquista de Valencia (1094), pues dicho título se aplicaba sobre todo a los gobernadores de las grandes ciudades y sus territorios.

20 Alcocer es una localidad hoy desaparecida que estaba situada entre Ateca y Terrer (provincia de Zaragoza). Sus restos arqueológicos se han identificado con los del paraje de La Mora Encantada, a unos 4 km al este de Ateca, en la orilla izquierda del río Jalón.

21 El río Jalón es un afluente del Ebro por su margen derecha. En la parte central de su valle se asientan (de oeste a este) las localidades de Ateca, Terrer y Calatayud. Esta última era cabeza de la comunidad de su nombre y la localidad más importante del valle medio del Jalón. En la Edad Media poseía una imponente fortaleza, gracias a la cual dominaba toda la región, incluida la entrada al valle del Jiloca, que era la vía hacia el sudeste (Daroca, Teruel, Valencia). Todo este territorio no pertenecía al reino de Valencia, sino al de Zaragoza. Al hacer que dicha plaza dependa del rey valenciano, se anticipa en el relato la posterior toma de su capital, culminación de la actividad conquistadora del Cid.

22 Para el sobrenombre de *sidi*, véase la nota 19.

23 El río Jiloca es un afluente del Jalón cuyo valle se extiende hacia el sur, hasta la ciudad de Teruel. En la parte baja del valle se sitúa Daroca, una importante plaza fuerte alzada a orillas del río y que en esa época pertenecía a la taifa de Zaragoza, al igual que los restantes territorios aquí mencionados. El río Martín nace a unos 40 km al este de Daroca y corre en dirección noroeste, para volverse luego hacia el nordeste hasta confluir con el Ebro. En su valle se asientan las localidades de Huesa y Montalbán. En cuanto a Monzón, en la actual provincia de Huesca, era

en esta época la fortaleza más oriental al norte de la taifa de Zaragoza, ya en la frontera con la de Lérida.

24 Las *taifas* (del árabe *taifa*, 'grupo') eran las distintas regiones de Alandalús convertidas en reinos independientes tras la caída del califato de Córdoba, a principios del siglo XI. La de Zaragoza comprendía las actuales provincias de Zaragoza y Huesca (salvo el Pirineo); la de Albarracín, aproximadamente el sur de la actual provincia de Teruel, y la de Lérida, las actuales provincias de Lérida y Tarragona, así como la comarca de Denia (al sur de Valencia).

25 Al partir para el destierro (seguramente en 1081), el Campeador buscó un nuevo señor a cuyo servicio ponerse, según acostumbraban en la Edad Media los caballeros exiliados por su rey. Rodrigo Díaz probó primeramente suerte con los dos condes hermanos que gobernaban conjuntamente Barcelona, Ramón Berenguer II y Berenguer Ramón II (más tarde llamado el Fratricida, por haber asesinado al anterior). Sin embargo, no aceptaron sus servicios, pese a hallarse preparando una expedición contra el gobernador andalusí de Denia. Según el *Cantar de mio Cid*, durante su estancia en Barcelona Rodrigo habría tenido un altercado con un sobrino del conde, al que habría propinado una bofetada, noticia que parece completamente legendaria. El Campeador combatió dos veces contra Berenguer Ramón II, una en Almenar (Lérida), en 1082, y otra en el pinar de Tévar (en la sierra del Maestrazgo, entre Teruel y Castellón), en 1090. En la primera ocasión, el Campeador mandaba las tropas del rey moro de Zaragoza, a cuyo servicio se puso tras no ser acogido en Barcelona; en la segunda, actuaba por cuenta propia, cuando inició su campaña de dominio del Levante. En esta ocasión hostigó territorios de la taifa de Lérida, cuyo rey pagaba parias al conde de Barcelona y tenía, por tanto, derecho a su protección contra las incursiones de Rodrigo.

26 *Colada* es una de las espadas que según la tradición pertenecieron al Cid; la otra era la célebre *Tizona*. En la Edad Media era usual dar nombres a las espadas y, menos frecuentemente, a otras armas.

27 El estanque de Betesda (o de Betsaida), también conocido como Piscina Probática, estaba en el barrio situado al noroeste de Jerusalén y en tiempos de Jesucristo se atribuía a sus aguas curaciones milagrosas (como relata el capítulo quinto del Evangelio de San Juan).

28 Los *almohades* (del árabe andalusí *al-muwáḥḥad*, 'el que proclama que hay un solo Dios') eran los partidarios de Ben Tumart, caudillo musulmán que en el siglo XII predicó la guerra santa a las tribus del Anti Atlas (en el sur del actual Marruecos). Desde 1140 los almohades abandonaron las montañas para combatir a los almorávides, a los que derrotaron definitivamente en 1145, expandiéndose por el norte de África y por Alandalús. Entraron en la península en 1146 y la señorearon hasta su derrota por las tropas cristianas en la batalla de Las Navas de Tolosa (1212). Su mención en el *Cantar de mio Cid* como enemigos del emperador de Marruecos es, pues, un anacronismo.

29 Murviedro (a veintinueve kilómetros al nornordeste de Valencia) es el nombre que llevó la antigua Sagunto hasta que

éste le fue devuelto en 1877. Cebolla es, al parecer, una deformación, por etimología popular, del árabe *Yubaila*, 'montículo'; en la actualidad es El Puig, a dieciocho km al norte de Valencia.

30 Según el *Cantar de mio Cid*, tras un período de asedio parcial de tres años, el Cid mantuvo un cerco estricto durante nueve meses, de modo que al décimo Valencia tuvo que rendirse. Se trata aquí de un uso convencional y literario de los números (con la marcada preferencia tradicional por el tres y sus múltiplos), pero no tan alejado de la realidad como suele decirse. Calculando desde el cerco de Cebolla hasta la rendición definitiva, el sitio de Valencia duró unos veinte meses; ahora bien, si se cuenta sólo el segundo y definitivo asedio, cuyo inicio no se conoce con exactitud (entre octubre y diciembre de 1093), pudo durar de seis a ocho meses.

31 En la Edad Media el *besamanos* no era solo un gesto de cortesía, sino un acto cargado de simbolismo jurídico, ya que era la ceremonia exigida tanto para contraer el vínculo de vasallaje como para anularlo. Lo que don Rodrigo exige, pues, es que sus hombres se despidan de él oficialmente antes de abandonar Valencia.

32 Los *monjes cluniacenses* pertenecían a la orden benedictina de Cluny, la cual nació en la abadía de este nombre en Borgoña (Francia) y se extendió después a otros países, alcanzando en los siglos X a XII enorme importancia e influencia en la vida religiosa, en la cultura y en las artes. A ellos se debe también la introducción en los reinos hispánicos del latín reformado, es decir, el que seguía las pautas establecidas por el gramático Alcuino en la corte de Carlomagno y buscaba una corrección en la pronunciación y en la gramática mayor de la usual en el latín medieval del momento.

33 El monasterio de Santa María de Ripoll, situado al norte de la actual provincia de Gerona, es uno de los más importantes de la historia de Cataluña. Fue allí donde se copió (en un manuscrito que hoy se conserva en la Biblioteca Nacional de Francia) el *Carmen Campidoctoris*, un himno latino en honor del Campeador que fue una de las primeras obras literarias que se le dedicaron. En realidad, don Jerónimo era un monje cluniacense francés del séquito de don Bernardo, obispo de Toledo, ciudad desde la que seguramente viajó a Valencia.

34 Tras conquistar Valencia, don Rodrigo restauró su obispado, puso al frente de ella a don Jerónimo y le entregó la mezquita mayor, que fue consagrada como catedral, bajo la advocación de Santa María, en 1098.

35 Durante las celebraciones que se hacían en las grandes fiestas medievales (como lo eran las bodas importantes), los caballeros hacían juegos de armas, es decir, ejercicios en los que demostraban su habilidad en el manejo de las mismas y en la equitación. La variedad preferida en los territorios hispánicos durante la Edad Media era *bohordar*. Consistía el juego en que el caballero, yendo al galope, lanzaba contra un armazón de tablas (a menudo en forma de castillo) un *bohordo* o lanza corta cuya punta era un cilindro lleno de arena o yeso, para que no pudiese clavarse en las tablas. El caballero debía arrojar el bohordo con suficiente precisión y fuerza como para acertar en el arma-

zón de madera y romperlo, lo que se llamaba *quebrar el tablado*. El que más tablados quebraba quedaba ganador del juego y, además del aprecio de los concurrentes, recibía el premio establecido al inicio del mismo.

36 En esta época, el uso militar de los instrumentos de percusión era una característica de los ejércitos musulmanes. De hecho, los nombres del *tambor* y del *atabal* son de origen árabe (de *tunbur* y *tabál*, respectivamente). Constituían, como la bandera, uno de los símbolos del ejército y, como ella, eran una insignia de autoridad. Los tambores se llevaban a lomo de mulas y se empleaban para regular la marcha y también para transmitir órdenes durante la batalla, lo mismo que el *añafil* o trompeta. Además, el ruido ensordecedor que producía batir de golpe todos los tambores del ejército se empleó como medio de atemorizar al enemigo, que no estaba acostumbrado a ellos.

37 Dar *los primeros golpes* de la batalla era un preciado honor en la ética caballeresca. El hecho de que los pida don Jerónimo responde a una figura medieval tanto literaria como histórica, la del *obispo guerrero*. No hay constancia de que don Jerónimo respondiese realmente a este modelo de comportamiento, pero su caracterización como hombre de armas y letras sigue un viejo motivo literario, el del héroe dotado de *fortitudo et sapientia*, de fuerza y sabiduría, de modo que probablemente se trata de una invención del *Cantar de mio Cid*.

38 En la Edad Media era frecuente fijarse en los *agüeros*, ciertas señales (como el vuelo de las aves) en las que se creía poder leer el futuro, aunque de forma muy imprecisa. Como sabemos por la *Historia Roderici*, la biografía latina del Cid escrita hacia 1180, el Campeador tenía fama de ser agorero, es decir, experto en descifrar el significado de los augurios. En particular, era frecuente *catar los agüeros*, es decir, fijarse en ese tipo de señales, al comienzo de un viaje, como en este caso. Si los agüeros eran negativos, era de temer algún infortunio en el trayecto, aunque no se pudiese prever cuál. Por eso don Rodrigo pone sobre aviso a los jefes de la comitiva de sus hijas, su sobrino Félez Muñoz y el obispo don Jerónimo.

39 Jezabel, según refiere la Biblia, fue una impía reina de Israel, esposa del rey Acab, a quien hizo erigir un templo en honor del dios Baal y persiguió implacablemente al profeta Elías. García Ordóñez quiere decir que las hijas del Cid pertenecían a la misma clase de mujeres perversas e idólatras que Jezabel.

40 En realidad, Jimena Díaz se casó con don Rodrigo por mediación del rey Alfonso VI, posiblemente en 1074. La versión que aquí se recoge corresponde a la leyenda sobre las hazañas juveniles del Campeador difundida en el siglo XIV por el cantar de gesta de las *Mocedades de Rodrigo* y por varios romances.

41 En la Alta Edad Media, las rencillas entre miembros de la nobleza se saldaban generalmente mediante venganzas privadas, es decir, sangrientos ajustes de cuentas entre las familias enfrentadas. En el siglo XII se intentó paliar esa situación estableciendo la *paz entre hidalgos*, según la cual había un pacto de amistad y no agresión entre todos los nobles de sangre. En consecuencia, si un hidalgo tenía algo que reprocharle a otro, debía hacerlo delante del rey, *retándole*, esto es, exponiendo sus acusa-

ciones contra él. Si el otro noble no las reconocía, le decía «mentís», a lo que el acusador podía replicar exigiendo que se oyese a sus testigos o desafiando al acusado. El desafío suponía un combate o lid judicial, en el que se enfrentaban acusador y acusado (o, excepcionalmente, sus respectivos campeones). Dicha lid se efectuaba en una liza o campo delimitado por mojones, dentro del cual luchaban los caballeros a lanza y a espada, bajo la supervisión de los jueces y fieles del campo. El que salía de los límites del mismo o era derrotado en la lucha, perdía el combate. Se daba entonces la razón al vencedor y quedaba infamado el vencido.

42  En tiempos del Cid, Navarra y Aragón formaban un solo reino, gobernado por Pedro I en la época de la conquista de Valencia, por lo que no tenían distintos príncipes. En realidad, las hijas de Rodrigo Díaz no se casaron con ellos ni fueron reinas, como dice el *Cantar*. Cristina casó con Ramiro, un miembro de la casa real Navarra, que no llegó a reinar (lo haría el hijo de ambos, García Ramírez el Restaurador), y María con Ramón Berenguer III de Barcelona, antes de que su condado se uniese a Aragón.

43  El Cid murió en Valencia en 1099, de muerte natural. La fecha tradicionalmente admitida es el 10 de julio, pero es más probable que falleciese en mayo. La leyenda de que venció una batalla después de muerto sólo se documenta a finales del siglo XIII. En realidad, fue enterrado en Valencia, probablemente en la catedral, que él mismo había dotado el año anterior. A su muerte, doña Jimena, apoyada por el obispo don Jerónimo y los capitanes del Cid, intentó mantener la posesión de la capital levantina. Cuando la presión almorávide se hizo insoportable, pidió ayuda a Alfonso VI, quien acudió con su ejército, pero sólo pudo constatar lo insostenible de la situación y organizar la evacuación de Valencia, que tuvo lugar en mayo de 1102, siendo ocupada por los almorávides al mes siguiente. Al regresar a Castilla, doña Jimena hizo trasladar los restos del Cid, que fueron depositados en el monasterio burgalés de San Pedro de Cardeña, donde descansaron hasta la ocupación francesa de 1808. A partir de entonces sufrieron diversas vicisitudes, hasta su definitivo traslado, en 1921, a la catedral de Burgos, en la que hoy se conservan. Su viuda debió de residir en las inmediaciones del monasterio, posiblemente en el mismo Burgos, y todavía en 1113 firmó, en presencia del abad de dicho monasterio, una escritura por la venta de unas tierras. No se sabe cuándo murió doña Jimena, aunque posiblemente no mucho después de esa fecha, siendo enterrada también en Cardeña, junto a su marido.

# PERSONAJES

**Abengalbón**: personaje histórico. Fue un caudillo andalusí documentado a principios del siglo XII, aunque es poco probable que fuese alcaide de Molina en la época de Rodrigo Díaz. En el *Cantar de mio Cid* es un fiel amigo y aliado del héroe, de modo que encarna la posibilidad de convivencia de los cristianos hispánicos y de los musulmanes andalusíes, frente a la hostilidad contra los invasores norteafricanos.

**Alfonso**: personaje histórico, Alfonso VI el Bravo (1030-1109), rey de Castilla y León. Sucedió a su hermano Sancho II tras ser éste asesinado en el cerco de Zamora (1072). Durante su reinado obtuvo importantes logros políticos, entre los que cabe destacar la conquista de Toledo (1085) y la implantación de la reforma gregoriana en Castilla, que supuso la entrada de las nuevas corrientes culturales europeas del momento.

**Almutamid**: personaje histórico, Abulqasim Muhammad ben Abbad (1039-1095), titulado Almutamid, último rey de la taifa de Sevilla (1069-1091) y célebre poeta. Fue destronado por los almorávides y desterrado a Marruecos, donde falleció en 1095.

**Álvar Álvarez**: personaje histórico que aparece mencionado en la carta de arras de doña Jimena como sobrino del Cid. En el *Cantar* es uno de sus mejores caballeros.

**Álvar Fáñez**: personaje histórico (muerto en 1114), sobrino de Rodrigo Díaz. Pese a su parentesco, no acompañó al Campeador en el destierro, sino que hizo una importante carrera política y militar en la corte de Alfonso VI y de su hija Urraca I, bajo la cual llegó a ser gobernador de Toledo en 1111. En el *Cantar de mio Cid* actúa siempre como compañero inseparable, consejero y lugarteniente del héroe, quien lo denomina «mi brazo derecho».

**Babieca**: célebre caballo del Campeador. Según el *Cantar del Cid*, lo había obtenido en su combate contra el rey de Sevilla, cuando éste intentó recuperar Valencia tras su conquista por el Campeador, pero otras leyendas refieren que fue un regalo que le hizo su padrino siendo niño.

**Búcar**: personaje histórico, el príncipe almorávide Abu Bakr ben Ibrahim Allatmuní, cuyas tropas acudieron en otoño de 1093 para ayudar a Valencia cuando estaba sitiada por el Campeador, pero se retiraron sin llegar a combatir.

**Diego de Carrión**: personaje histórico, Diego González, perteneciente a la familia de los condes de Carrión y miembro de la corte de Alfonso VI, en la que está documentado entre 1090 y 1129. Su relación con las hijas del Cid parece ser una creación legendaria, e incluso una invención del anónimo autor del *Cantar de mio Cid*.

**Elvira**: personaje histórico, llamado en realidad Cristina, una de las dos hijas del Cid, probablemente la mayor. Casó entre 1094 y 1099 con el infante Ramiro de Navarra, señor de Monzón, con quien tuvo un hijo, García Ramírez, que fue nombrado rey de Navarra en 1134. No se sabe por qué razón el *Cantar de mio Cid* cambia el nombre de Cristina por el de Elvira, aunque se ha supuesto que llevase ambos.

**Fáriz**: personaje literario, general musulmán que manda, junto con Galve, las tropas que asedian al Cid en Alcocer. Su nombre refleja en pronunciación castellana el árabe *Háriz* o *Hárith*.

**Félez Muñoz**: personaje literario, sobrino del Cid y uno de sus caballeros, encargado de dar escolta a sus primas Elvira y Sol cuando viajan con sus esposos de Valencia a Carrión.

**Fernando de Carrión**: personaje histórico, Fernando González, hermano de Diego y, como él, miembro de la corte de Alfonso VI, en la que se documenta entre 1094 y 1122. Tampoco parece haber tenido nada que ver históricamente con las hijas del Cid.

**Galve**: personaje literario, es el otro general musulmán que dirige junto a Fáriz las tropas que asedian al Cid en Alcocer. Su nombre es una adaptación castellana del árabe *Gálib*.

**García Ordóñez**: personaje histórico, señor de Pancorbo (1067) y más tarde conde de Nájera (quizá desde 1077, con seguridad desde 1080) y señor de Grañón (1089), Calahorra (1090) y Madriz (1092). Era coetáneo de Rodrigo Díaz, con el que, al parecer, mantuvo buenas relaciones en un principio, pero al que luego se enfrentó. Realizó una brillante carrera política en la corte del Alfonso VI y murió heroicamente en 1108 defendiendo al príncipe don Sancho en la batalla de Uclés, contra los almorávides. En el *Cantar de mio Cid* es la cabeza visible de los antagonistas cortesanos del Cid.

**Jerónimo**: personaje histórico, Jerónimo o Jérôme de Périgord, un clérigo francés que vino a España en el séquito de Bernardo de Sédirac, primer arzobispo de Toledo tras su reconquista por Alfonso VI en 1085. Don Jerónimo fue consagrado obispo de Valencia por el Papa Urbano II, en 1098. Tras la caída de la ciudad en manos almorávides (1102), fue designado obispo de Zamora, Salamanca y Ávila, dignidad que ostentó hasta su muerte, ocurrida hacia 1120.

**Jimena**: personaje histórico, Jimena Díaz, esposa del Cid, con quien se casó hacia 1074. Tras la muerte del Campeador, siguió gobernando Valencia, cuya evacuación organizó en 1102, y regresó a Castilla, donde murió en fecha insegura, probablemente después de 1113. Fue enterrada en San Pedro de Cardeña, junto a los restos de su esposo.

**Martín Antolínez**: personaje literario, amigo y vasallo de don Rodrigo, llamado «el burgalés excelente» en el *Cantar de mio Cid*, donde es uno de los principales caballeros del Campeador, a cuyo servicio pone su capacidad diplomática y sus cualidades guerreras.

**Muño Gustioz**: personaje histórico, cuñado del Campeador, por estar casado con Aurovita, hermana de doña Jimena. En el *Cantar de mio Cid* se recuerda vagamente este parentesco diciendo de él que «su criado fue», es decir, que había sido criado y educado en su casa.

**Pedro Bermúdez**: personaje histórico de identificación dudosa, pues hubo diversos individuos así llamados en tiempos de Rodrigo Díaz, entre los que destaca un caballero leonés exiliado por el rey Alfonso hacia 1090 o 1095, pero se ignora si alguno de ellos tuvo relación con el Campeador. En el *Cantar de mio Cid* es sobrino del héroe y su alférez o abanderado.

**Peláyez**: personaje histórico, Gómez Peláyez o Peláez, noble leonés, pariente de los infantes de Carrión. Nacido a finales del siglo XI, alcanzó la dignidad condal entre 1110 y 1115, y falleció en 1118.

**Rachel**: personaje literario, usurero burgalés que presta dinero al Cid. Su nombre parece corresponder a Ragel o Arragel, documentado como nombre judío en Alandalús.

**Ramón Berenguer**: personaje histórico, llamado en realidad Berenguer Ramón II el Fratricida, conde de Barcelona (1076-1096), al que Rodrigo Díaz derrotó dos veces, una en Almenar (Lérida), en 1082, y otra en el pinar de Tévar (entre Teruel y Castellón), en 1090. Su sobrino, el conde Ramón Berenguer III, fue yerno del Campeador (véase la entrada sobre doña Sol).

**Rodrigo Díaz de Vivar**: personaje histórico, conocido como el Cid Campeador. Para su biografía, véase la introducción.

**Sancho**: personaje literario, abad del monasterio burgalés de San Pedro de Cardeña, según el *Cantar de mio Cid*. En realidad, el abad histórico en tiempos de don Rodrigo se llamaba Sisebuto y fue más tarde venerado como santo.

**Sol**: personaje histórico, llamado en realidad María, la otra hija del Cid, seguramente la menor. Casó hacia 1099 con Ramón Berenguer III, conde de Barcelona y sobrino del que fue derrotado por el Cid. Al parecer murió pronto, antes de 1105, dejando dos hijas. Tampoco en este caso se conoce la razón del cambio de nombre que efectúa el *Cantar de mio Cid*, si bien la denominación «María Sol» no era rara en la Edad Media.

**Tamín**: personaje literario, rey de Valencia. El rey histórico de la taifa valenciana cuando el Cid fue desterrado por primera vez era Abu Bakr y durante su segundo destierro, en vísperas de su conquista, lo era Alqadir. Hubo un rey de Málaga coetáneo llamado Tamim, pero nada tiene que ver con el del *Cantar de mio Cid*. También se ha pensado que su nombre podría hacerse eco del de Almutamín, el rey de Zaragoza y protector de Rodrigo Díaz durante su primer destierro. Sin embargo, dicho monarca se llamaba en realidad Almutamán, lo que hace improbable la explicación.

**Vidas**: personaje literario, prestamista burgalés, socio de Rachel. Su nombre parece ser una traducción literal del nombre hebreo *Hayyim*.

**Yúsuf**: personaje histórico, Yúsuf ben Tashufin (1059-1106), emperador almorávide de Marruecos, cuyas fuerzas trataron de arrebatarle Valencia al Cid en el otoño de 1094, aunque él no acudió en persona, frente a lo que refiere el *Cantar de mio Cid*.

# ACTIVIDADES

# 1
## GUÍA DE LECTURA

**1.1** Ignoramos las razones que, en el *Cantar de mio Cid*, impulsan al rey a desterrar a don Rodrigo, ya que el manuscrito del poema carece de la primera hoja; no obstante, en *El Cid* se ha dramatizado el motivo del destierro partiendo del **enfrentamiento entre el conde Ordóñez y el héroe burgalés**.

  a) ¿En qué contrasta la figura de don Rodrigo con la de los nobles presentes en la cena? (pp. 37-38)

  b) ¿Cómo se produce el enfrentamiento entre el conde Ordóñez y el Cid? Según el esquema de valores de la nobleza de la época, ¿tiene el conde motivos para sentirse ultrajado? (véase las notas 5 y 6)

  c) ¿Qué castigo impone el rey al Cid? ¿Es demasiado riguroso? ¿Por qué? (p. 40; véase nota 8) ¿Cuáles son las verdaderas razones de los insultos del conde Ordóñez al Cid y de la severidad del rey?

  d) ¿Qué sentimientos encontrados muestra el monarca por don Rodrigo?

El **Cid** es un héroe épico, pero, al mismo tiempo, un personaje **profundamente humano**.

  e) ¿Cómo reacciona al despedirse de su familia? (p. 47)

A su llegada a Burgos, don Rodrigo y su mesnada encuentran una ciudad desierta. Solo una niña se atreve a salir y dirigirse al héroe de Vivar.

  f) ¿Por qué crees que ocurre así? ¿De qué le informa la niña? (pp. 49 y 51) ¿De qué cobra conciencia el Campeador?

Los habitantes de Burgos, sin embargo, sienten simpatía por el héroe.

**g)** ¿Qué significado puede atribuirse a la frase de los burgaleses: «¡Qué buen vasallo sería… si tuviese buen señor!»? (p. 51)

**Martín Antolínez**, uno de los pocos personajes ficticios de la obra, aparece providencialmente en socorro del Cid y de su mesnada. A partir de este momento se convertirá en uno de los más leales caballeros del Campeador.

**h)** ¿Por qué razón se unen Martín Antolínez y sus hombres al Cid? ¿Qué peligro están dispuestos a correr? (pp. 52 y 54)

Antes de abandonar Castilla, don Rodrigo decide proveerse de fondos, y para ello **engaña a los prestamistas Rachel y Vidas**. El episodio constituye un motivo tradicional, el del **burlador burlado**, que hunde sus raíces en la narrativa folclórica.

**i)** ¿Por qué podemos decir que Rachel y Vidas son burladores burlados?

**j)** Don Rodrigo, para salvar su honestidad, insiste en que no ha mentido a los judíos a la hora de hacer el trato. ¿Crees que lo que dice es cierto? ¿Por qué? (p. 60) ¿Dispone el Cid de caudales? (p. 47)

**1.2** Desde **el inicio del destierro**, el Cid comienza **su actividad bélica** con dos fines principales: conseguir dinero para mantener a su ejército y realizar hazañas gloriosas que le ayuden a restaurar su honra. Sus primeros combates presentan una clara **progresión** de menor a mayor dificultad.

**a)** Señala dicha progresión en los asaltos a Castejón y a Alcocer y, finalmente, en la batalla contra Fáriz y Galve.

Pese a que el anónimo poeta toma claro partido por el Cid, no por ello deja de mostrar su **piedad por los vencidos**.

**b)** ¿Cómo pinta a los habitantes de Castejón antes y después del ataque cristiano? (pp. 61, 62 y 64)

El **botín** era en la Edad Media el mayor aliciente de la guerra. Como buen señor, el Cid lo reparte entre sus vasallos con justicia y equidad. Tras la conquista de Castejón, el propio don Rodrigo renuncia a la quinta parte que le correspondía siempre al rey y que en esta ocasión le pertenece a él como jefe máximo de sus tropas. El gesto es imitado por Álvar Fáñez.

   c) ¿Por qué crees que lo hacen? (p. 63)

   d) En lugar de aniquilar a los enemigos vencidos, ¿qué les propone el Campeador a los moros? (pp. 64-66) ¿Por qué?

Conquistada Alcocer, don Rodrigo decide enviar un regalo al rey. Con esta iniciativa comienza el proceso gradual de **recuperación de la honra** del Cid, que se basa principalmente en las sucesivas entregas de presentes al rey.

   e) ¿Qué le regala el Cid al rey? ¿Qué consigue don Rodrigo con esta primera embajada de Álvar Fáñez? (pp. 72-73) ¿Cómo reacciona cuando recibe noticias de su familia? (p. 77)

En la literatura épica los héroes realizan **proezas sobrehumanas** y la **desproporción en el número de fuerzas** contendientes es muy notable.

   f) ¿Qué efectivos militares se enfrentan en Alcocer? (pp. 78 y 83) ¿Qué proezas realizan don Rodrigo y Álvar Fáñez en el combate? (pp. 80-82)

   g) ¿Qué significa el sobrenombre que los musulmanes le aplican a don Rodrigo? ¿Por qué lo denominan así? (pp. 82-83) Compara su significado con el de «Campeador» (repasa para ello las notas 7 y 19).

Después de tres años de conquistas, el Cid envía un **nuevo regalo** al rey.

   h) ¿En qué se distingue del primero? ¿Qué obtiene el Cid a cambio? (p. 87)

La siguiente campaña del Cid culminará con la derrota de un cristiano, **el conde de Barcelona**, que acude en defensa de su protectorado musulmán.

   i) ¿Por qué decide el conde enfrentarse al Cid? (pp. 88-89). ¿Qué imagen se nos ofrece de don Ramón? A pesar de ser vencido, ¿qué siente el conde por el Cid? (p. 96) ¿Qué le regala al Campeador? (p. 94)

Al saberse que don Rodrigo planea la conquista de Valencia, muchos jóvenes deciden alistarse en su ejército.

   j) ¿Por qué razón? (p. 96) ¿Es también ése el propósito de los infantes de Carrión? Aunque al principio se plantean casarse con las hijas del Cid, enseguida abandonan la idea: ¿por qué? (pp. 96-97)

**1.3** La **conquista de Valencia** es la mayor hazaña de todas las realizadas por el Cid. Como buen estratega, don Rodrigo decide dejarla aislada mediante la toma de las tierras colindantes, tarea en la que empleó tres años. Tras esta importante victoria, el Campeador ya no deberá continuar con sus campañas de pillaje, sino que podrá establecerse de modo definitivo.

- **a)** ¿Cuál es el principal argumento esgrimido por el Cid en el bando que envía a las ciudades de Navarra, Aragón y Castilla para atraer nuevos soldados que fortalezcan su ejército? ¿Pone alguna condición a quienes quieran alistarse? (p. 103)

- **b)** ¿Cuánto tiempo dura el asedio de Valencia? ¿Cómo tiene lugar la conquista de la ciudad? (p. 103) ¿Qué actitud adopta el narrador ante la situación de los sitiados? (pp. 103 y 105)

El Cid, además de un valiente guerrero, es también un **gran estadista** que nada más conquistar Valencia prevé los problemas que pueden surgir.

- **c)** ¿Qué es lo primero que hace y dice el Cid nada más conquistar Valencia? (p. 103) ¿Cuál es su primera decisión? (p. 105) Los hombres del Campeador sienten la tentación de marcharse de Valencia tras la victoria. ¿Por qué razón? ¿Cómo consigue don Rodrigo que se mantengan leales y permanezcan con él? (p. 106)

Tras la conquista de la ciudad, parte de la **población musulmana** va a permanecer en Valencia, como solía ser habitual en la época. De este modo se paliaban en parte los problemas de despoblación que muchas veces se daban en las tierras recién conquistadas.

- **d)** ¿Qué tipo de artesanos va a emplear fray Jerónimo para convertir la mezquita árabe en catedral cristiana? ¿Por qué motivo? (p. 108)

Al igual que en ocasiones anteriores, el Cid decide enviar **un nuevo regalo**, el tercero, al rey Alfonso.

- **e)** ¿Qué pide ahora a cambio don Rodrigo? (pp. 108-109) ¿Qué le concede el monarca? (pp. 110 y 112) ¿A qué atribuyes el cambio de actitud del rey? ¿Cómo reaccionan el conde Ordóñez (p. 110) y los infantes de Carrión (p. 112) ante la decisión de don Alfonso?

**1.4** Gracias a la concesión hecha por el monarca, **doña Jimena** y **sus hijas** pueden emprender el **viaje hacia Valencia**. Esto supone la reaparición del **ámbito familiar del Cid** tras su forzada separación.

   a) ¿Con quién se compara a la esposa y las hijas del Cid en este momento? (p. 114) ¿Qué se consigue con dicha comparación?

En Molina los recibe **el moro Abengalbón**, viejo amigo del Cid y ejemplo de la convivencia pacífica entre musulmanes andalusíes sometidos y cristianos que tantas veces se dio en la Edad Media, en claro contraste con la hostilidad manifestada hacia los invasores norteafricanos.

   b) ¿Por qué dice Abengalbón que no le importa que el Cid sea musulmán o cristiano? (p. 115)

   c) ¿Cuánto tiempo ha pasado don Rodrigo en el destierro sin ver a su familia? (p. 118) ¿Con qué intención autoriza el Cid a las criadas de su esposa para que elijan marido entre sus hombres? (pp. 118-119)

El **rey Yúsuf de Marruecos** llega a Valencia con un gran ejército. Pero pese a la abultada desproporción entre moros y cristianos, el Cid se regocija.

   d) ¿Por qué razón? (pp. 120-121)

Finalizada la batalla, don Rodrigo le dice a su mujer: «¡así se gana el pan en estas tierras!».

   e) Comenta dicha frase.

**1.5** **El rey** anuncia su intención de conceder el **perdón al Cid** después de recibir su último presente. También accede a la petición de los infantes de Carrión de solicitar la mano de las hijas de don Rodrigo. Estas dos decisiones reales suponen, por un lado, el restablecimiento de la honra pública del Cid y, por otro, el origen de la deshonra familiar.

   a) ¿Qué regala en esta ocasión don Rodrigo al monarca? (p. 125)

   b) ¿Por qué desean los infantes casarse con las hijas del Cid? (p. 126)

El perdón real se produce en una entrevista realizada entre el rey y don Rodrigo en un lugar junto al río Tajo (p. 127).

**c)** ¿Por qué razón se celebra en ese lugar y no en la corte del rey? ¿Cómo reacciona el Cid ante don Alfonso? (p. 128)

**d)** ¿Por qué considera el monarca que el matrimonio de los infantes con Elvira y Sol será ventajoso para la familia del Campeador?

El Cid se alegra mucho al conocer el perdón del rey, pero se muestra **receloso ante la petición de los infantes**.

**e)** ¿A qué se deben sus recelos? (pp. 126-127) ¿Están justificados? ¿Por qué finalmente el Cid accede a que se celebren las bodas? (p. 130) No obstante, don Rodrigo quiere dejar claro que los matrimonios de sus hijas son una decisión del rey y no suya. ¿Por qué? (p. 131)

**1.6** El humillante **episodio del león** desencadenará toda la acción posterior de la obra, pues la actitud cobarde que los infantes muestran ante el fiero animal les acarrea una vergüenza pública y una afrenta que, según la costumbre medieval, exigían una venganza reparadora.

**a)** Ante la aparición del león, ¿cómo actúan los infantes, los vasallos del Cid y el propio don Rodrigo? (pp. 133-134) ¿Percibes alguna gradación en sus respectivos comportamientos?

**b)** Al presenciar la cobardía de los infantes, ¿cómo reaccionan el obispo y otros vasallos del Cid? (p. 136)

Poco después llega a Valencia el **general marroquí Búcar** al mando de un poderosísimo ejército de ciento cincuenta mil hombres. A ellos se habrá de enfrentar la escasa guarnición del Cid.

**c)** ¿Cómo reciben la noticia don Rodrigo y sus vasallos? (p. 138) ¿Cómo reaccionan los infantes de Carrión al oír los tambores moros? (p. 139)

**d)** ¿Qué plan pone en práctica Álvar Fáñez para salvar la honra de los infantes? (pp. 139-145)

La batalla contra los moros será iniciada por don Jerónimo a petición propia. Este personaje representa al **obispo guerrero**, figura muy frecuente en la literatura y en la vida real durante la Edad Media (véase nota 37).

e) ¿Qué le pide el obispo al Cid antes de entrar en combate? (p. 140) ¿Qué mueve a guerrear a don Jerónimo? ¿Con quiénes contrasta su actitud?

El **mito del Cid** se agiganta a medida que progresa la obra.

f) ¿Cómo reaccionan las tropas moras ante la presencia del Cid? (p. 142) ¿Cómo vence don Rodrigo al general Búcar? (p. 143)

**1.7** El progreso de degradación moral de los infantes de Carrión y su envilecimiento llega a un punto culminante en la **afrenta** que tiene lugar en el **robledo de Corpes**, de camino para sus tierras.

a) ¿Qué motivos aducen don Diego y don Fernando para marcharse de Valencia? (pp. 146-148) ¿Cuál es el de mayor peso para ellos?

b) ¿Qué metáfora emplea el Cid para expresar su dolor al separarse de sus hijas? (p. 148) ¿Qué les regala don Rodrigo a los infantes? (p. 149)

La creencia en los **agüeros** basados en las aves, es decir, la *ornitomancia* o adivinación por el vuelo de los pájaros, era frecuente en la Edad Media y motivo recurrente en la literatura épica, a pesar de que su práctica estaba prohibida por la Iglesia.

c) ¿Qué tipo de agüero observa el Cid? ¿Qué decisión adopta don Rodrigo ante tan desfavorable presagio? (p. 149)

Cuando la comitiva llega a Molina, sale a recibirlos **el moro Abengalbón**, quien se deshace en atenciones y regalos con los recién llegados y les brinda la protección de sus hombres.

d) Sin embargo, ¿cómo le corresponden Diego y Fernando? ¿Qué marcado contraste se establece entre la personalidad de los infantes cristianos y la del gobernador musulmán? (p. 150)

En el **robledo de Corpes**, los infantes de Carrión ordenan montar el campamento en un claro del bosque con prado, árboles y una fuente. Este tipo de espacio, conocido como ***locus amoenus***, es un tópico literario que en la Edad Media iba asociado generalmente a escenas amorosas.

e) No obstante, ¿qué ocurre en ese vergel? ¿Qué les ruegan doña Elvira y doña Sol a sus maridos? ¿Qué razones aducen los infantes para llevar a cabo tan despiadada venganza? (pp. 153-154)

Después de la afrenta de Corpes, **el Cid está nuevamente deshonrado**.

f) ¿Por qué Fáñez se siente culpable de la deshonra de su señor? (p. 156)

**1.8** Ante el ultraje cometido contra sus hijas, el Cid decide pedir justicia al rey en lugar de llevar a cabo una venganza personal, como solía ser habitual en la tradición épica. Esta actitud es propia de un héroe que siempre actúa con **mesura**. El monarca accede a la petición y convoca **cortes en Toledo**, la reunión judicial de mayor categoría.

a) Analiza el contraste que se produce entre la entrada de don Rodrigo y la llegada de los dos infantes a la sala de audiencias (p. 159).

Las diferentes **demandas** que hace el Cid en el proceso judicial responden a una gradación de menor a mayor importancia.

b) ¿Qué exige el Cid a los infantes y en qué orden? (pp. 160-161) ¿Por qué crees que actúa de ese modo?

c) ¿Quién sale en defensa de don Diego y don Fernando? ¿Qué argumentos utiliza? (p. 162) ¿Quiénes le replican? (p. 163)

El combate que libran los infantes de Carrión y el conde Ordóñez con los caballeros del Cid es una **ordalía** o juicio de Dios, prueba frecuente en la Edad Media que tenía como finalidad establecer la verdad de un hecho principalmente con fines judiciales.

d) ¿Cómo se demostraba quién estaba en posesión de la verdad? (p. 163)

e) ¿Qué es lo que más temen los infantes del combate que van a mantener con los vasallos de don Rodrigo? (p. 166)

f) ¿Cómo recuperan el Cid y sus hijas el honor? ¿En qué situación quedan los infantes y el conde Ordóñez después del combate? (p. 171)

g) El rey reconoce la victoria del Cid. Explica el sentido de la siguiente frase y relaciónala con la que aparece en la p. 51: «El buen vasallo había encontrado en don Alfonso un buen señor» (p. 171).

Los príncipes de Navarra y Aragón solicitan al Campeador la mano de sus hijas. Su solicitud contradice de la forma más patente los argumentos esgrimidos por los de Carrión para rechazar su matrimonio con las hijas del Cid.

**h)** ¿Qué contesta el Cid a la petición de los príncipes? ¿Por qué toma don Rodrigo esta decisión? (p. 172)

**1.9** Los matrimonios de las hijas del Cid con dos príncipes suponen la recompensa final para el Campeador y su familia, al tiempo que ratifican la alta posición alcanzada por don Rodrigo. Con este episodio acaba el *Cantar de mio Cid*. Pero **la leyenda en torno al Cid** añade otros episodios.

**a)** ¿Quién urde y trama la venganza contra el Cid (p. 174) y cómo acaba el traidor? (p. 175)

**b)** A pesar de estar malherido, don Rodrigo quiere desplazarse a Valencia cuanto antes; ¿por qué? (p. 176) ¿Qué es lo primero que hace el Campeador cuando llega a la capital levantina? (p. 180)

Una leyenda muy conocida del siglo XIII cuenta que el Cid vence en la batalla a los moros incluso después de muerto.

**c)** ¿Por qué razón? (pp. 189-190) ¿Crees que este desenlace es mejor que el del *Cantar*? Este final del personaje, ¿qué contribuye a reforzar?

# 2
## DE LA HISTORIA A LA LITERATURA

**2.1** El *Cantar de mio Cid* es el máximo exponente de la literatura épica española y, al igual que otras obras del mismo género, está basado en hechos históricos. Podemos hablar, por tanto, de la existencia de un **Cid histórico** y de un **Cid literario**. La épica, cantada o recitada, se convertía muchas veces en «cantos noticieros» que narraban los principales acontecimientos para que fueran conocidos por todos. Repasa la sección «El Cid histórico» (pp. 7-21) de la Introducción.

   a) ¿Cuáles son las similitudes fundamentales entre los acontecimientos vividos por el Cid histórico y los atribuidos al Cid literario? ¿Y las principales diferencias?

Lee el **índice de personajes** y averigua cuáles de ellos son históricos y cuáles literarios.

   b) ¿Qué tipo de personajes predomina? Entre los históricos hay algunos cuyos actos difieren de lo que verdaderamente ocurrió. Localízalos y señala lo que no coincida con la historia conocida.

**2.2** Aunque el *Cantar* altera algunos hechos históricos, refleja en cambio de manera muy fidedigna el **contexto social de la época**, sobre todo la **rivalidad** existente entre la **nobleza alta** y los **infanzones** o nobleza baja.

   a) ¿Qué personajes pertenecen a la nobleza alta? ¿Y cuáles a la baja? ¿En qué se distingue el comportamiento de unos y de otros? (p. 125)

**b)** ¿Cómo reacciona el conde Ordóñez ante las victorias y las conquistas del Cid? ¿Por qué? (p. 126)

El *Cantar* es deudor de una determinada ideología y pretendía transmitir la idea de un **pasado ejemplar** al tiempo que ofrecer unos modelos de conducta que sirvieran para actuar en la época en que se compuso.

**c)** ¿Con qué grupo de la nobleza se identificarían mayoritariamente los receptores del *Cantar*? ¿Por qué? ¿A quién le podía interesar que se produjera esta identificación? ¿Por qué?

**2.3** Además, el *Cantar* reproduce muy bien el **espíritu de frontera** que hacia 1200 (fecha de composición del poema) se forjó con la aparición de un nuevo grupo social, el de los hombres libres de la frontera, que se regían por un derecho propio. El rey, para afianzar su propio poder frente a la alta nobleza, apoya las actividades de estos hombres que se enriquecen rápidamente con los botines procedentes de los saqueos realizados en los territorios musulmanes limítrofes y con las conquistas de nuevas tierras.

**a)** ¿Cómo se refleja el espíritu de frontera en el libro? (pp. 63, 65 y 70)

De igual modo, el *Cantar* recrea perfectamente las **relaciones entre cristianos y musulmanes** durante la Reconquista. Las enemistades y amistades no siempre iban ligadas a la religión, ya que podía haber rivalidad entre cristianos y sintonía con los moros por propios intereses políticos y económicos.

**b)** Pon ejemplos de mala relación entre cristianos y de amistad entre éstos y los musulmanes (pp. 88, 90 y 115).

**2.4** Otra de las características del *Cantar* es su **verismo geográfico**, ya que los lugares del interior de la Península citados demuestran que el autor conocía muy bien la zona mientras que los relacionados con el Levante español sugieren que el autor tenía información de primera mano, si no un conocimiento directo.

**a)** Consulta en el mapa (p. 194) los lugares por los que pasa el Cid hasta llegar a Valencia (pp. 61, 67, 83 y 101) y los que recorren los infantes en su vuelta hacia Castilla (pp. 150-151). ¿Hay alguna coincidencia?

# 3
## TEMAS, PERSONAJES Y COMPOSICIÓN

**3.1** El **tema principal** de la obra es la exaltación de la honra ganada por el esfuerzo personal frente a la honra heredada propia de la alta nobleza. Por ello el eje fundamental del *Cantar* es la recuperación de la honra del Cid; primero tiene que recuperar su **honra «pública»** o política y después su **honra «privada»** o familiar.

   a) Al finalizar el combate con el general Búcar, el Cid afirma: «Me quitaron las tierras y me alejaron de mi familia, pero hoy soy rico y poderoso, he recuperado el honor y tengo por yernos a los infantes de Carrión» (p. 144). ¿Qué tipo de honra ha recuperado el Cid en este momento? ¿Sobre qué se sustentaba dicha honra?

   b) ¿Qué motiva la pérdida de su honra privada? ¿Cómo logra su recuperación? (p. 171)

   c) El camino que realiza el Cid de Castilla a Valencia le lleva a la recuperación de su honra. ¿Les ocurre lo mismo a los infantes de Carrión cuando parten de Valencia hacia Castilla?

Un aspecto muy relacionado con el tema del honor en la Edad Media era la barba, considerada como símbolo de honra y virilidad. Por ello **mesar la barba**, es decir, intentar arrancarla o simplemente tirar de ella, suponía un gran ultraje considerado por las leyes medievales como una ofensa grave.

   d) ¿Cómo afrenta don Rodrigo al conde Ordóñez? (p. 40) ¿Por qué decide el Cid, por su parte, no cortarse la barba? (pp. 54 y 118)

e) A lo largo de la obra, ¿en qué ocasiones se hace alusión a la barba del Cid y con qué intención? (pp. 70, 103, 106 y 159).

La expresión última del **espíritu de frontera**, al que se ha aludido en el apartado 2.3, sería la voluntad por **mejorar la situación social mediante el propio esfuerzo**.

f) ¿En qué situación social queda el Cid tras las cortes de Toledo? Los nobles instalados en la corte real, ¿adoptan ante la vida una actitud similar a la del Cid? ¿Por qué?

El ascenso social logrado por el Cid se sustenta, además de en sus propios méritos, en la **relación de vasallaje** con respecto a su señor el rey Alfonso. A su vez, el Cid es señor de otros vasallos que forman parte de su ejército y a quienes está en la obligación de mantener y velar por su seguridad.

g) ¿Hay alguna semejanza entre el Cid como vasallo y como señor?

h) ¿Crees que los vasallos del Cid participan también del espíritu de frontera del que su señor es modelo? Pon algún ejemplo (pp. 52 y 62-63).

i) ¿Crees que en nuestros días también predominan los valores de esfuerzo y lealtad? ¿Por qué?

**3.2** **El Cid** es el héroe por excelencia de la épica española, pero, a diferencia de otros **personajes** de este género literario, es un héroe hecho a medida humana y no divina. Desde el primer momento se nos presenta como valiente guerrero, pero también como amante esposo y padre cariñoso que es capaz de llorar cuando se separa o se reúne con su familia.

a) ¿Por qué crees que al autor del *Cantar* le interesa crear un héroe de dimensión humana?

b) Clasifica los tipos de actuaciones del Cid en dos grupos: uno que incluya las hazañas que consideres propias de un héroe (pp. 62, 68, 80, 83, 90, 121-124, 134, 142 y 175) y otro con las acciones que creas que podría llevar a cabo cualquier persona (pp. 46, 47, 77, 117 y 128).

El rasgo que mejor caracteriza al Cid es la **mesura**, pues sus reacciones y comportamientos son siempre fruto de la reflexión, la prudencia y la sensatez.

**c)** Pon ejemplos de su actuación mesurada (pp. 64-66, 89, 91 y 158).

**d)** ¿Crees que cualquier persona hubiera reaccionado de la misma forma que el Cid después de lo ocurrido en la afrenta de Corpes? ¿Por qué?

La caracterización del héroe responde al tópico retórico clásico de **sapientia et fortitudo**, es decir, sabiduría y fortaleza como ideal de perfección.

**e)** ¿En qué casos se puede decir que el Cid ha actuado con *sapientia*? (pp. 63, 67, 70, 84, 118, 128-131, 161 y 180). ¿Y con *fortitudo*? (pp. 62, 68, 80 y 83) ¿Crees que estas dos características del personaje aparecen equilibradas, o predomina una sobre otra? ¿Por qué?

Don Rodrigo es caracterizado **físicamente** en más de una ocasión.

**f)** Localiza alguna de estas descripciones y comenta los rasgos físicos más destacados del personaje (pp. 37, 90 y 159).

El Cid es **idealizado** al igual que les sucede a todos los héroes épicos.

**g)** Señala los distintos grupos de personas que contribuyen a esta idealización (pp. 64, 82, 96, 134 y 171).

A **doña Jimena** le corresponde un papel pasivo a lo largo de la obra y su presencia está siempre relacionada con el mundo de los sentimientos. Sin embargo, al final del libro desempeña un papel fundamental.

**h)** ¿En qué consiste? (p. 186) Caracteriza brevemente al personaje.

Las **hijas del Cid** se fijan en los infantes de Carrión antes incluso de que éstos hubieran planeado casarse con ellas.

**i)** ¿Qué les atrae a doña Elvira y doña Sol de los infantes Diego y Fernando? (p. 100) Cuando éstos deciden pedir la mano de las hijas del Cid, ¿están movidos por la misma causa? ¿Por qué? (p. 126)

El **rey Alfonso** desempeña un papel básico en la obra, ya que directa o indirectamente es el causante de las dos pérdidas de honra que sufre el Cid y es también el que ratifica posteriormente su restitución.

**j)** ¿Cómo contribuye el rey a la deshonra pública del Cid? (pp. 38-42) ¿Y a la pérdida de la honra familiar? (pp. 128-131) ¿Crees que el monarca actúa por decisión propia, o se deja influir por las opiniones de los nobles de la corte? (pp. 40, 71, 84, 161, 165 y 166)

Tanto **el conde García Ordóñez** como **los infantes de Carrión** son los **antagonistas** por excelencia del Cid.

- **k)** ¿Cuáles son las causas de la animadversión del conde Ordóñez hacia el Cid? (pp. 38-39) ¿Qué acaba por humillar definitivamente al conde? (pp. 165 y 168) ¿Explica todo ello su reacción posterior? (pp. 173-174)

- **l)** ¿Qué motivos tienen los infantes de Carrión para enemistarse con el Cid? (pp. 146-148)

- **m)** Con la ayuda de lo que se dice en la página 96, caracteriza a los infantes Diego y Fernando.

- **n)** La degradación moral de los infantes, anunciada ya antes de su matrimonio, aumenta paulatinamente después de las bodas. Señala los hitos fundamentales de este descenso moral (pp. 133-134, 139, 145-148 y 150). ¿En qué culmina? (pp. 153-154)

Los judíos **Rachel** y **Vidas** forman un **personaje dual** porque no solo actúan en pareja sino que además resulta difícil distinguir al uno del otro.

- **ñ)** ¿Podrías citar otras parejas de personajes similares en la obra?

**3.3** La **estructura externa** del libro que acabas de leer está determinada por la división en capítulos; en cambio el *Cantar de mio Cid* se divide en tres cantares y éstos a su vez en tiradas de versos con la misma rima asonante que responden a unidades significativas.

- **a)** Si tuvieras que dividir la obra que has leído en tres partes, ¿qué incluiría cada una de ellas? (No tengas en cuenta los dos últimos capítulos). ¿Se corresponde tu división con la del *Cantar*?

La **estructura interna** del *Cantar* responde a un esquema de gran difusión en la narrativa tradicional: el del **doble ciclo de caída y recuperación**.

- **b)** Señala los dos puntos de inflexión o de bajada del personaje principal y los dos momentos en los que culmina su acción heroica.

Algunos **episodios** de la obra, como las embajadas que realiza Álvar Fáñez a la corte del rey Alfonso o los combates que libra el Cid con los moros, presentan un mismo esquema.

- **c)** Indica los principales sucesos que tienen lugar en los combates que libra Rodrigo Díaz de Vivar hasta la conquista de Valencia (pp. 61-62, 67-70, 79-83, 101-105 y 121-124).

- **d)** Señala los principales acontecimientos que se dan en cada una de las embajadas ante el rey que realiza Álvar Fáñez por encargo del Cid (pp. 71-73, 84-87, 110-112 y 125-126).

- **e)** ¿Observas alguna semejanza en los tres duelos que se libran al final de la obra para dirimir las diferencias entre el Cid y los infantes de Carrión? (pp. 168-171)

**3.4** Varios pasajes de la obra tienen un **tono humorístico**: el empeño fraudulento del cofre a los judíos Rachel y Vidas, la escena de la prisión y libertad del conde de Barcelona y el episodio del león. Los personajes **Rachel** y **Vidas** aparecen ridiculizados.

- **a)** Señala los rasgos que contribuyen a esta presentación (pp. 55-60).

El **conde de Barcelona** también es ridiculizado en su encuentro con don Rodrigo.

- **b)** ¿Qué aspectos del conde resultan más satirizados? (pp. 91-92) ¿Qué condición le impone el Cid a don Ramón para liberarlo y cómo reacciona éste? (pp. 93-94) ¿Qué siente el conde cuando ve que el Cid desenvaina su espada? (p. 94)

La cobardía de los **infantes de Carrión** los deja en muy mal lugar.

- **c)** ¿Cómo reaccionan los infantes al ver aparecer el león? (pp. 133-134) ¿Y los hombres del Cid al comprobar la reacción de los infantes? (pp. 136-137)

- **d)** ¿Qué se ve obligado a hacer Álvar Fáñez para ocultar al Cid la cobardía de sus yernos? (pp. 139 y 144) ¿Y cómo reaccionan los infantes y el obispo don Jerónimo al final de la batalla? (p. 145)

Por otra parte, el Cid también da muestras de tener sentido del humor y a veces incluso hace uso de la **ironía**.

e) ¿Qué tono adopta el Cid cuando se dirige a Búcar durante el combate que los enfrenta? (p. 142) ¿Crees que es una actitud parecida a la mantenida con el conde de Barcelona? ¿Por qué?

f) ¿Qué supone la inserción de estos elementos humorísticos en la narración de unos acontecimientos que son en su mayor parte de gran gravedad?

Nota. En la Guía Didáctica se sugieren actividades complementarias.

# CLÁSICOS ADAPTADOS

1. Rosemary Sutcliff
   **Naves negras ante Troya.**
   **La historia de la** *Ilíada*, **de Homero**

2. Rosemary Sutcliff
   **Las aventuras de Ulises.**
   **La historia de la** *Odisea*, **de Homero**

3. Geoffrey Chaucer
   Geraldine McCaughrean
   **Cuentos de Canterbury**

4. Geraldine McCaughrean
   Alberto Montaner
   **El Cid**

5. Herman Melville
   Geraldine McCaughrean
   **Moby Dick**

6. James Riordan
   **Los doce trabajos de Hércules**

7. Penelope Lively
   **En busca de una patria.**
   **La historia de la** *Eneida*, **de Virgilio**

8. James Riordan
   **Jasón y los argonautas**

9. Miguel de Cervantes
   Eduardo Alonso
   **Don Quijote de la Mancha**

10. Anónimo
    Eduardo Alonso
    **Lazarillo de Tormes**

11. Don Juan Manuel
    Agustín Sánchez Aguilar
    **El conde Lucanor**